U0558069

文学批评理论与文学经典重构

吴　琳　著

图书在版编目(CIP)数据

文学批评理论与文学经典重构 / 吴琳著.-- 北京
中国书籍出版社，2021.9
ISBN 978-7-5068-8734-2

Ⅰ.①文… Ⅱ.①吴… Ⅲ.①文学评论－研究 Ⅳ.
①I06

中国版本图书馆 CIP 数据核字(2021)第 202582 号

文学批评理论与文学经典重构

吴　琳　著

图书策划	武　斌
责任编辑	吴化强
责任印制	孙马飞　马　芝
封面设计	静心苑
出版发行	中国书籍出版社
地　　址	北京市丰台区三路居路 97 号(邮编：100073)
电　　话	(010)52257143(总编室)　(010)52257140(发行部)
电子邮箱	eo@chinabp.com.cn
经　　销	全国新华书店
印　　厂	河北省三河市顺兴印务有限公司
开　　本	710 毫米×1000 毫米　1/16
字　　数	188 千字
印　　张	12.25
版　　次	2022 年 7 月第 1 版
印　　次	2022 年 7 月第 1 次印刷
书　　号	ISBN 978-7-5068-8734-2
定　　价	72.00 元

目 录

上篇 生态女性主义批评理论与文学经典重构

中篇　文学伦理学批评理论与文学经典重构

下篇　文学经典重构的多维视域

上篇

生态女性主义批评理论与文学经典重构

第一章 生态女性主义批评理论探究

第一节 生态女性主义探源

20 世纪 60 年代，西方发达国家的工业化生产带来了生态环境问题，引发了全球性生态环境危机，威胁着人类的生存与发展。进入 70 年代，由于全球生态环境问题日益恶化，人们开始思考和寻找解决的办法。为了控制环境污染，保护自然环境，维持人类的生存和发展，全球兴起了一场现代环境保护运动。与此同时，女性主义运动也蓬勃发展起来。随着女性主义理论和实践的发展，许多女性主义者越来越认识到女性问题与其他社会问题是密不可分的，认识到压迫女性与压迫自然、压迫有色人种等边缘群体有着密切的联系，因此，许多女性主义者积极参与到环境保护运动中来。在这种历史背景之下，生态女性主义诞生了。

生态女性主义的渊源十分复杂，它不仅是一种文化理论，也是一场为实现社会变革而兴起的实践运动，还是一种看待世界和他人的哲学视角。作为 21 世纪一股汹涌澎湃的文化思潮，生态女性主义在文学批评史上具有重要的意义和独特的地位，笔者尝试对其渊源进行全面和深入的分析与探究，揭示生态女性主义的本质，以期为我国的生态女性主义研究做一些补白的工作。

一、 女性主义思潮的新发展：生态女性主义的理论渊源

生态女性主义与女性主义思潮有着密切的联系。生态女性主义的理论著作源于20世纪70年代中期的女性主义运动，所有生态女性主义者的批评观点均建立在女性主义理论观点的基础之上。法国激进女性主义者弗朗索瓦·德奥博纳（Francoise d'Eaubonne）是第一个使用“生态女性主义”这个术语的人。1974年，德奥博纳在她的著作《女性主义或者死亡》中使用了“生态女性主义”这个词。在书中她指出，父权制是造成人口过剩和自然环境破坏的主要原因，而女性主义是治愈这两种危机的唯一途径。用她的话说：“拯救世界的唯一途径就是让男性权力产生‘剧变’以及由女性引导一场改变权力结构的革命。”她号召妇女领导一场生态革命以挽救地球，这场生态革命将会在男性和女性之间、人类和自然之间建立起新的性别关系。

德奥博纳在书中描述了生态女性主义运动产生的背景并对这一术语作了解释。生态女性主义运动与中欧的政治运动有关，德奥博纳的关于生态女性主义的理论和定义正是来源于对这些运动的解释和总结。在与生态女性主义有关的政治运动中，最有名的是法国的前沿改革主义者。她们最初以为妇女争取堕胎权、离婚权和平等权作为她们的主要目标，1973年，她们发展了与生态有关的内容，其中部分内容是以美国女性主义者舒拉米斯·费尔斯通在《性的辩证法》中提及的美国女性主义的生态语境为基础。但是前沿主义者没有能够坚持对生态的兴趣，不久就宣布放弃对生态的关注，重新转向她们原有的兴趣：堕胎、离婚权和平等权。后来，他们中的一部分人分离出来成立了另外一个组织——生态女性主义中心。中心的成员领导了一系列有关生态女性主义的运动。

1978年，德奥博纳在另一著作《生态女性主义：革命或者转变?》中详细讨论并深化了在前一著作未完成的话题。在著作的第一部分，德奥博纳指出，虽然从人口数量、生育方面来看，妇女本应该充当主宰的角色，但是男性统治的社会压迫女性，并使她们处于从属地位。不但如此，在男性神学和法学的控制下，妇女的生育权力被男性剥夺，在人类历史上大部

分时期，女性的生育权都被男性控制着。地球和人类均受到人口过剩的威胁，男性像统治女性一样统治着地球。男性主宰的城市化、科技化的社会导致了土地贫瘠，男性造成的过度生育导致了人口过剩。面对这一现实，她呼吁，女性要行动起来解放自身，也拯救地球。生态女性主义运动将使人类最终被视为是人，而不是首先是男人或者女人。一个接近女性的地球也将变得对所有人都更加郁郁葱葱。

德奥博纳指出，仅仅只是“转变”并不足以产生女性主义者需要的结果，为了引起人们对女性和地球现状的关注，女性主义者需要在西方发动一场思想革命。这在此书的副标题——“革命或者转变”正体现了德奥博纳的这种观点。她宣称，生态女性主义革命的目标是建构一个适宜生存的社会，让历史得以延续。她认为，人类和地球濒临灭亡，要阻止这种危险，就必须对人类的思想和行为加以变革。她坚信这一目标只有靠生态的和女性主义的组织才能实现。

在书的第二部分，德奥博纳简要回顾了从旧石器时代以降至 20 世纪 60 年代，男性主宰的社会对妇女和自然的压迫和统治。她指出，在史前时期的人类社会中，女性掌有农业生产的支配权，女性的权力使她们具有和男性同等的社会地位。她驳斥了那些认为母权制只是一种假想的神话的观点，批判了男权制权威的无限制主义，这种无限制主义指的是对其他国家和民族进行统治的父权制力量。德奥博纳指出，这种无限制主义的统治如果继续发展下去，将使地球无法再给我们提供生存所需的食物。只有生态女性主义领导一场改变人类思想和行为的革命，才能终止这种无限制主义的统治。她大胆地呼吁：“今天我们必须把地球从男人手中夺走，为人类的明天重建地球。”

二、 激进的行动主义： 生态女性主义的行动渊源

生态女性主义在诞生之初就是一种以现实的紧迫问题为驱动力的草根政治运动。当生态女性主义这个术语还没有广泛传播开来时，已经发生了一系列具有生态女性主义重要意义的事件。20 世纪 70 年代，女性主义运动和生态主义运动迅速发展起来。大批生态学著作出现，使人们

了解了环境破坏的后果，增强了环境保护意识。与此同时，妇女们受恶劣的经济条件所迫，加入资本主义的劳动大军，但是她们却遇到了同工不同酬、玻璃天花板、性骚扰等性别歧视问题。环境破坏以及妇女生育和儿童健康受到的严重威胁引发了美国的生态女性主义运动。

最早将女性主义和生态主义联系起来的事件是1974年在加利福尼亚的伯克利召开的“妇女与环境”会议，会议主要讨论了父权制体系中妇女和自然的联系。1976年，美国生态女性主义者伊内斯特拉·金在美国佛蒙特州的“社会生态学研究所”开设了“生态——女性主义”课程。1979年，宾夕法尼亚州哈里斯堡附近的三里岛核能电厂发生泄露事故，这使得妇女运动、环境运动与现代科学之间的联系突显出来。1980年，由于三里岛核反应堆事件造成的影响，伊内斯特拉·金和其他一些人在马萨诸塞州阿姆赫斯特组织召开了主题为“妇女和地球上的生命：1980年代的生态女性主义”的会议，它标志着美国生态女性主义的诞生。这次会议开办了80多个工作室，分别讨论了女性主义理论、军国主义、种族主义、都市生态学、可选择技术运动等重大问题。这次会议促进了生态女性主义在全美的发展，会议的组织者伊内斯特拉·金与其他人一起，在1980年11月和1981年11月发起了名为“妇女五角大楼行动”的一系列反军国主义示威游行。妇女五角大楼行动是第一次女性主义者大规模的反对环境破坏的示威行动。第一次示威行动大约有2000名妇女参加，第二次的参加人数大约是第一次的两倍。示威过程中没有演讲者或领导者，这些妇女围在五角大楼旁边，用一种象征性的方式抗议杀戮生命的核战争和核武器的发展，强调军事行动与生态女性主义之间的关系。

此后，这类行动很快传遍了世界各地。1982年12月，在英格兰格林汉公地举行了抗议威胁地球生命延续的核导弹部署行动。伊内斯特拉·金在文章中描述了这次行动：“三万名妇女围住美国军事装备，挥舞着婴儿的衣服、围巾、诗歌和其他个人生活的象征物品。一时间，‘自由’这个词从她们的口中同时说出来，在基地的四周久久回响。三万名妇女以非暴力的方式封锁了基地的入口。”此外，1981年在加利福尼亚州索诺马州立大学召开了“妇女和环境：第一次西海岸生态女性主义者”会议。1987年，全美生态女性主义会议在南加利福尼亚大学召开，此次会议产生了巨大影响，生态女性主义运动从此进入了公众的视野。生态女性主义运动促进了两个社会组织的发展："妇女——地球女性主义和平研究所"和"环境与发展妇女组织"（WEDO）。"妇女——地球女性主义和平研究所"是由伊内斯特拉·金和斯塔霍克于1986年创建的，她们力图使它成为一个非机构性政治组织。她们的目标是创建一个包括多种族的组织，这个目标要通过在各种会议上实行种族平等而得以实现。但是，这个组织于1989年宣告结束了。尽管这样，对于许多曾经参加这个组织的人而言，种族平等的经验是十分宝贵的。另一个组织——"环境和发展妇女组织"是由前美国国会女议员贝拉·阿布朱格和其他女性政治家于1989年创建的。WEDO是一个国际性的非政府组织，它把女性问题纳入到发展和可持续性问题当中来。WEDO提出的问题中有许多都与不同种族、阶级和国家的妇女生活密切相关。WEDO的许多目标也与生态女性主义的目标是一致的。1991年，由WEDO在迈阿密组织召开"为了健康的星球世界妇女代表大会"。这次会议是为1992年在巴西里约热内卢的地球峰会做准备。1995年，在俄亥俄州立大学举行了"生态女性主义视野"的会议。同一年，戴蒙德和麦茜特在俄勒冈格莱夫山创立了"生态女性主义者营地"。

在生态女性主义的发展过程中，伊内斯特拉·金有意识地把女性主义理论中相互冲突的各个理论流派的观点结合起来，力图建构更加一致的生态女性主义理论。金试图发展一种"激发我们乌托邦的想象、体现我们最深层的思想改革的女性主义，这种女性主义是对我们的想象的肯定，对父权制的否定"。她意识到生态女性主义理论的分裂削弱了它作为一种政治行动的力量，"女性主义需要合理的复魅，使精神和物质、存在和认识结合到一起。"金指出，生态女性主义是由两个部分组成，亦即生态女性主义运动和生态女性主义理论，这两个部分是相互联系的，共同构成生态女性主义。生态女性主义运动竭力推翻危及地球上生命的、历史建构的政治和经济结构，生态女性主义理论致力于颠覆支持所有压迫形式的语言和意识形态系统。金强调，为了拯救地球和人类，这两个部分必须辩证地一同发挥作用，"生态女性主义是和解和有意识地调停，是承认历史的阴暗面和一千多年来妇女隐藏的无声的行动……它是被压迫者的回应——所有被压迫者都被贬低、被否认，以便建立多重统治制度的父权制文明。它是被否定的、丑陋的、无声者的潜在的声音——所有这些事物都称为‘女性气质’。”

三、古老的传统智慧：生态女性主义的哲学渊源

女性与自然的联系自古有之，这种联系通过文化、语言和历史长久地持续下来。生态女性主义者关注的焦点是：统治、掳掠妇女和自然究竟是从什么时候、在什么地方开始的？美国文化史学家、社会思想家里安·艾斯勒和生态女性主义者查伦·斯普瑞特奈克认为这种统治模式可以追溯到大约公元前4500年欧亚大陆的游牧民族征服印欧社会开始。

在西方历史上的史前时期，人类居住在伙伴关系社会中，那时，男性地位和他们的社会职能并不在女性的地位和社会职能之上。那时的社会是非支配性社会，不是把地球当作人类获取利益、取之不尽的资源，“它们具有一种生态意识，亦即人类应该敬畏地球。”在柏拉图时代（大约在公元前427—公元前348年），妇女孕育生命的权力仍受到敬畏，人们用艺术形式将其偶像化。在柏拉图的著作中，他把世界看作是一个有生命的动物，他认为“神构造了一个看得见的动物，它包罗了具有相似本性的所有其它动物”。它的灵魂是一位女性，“在起源和卓越程度上都比身体更加居先、更加古老”，因而它“成为统治者和霸主，身体则成为它的臣民”。灵魂渗透于宇宙的有形身体之中，围绕着身体并“在灵魂内部旋转自身”。“‘作为我们的看护者’的地球则被置于宇宙不可变动的中心”。女性被认为是受人敬畏的宇宙运动的源泉，与此类似，地球和地球的繁殖周期（如季节的更替等）也受到人类的敬畏，

女神不仅仅只是代表生命的繁殖，在许多社会里，女神崇拜行为包含了这样的观点：把地球当作一位创造和哺育生命的母亲。妇女和地球的联系使妇女和地球同样受到敬畏。然而，随着印欧人的第一次入侵，人类的伙伴关系社会终止了。印欧人带来了愤怒的男性神祇，产生了彼此互相反抗以及反对外来成员的暴力传统，他们赞美男性、男性的统治和压迫，用暴力粗暴地掠夺地球，他们的宗教和社会观念取代了古希腊、埃及、苏美尔人关于人类和自然的非等级制关系的概念。妇女从事的维持生命物质基

础的工作逐渐遭到贬抑，随之而来的是，与妇女工作有密切联系用以满足人类需要的自然资源（土壤、水、植物等）也遭到贬抑。农业的发展以及把动物和妇女视为奴隶，这些都巩固和加强了男性的权力。由于这些变化，男性取代女性获得了土地所有权，并且消灭了母系继嗣。

人类从伙伴关系社会向父权制社会转变的一个重要标志是男性主宰的宗教的发展。父权制下的犹太教与基督教的传统贬低自然和妇女的价值。在希伯来《圣经》中，自然界和人类社会都是上帝创造和统治的，上帝是主宰所有生命的男性。以神学为基础的希腊哲学此时也发生了激烈的转变。柏拉图设想了一种本体论的等级制：非物质的精神世界在物质的宇宙之上。在这个等级制中，“男性、女性和动物按降序排列。”任何与女性和自然的“低等”特质相关联的事物都遭到贬抑。当男性主宰的基督教和犹太教在全世界传播开来后，女神崇拜衰落了。那些继续女神崇拜，拒绝信奉男性神——上帝的人被视为是巫师，是罪人，受到残忍而痛苦的惩罚。

“统治”的思想（男人统治女人、人类统治非人类生命）牢牢占据了宗教和哲学中的位置，同时，也成为文学艺术中一种牢固的观念。文艺复兴时期流行的田园诗将自然符号化为一位善良、仁慈的女性，默默地向世人奉献她的慷慨。“在田园意象中，自然和女人都是从属的、本质上被动的……这种田园模式包含着这样的意思，即耕种和培育着的自然可作为一种商品来利用，作为一种资源来控制。”

妇女在社会中扮演角色的显著变化是资本主义和现代科学发展的结果。前现代社会里，在农业生产中，妇女劳动提供了家庭生存的物质基础。妇女日常的劳动——种植粮食、准备食物、生育、抚养孩子，作为一种对人类社会的基本贡献而受到尊敬。随着资本主义的兴起和发展，劳动变成了可以估价的事物。在资本主义社会里，利润是由剩余价值转化而来的，由于妇女的劳动不能创造剩余价值，妇女的劳动也就不能产生利润，所以也就没有价值可言。由此得出结论：妇女的劳动对社会没有做出贡献。当男人成为资本主义企业的雇佣劳动力后，他们不再可能是土地所有者，土地被资本家侵占，这进一步减少了女性为家庭提供资源的可能性。即使女性在家庭之外能找到工作，她们的收入也大大低于男性，她们作为母亲的身份被认为是最主要的，排在第一位，而收入仅仅是补充性的，而且妇女在外工作时，家庭的健康和营养也会受到影响。因此，妇女被认为不适合扮演资本主义劳动力的角色。

随着资本主义的扩张，妇女逐渐丧失了她们擅长领域的控制权，虽然她们曾经在这些行业中为人类的生存提供了必需的产品。其中最引人注目的转变是医学的发展，它使妇女远离了看护孩子的工作，甚至可以取代她们的生育。17 世纪末，生孩子成为了男医生和“男助产士”手中的活。现代科学则走得更远，它甚至否认妇女在生育过程中的重要性。英国人威廉·哈维在研究了鸡的生殖过程之后，把它与人的怀孕及分娩过程进行比较并指出，“女性单独不足以产生胚胎并养育和保护幼体，男性生来就与她结合，作为优越者和更有价值的始祖，作为她分娩的伙伴和弥补她不足的手段。”到了 17 世纪中叶，认为“女性精子”对生育并不作贡献的观点仍然很有影响。进入 19 世纪，达尔文理论被发现对妇女有社会意义，可以作为意识形态用来维持妇女原有的位置。在达尔文理论的指导下，科学家们比较了男性和女性的头骨和脑的各部分的大小，以证明性别差异的存在，解释女性智力较低下和易动感情的气质。20 世纪，“男女之间激素的差别曾被用来暗指那些显示出智商较高，有竞争性行为，有领导和行政才能的妇女的男性激素处在异常水平。”

资本主义的发展和现代科学的进步导致了对自然环境的统治和破坏。现代科学之父弗朗西斯·培根提出：把自然视为机器而非活的有机体。这一新的世界观成为了现代实验科学的基础。他“强制自然于实验室中，用手和心来解剖它，进入自然最隐密之处”。培根和他的追随者们改变了人类看待自然的观点，自然从一个万物有灵的、有机的原始社会变成了一个为满足人类社会需要而被人类操纵的机械的框架。人类看待自然的观点的转变导致了“自然之死”，这种观点使人类操纵自然的行为合法化。

生态女性主义理论家卡洛琳·麦茜特指出，机械论的世界观导致了对自然和女性的压迫。这种机械论的世界观使人们相信，科学研究是力图寻找客观的、价值中立的、无关境域的知识。这种机械的自然观把权力与秩序的概念作为理解社会所必需的要素，在争取权力和维护秩序的过程中，产生了牢固的等级制价值观体系。在这个体系中，拥有权力最多的人具有控制他人的合法权利，其结果是大大削弱了一个主张人人平等的人类社会的生存能力和地球持续发展的能力。基于上述原因，生态女性主义者对科学主义进行了质疑和批判。

当下，生态女性主义被认为是西方女性主义的最新思潮，已成为“女权主义理论中最有活力的派别之一”。生态女性主义流派众多，观点各异，表现出兼容并蓄、多元共生的特征。但是不管各流派的生态女性主义之间存在多大的分歧，所有的生态女性主义者都相信，统治自然与压迫女性之间有着密切的关系。美国女性主义者罗斯玛丽·雷德福·卢瑟在她的书中指出：“妇女们必须看到，在一个以统治模式为基本关系模式的社会里，不可能有自由存在，也不存在解决生态危机的办法。她们必须将妇女运动与生态运动联合起来，以实现重建基本的社会经济关系和支撑社会价值观的目的。”基于这一观点，生态女性主义者批判男性中心主义，力图建立一个以生态主义和女性主义原则为标准的、可持续发展的社会，主张改变人类统治自然的思想，改变导致剥削、统治和攻击性的价值观。因此可以说，生态女性主义是一种生活态度和生活实践。

此外，从生态女性主义产生的语境来看，它与人类对自然生态和文化生态的双重反思有关，是人们对自然生态危机、人类社会危机和人类精神危机的出现所做出的积极反应。从生态女性主义的溯源中，我们发现，诞生于 20 世纪 70 年代的生态女性主义运动思潮是生态女性主义理论的基础与现实依据。生态女性主义是女性主义的一个新的分支，一种后现代主义的文化思潮，然而它的历史渊源可以上溯至史前时期，这表明，妇女与自然的联系自古有之，这种联系通过文化、语言和历史长久地延续下来。在当下，人类关注这个古老的问题，对其做出新的解释，为我们提供了审视和评价当代社会的新的视角，并将产生变革现实的力量。

第二节 生态女性主义、女性主义及生态学之关系

生态女性主义在形成和发展过程中受到多种多样的女性主义理论和生态学观点的影响，对此有学者提出：“生态女性主义是女性主义的，因为

它承认并意图消除男性偏见，此外，它还力图创建无男性偏见的实践、政策和理论。”“生态女性主义是生态学的，因为它理解并且承认尊重和保护生态系统的重要性，这包括承认人类是一种生态存在物，承认任何一种充分的女性主义和女性主义哲学都应该包括环境的维度。”不难看出，生态女性主义的确在很多方面受益于女性主义和生态学理论，它一方面尊重差异，倡导多样性，解构二元对立的思维模式；另一方面，它提倡事物之间的相互关联性，主张解放生命，反对压迫，追求整体性。但值得一提的是，它绝不是女性主义和生态学观点的简单相加，它既有对前面两种理论的继承又有别于甚至超越了前二者。因此，生态女性主义者提出：“任何未包括生态视野的女性主义以及任何未包括女性主义视野的环境哲学都是不充分的。”在此笔者把生态女性主义与女性主义和生态学这两种理论进行比较，分析生态女性主义与后面二者的相同和相异，揭示生态女性主义对后二者的继承及超越，发掘生态女性主义自身的独特性。

一、 生态女性主义与女性主义的关系

生态女性主义与女性主义有着密切的关联，对于生态女性主义而言，女性主义是其重要的历史和理论基础。生态女性主义的著作源于 20 世纪 70 年代中期的女性主义运动，所有生态女性主义者的批评观点均建立在女性主义理论观点的基础之上。生态女性主义学者薇尔·普鲁姆德指出，从早期的女性主义理论中能够找出生态女性主义理论的渊源，“早期的自由主义女性主义力图把妇女当作人类文化的一部分，社会主义的女性主义揭露了权力和统治的结构及其过程，激进的女性主义批判统治文化的男性气质并且意图取而代之，使那些被贬低的事物得以确认。”生态女性主义者卡洛琳·麦茜特从不同流派的生态女性主义理论观点出发，揭示女性致力于改善人与自然的关系的各种方法，并强调指出，每一种生态女性主义都是建立在已有的女性主义类别的基础之上。

虽然和女性主义有着深厚的渊源关系，但是生态女性主义又具有自身的独特性，它认为女性和自然受到父权制的压迫，并且认为保护非人类自然是女性主义的议题。自由主义的生态女性主义与改革的环境主义的目标

一致，致力于从现存的管理机构内部通过创建新的法律和法规改变人类和自然的关系。文化的生态女性主义认为要解决环境问题就应该批判父权制，并提倡一种能够解放妇女和自然的新制度。另一方面，社会的生态女性主义和社会主义的生态女性主义着重分析资本主义的父权制，它们探询父权制的再生产关系怎样显露出男性对女性的统治，资本主义的生产关系怎样显露出男性对自然的统治。它们指出，在市场经济中，妇女和自然作为资源受到剥削和统治，需要重新加以建构。虽然文化的生态女性主义对女性与自然的关系分析得更深刻一些，但社会的生态女性主义和社会主义生态女性主义对父权制的批判更加全面，对社会正义的呼吁更加有力。

由于女性主义的多元性、复杂性，致使建立在女性主义理论基础上的生态女性主义呈现出流派众多、观点各异、有时甚至互相矛盾的特点。尽管如此，所有的生态女性主义者都关注自然和女性之间的关系，主张人类应该慎重地介入自然，这一观点对女性主义的发展至关重要。有学者明确指出："生态女性主义的理论对其他女性主义而言是重要的，……自由主义的、激进的、社会主义的女性主义观点都不足以批判统治自然和压迫女性的现象。"生态女性主义者卡伦·沃伦也评论说："……需要建立一个新的、综合的、改革的女性主义（即生态女性主义），……并且将生态学视野纳入女性主义理论和实践中来。"

此外，格里塔·加尔德曾在《生态政治学》一书中，把不同流派的女性主义理论比喻为溪流，指出每一条女性主义的理论溪流都对"生态女性主义之湖"有所助益。他认为，自由主义的女性主义理论对生态女性主义的改革观点并无帮助，尽管如此，自由主义女性主义的策略还是被生态女性主义所采用。激进的文化的生态女性主义源于激进的女性主义；社会的生态女性主义源于无政府主义女性主义。另外，社会主义的生态女性主义主要源于社会主义的女性主义，行动主义的女性主义是行动主义的生态女性主义的源头。

从以上论述中我们不难看出，生态女性主义继承了女性主义的重要思想，但是并非所有的女性主义思想流派都得到了继承，生态女性主义可以说是对于女性主义思想的一种批判的继承。此外，女性主义对生态女性主义的影响存在重叠之处。加尔德把生态女性主义比喻成一个湖，正是意指生态女性主义是由各类理论、实践汇合而成的。以生态女性主义者伊内斯特拉·金和卡罗尔·亚当斯为例，她们二人有着各自的主张和倾向。金关注反军国主义，她与“社会生态学研究所”有着密切的关系，所以她被归于“社会生态女性主义”一类；然而，亚当斯关注的是动物的权力以及发展素食主义理论，因此她被归为“动物的生态女性主义”一类。尽管二人的理论主张和实践运动中的着力点不同，但是金和亚当斯的工作都涉及精神运动，因此她们都是行动主义者。事实上，她们的基础和视野并不仅仅只局限在一个类别中。所以，我们应该意识到生态女性主义是由多个源头发展而来，它具有兼收并蓄的特征。

此外，生态女性主义与女性主义最主要的不同之处在于前者把对人类社会各种统治“主义”的批判拓展至包括对自然主义的批判。传统的女性主义以追求性别解放，反对男性统治为目标，在发展中将种族、阶级等因素纳入了视野，关注所有人类的他者。但在很长一段时间内，女性主义未考虑人类以外的他者——非人类的自然。在生态女性主义看来，真正的女性主义者也应该反对统治自然，自然和生态问题是女性主义的议题。因为在父权制社会中，女性无论在生理方面还是文化方面都被认为与自然更为接近，另外，当环境遭到破坏时，女性比男性要承受更多的威胁，因此，女性主义既要终止对自然的破坏，又要结束性别歧视。

二、 生态女性主义与生态学的关系

生态学是生物学的一个分支学科。20世纪中期以降，由于世界性的生态危机出现，无论是专家学者还是平民百姓，无论是官僚机构还是民间社团都开始关注这个原本只有专业工作者才熟悉的研究领域，“可以说我们的时代称之为‘生态学时代’了”。现代生态学超越了纯粹自然科学研究的范围，成为自然科学和社会科学的结合，形成了自身具有普遍世界观价值的理论观点。这种理论观点就是整体性的理论观点，是对传统的二元论、机械论世界观的突破。深层生态学和社会生态学就是在后现代文化语境中产生的现代生态学。美国哲学家戴斯·贾丁斯认为，“深层生态学”和“社会生态学”都是解决生态和环境问题的方法，二者都与生态女性主义有着密切的关系，卡洛琳·麦茜特把它们三者均视为激进的生态学。

（一）深层生态学与生态女性主义的关系

深层生态学的奠基人是挪威哲学家阿恩·奈斯，他创造了“深层生态学”这个术语以区别于他所批评的“浅层生态学”。奈斯认为，应该采取全景的观点，超越狭隘的人类中心主义，用更加整体的、非人类中心的方法，为了生态自身的利益，尊重和关怀大自然。这就是深层生态学的思想观点。深层生态学者把导致目前环境被破坏的世界观称为“主宰性世界观”，他们力图代之以另一种新的观点，这种观点是整体主义的、非人类中心的。深层生态学认为自然是有内在价值的有机体，它以生态中心的立场来看待人与自然的关系，“它要求对人与自然关系做批判性的考察，并对人类生活的各个方面都进行根本性的改变。”

作为激进环境主义的两支力量，生态女性主义和深层生态学有许多相似之处：它们都赞同多样性，都把人类和非人类的生命置于平等的地位加以看待，反对统治制度，反对阶级状态，从历史和非西方文化中寻找并确定改革的目标；它们都向脱离世界而存在的孤立个体的神话发起挑战，肯定生命之间的相互联系性，认为人类与自然乃至一切生命形式都息息相关，难以分割。除此之外，“大部分生态女性主义者承认，在拒绝理性主义价值理论和建立于抽象原则和普遍原则——只有通过理性才能发现这些原则和准则——之上的环境伦理方面，她们与深层生态学立场一致。大部分生态女性主义者还赞赏深层生态学对欧洲式的人与自然分离观念的排斥。”

除了这些相似之处，生态女性主义与深层生态学也存在明显的分歧，她们对深层生态学进行了激烈的批评，批评的内容主要集中在三个方面：第一，深层生态学认为，人口过剩是造成环境破坏的根源，因而主张控制和缩减人口。生态女性主义指责深层生态学的这一观点是男性对女性生育过程的另一种形式的蔑视、不尊重和控制，因为她们认为对物种繁殖加以人为地控制是一种理性主义和科技主义。

生态女性主义者还批评深层生态学轻视通常是忽视父权制和社会的统治制度对男性和女性造成的不同影响。深层生态学倾向于把父权制看作是一种抽象的概念或观点而不是具体的压迫经历。这种倾向使深层生态学退回到父权制的行为。尽管深层生态学家宣称要消灭所有的社会等级制，但他们仅仅只是表现出对破坏自然的关注。正如生态女性主义者阿里埃尔·萨勒所说："在父权制文化中，从人类有记载的历史开始，妇女和有色人种就被作为资源受到压迫，也一直存在掠夺自然的意识。妇女和少数民族与自然的联系意味着如果在对待环境的态度上有任何政治改革的机会，就需要同时改革对待性别和种族的态度。……在'存在巨链'中所有层次的压迫——物种歧视、种族主义、性别歧视、阶级压迫——都是相互关联而且必须关注的。"

批评的第三个方面，同时也是生态女性主义者对深层生态学的主要兴趣，集中在它无视性别的前提上，即深层生态学认为性别中立的人类中心主义是统治自然的根源；而生态女性主义认为，深层生态学反对一般意义上的人类中心主义是不完善的，男性中心主义才是真正的根源。这就是说，"深层生态学主张挑战人类中心主义的世界观，可是对于生态女性主义者而言，真正必须改变的是男性中心主义的世界观。"深层生态学在批判人类对自然的破坏时，把女性置于和男性同等的地位，这正是生态女性主义强烈批判的。"生态女性主义者对包含在'生态自我'概念中的前提有所警惕，因为这一概念是指与大写的自我而非个体的自我相联结的人的存在。这会让人觉得它将导致所有具体性的湮没，对成长于父权制社会中，被教导成牺牲自我以满足丈夫和孩子需要的女性来说，这是一个令人不安的概念。"因此，认识到造成自然破坏的真正根源是男性中心主义，这是生态女性主义与深层生态学的最大区别与特色。

（二）社会生态学与生态女性主义的关系

在生态女性主义的发展过程中，现代生态学理论具有相当重要的作用，其中特别值得一提的是美国社会理论学家默里·布克钦的社会生态学的构想。布克钦认为生态学与自然的动态平衡有关，与各种事物的相互依存有关，其中当然也包括了人类，社会生态学关注人类在自然界进化过程中所扮演的角色。尽管社会生态学和生态女性主义之间有许多区别，但它们的相似之处仍占多数。它们都意识到，生态破坏与控制和支配这个社会的问题有关。它们之间的区别在于具体解释这些社会问题以及社会变革的程序上有所不同。

与其他形式的生态学（尤其是深层生态学）不同，布克钦承认人类与其他生物的区别，认为人类是自然进化的产物，是惟一复杂、有理性的部分（这也是布克钦与深层生态学者激烈争论之处）。布克钦的社会生态学是一种辩证的自然主义，说它是辩证的，因为它把所有的现实都看作是一个自我发展和自我改革的连续过程中的存在，认为它们是一个整体中的相互作用、不可分割的部分。说它是一种自然主义，因为它把现实看作是自然，把所有存在的事物看作是自然的存在物。布克钦具有一种重要的意识，他意识到每一种现象都是由它自身的历史构成，进化过程中的每一个阶段都逐渐地发展至下一个阶段，而每一个后续的层次中都包含了前面的层次。

社会生态学家认为，长久以来，人类意图统治他者和征服自然的行动阻碍了社会和自然的进化。布克钦提出了一个颇为引人注目的观点：即人类统治自然源于人对人的统治。他指出这种统治的根源是人类社会的等级制：年龄大的统治年龄小的，男性统治女性，一个种族统治另一个种族，代表“较高社会利益”的官僚统治普通群众，城市统治农村，心灵统治身体，工具理性统治精神。布克钦认为不是经济剥削导致了社会的压迫行为，在他看来，社会的等级制结构要先于人类对自然的统治，因此，复杂的等级制和统治制度才是自然破坏的根源。

从字面来看，社会生态学是“社会的”，因为它强调是社会问题造成了目前的生态问题。也就是说，不彻底解决人类社会的问题，就不可能清楚地了解目前存在的生态问题，更不要说解决这些生态问题了。经济的、伦理的、文化的和性别的冲突等问题是造成今天生态混乱的原因，这些社会问题造成了自然的灾难。社会生态学家提醒我们，地球生态的未来事实上是一个社会问题。

事实上，把生态问题和社会问题分割开来，或者贬低两者的关系或只是象征性地承认它们的关系，这都会使人误解导致环境危机日益严峻的原因。事实上，作为社会存在物的人彼此和谐相处的方法是解决环境问题的关键。只有清楚地认识到这一点，我们才能分辨弥漫于社会之中的导致产生支配自然的观念的等级制思想。

社会生态学认为，如果我们不能认识到围绕着残酷的竞争法则建构起来的市场经济完全是个人的、自我运作的机制，我们就会错误地把技术或者是人口的增长当作导致环境破坏的原因，我们将忽略环境问题产生的根源，例如为谋利进行的贸易，工业的扩张等。简言之，我们关注的只是社会病理的症状，而非病理本身，我们为解决问题而做的努力更多的只是装饰门面，而不具有真正的效果。

社会生态学设想的社会变革比大多数生态女性主义提倡的变革更为激进。虽然社会生态学和生态女性主义都认为消灭社会等级制是改革的基础，但是社会生态学提出了详细的保护生态的计划。社会生态学指出，社会和生态的更新应该采用生态群体和生态技术的方法，因为它能构建人类和非人类自然的创造性的互动关系。这些群体又会成为一个更大的自然环境的一部分（这个自然环境也是一个自然的"生态群体"）。布克钦认为，人类解决生态危机的行动预计能达到的范围，只能通过确定我们代表自然行动的能力（包括谦卑地承认我们忽略了自然难以估量的复杂性）以及我们侵扰自然平衡造成的不利影响而加以决定。人类的经济活动应该代表自然，而不是对抗自然，应该用富有创造性的工作和技术取代机械的生产。未来的经济共同体通过对需求体系进行批判性的分析和重新塑造而实现人类社会的富裕，经济共同体拒绝为了自己的利益而消费，社会财富的增加应该来源于"对周围环境审美的愉悦，启迪性的工作，创造性的娱乐，令人愉快的人与人之间的关系以及对非人类自然的欣赏"。

总之，社会生态学和生态女性主义之间有许多重要的相似之处：(1) 在分析环境问题方面，它们都对当前生态危机产生的原因进行了分析，它们认为生态危机源于社会的控制或统治。社会生态学认为是社会阶级关系导致了对生态的控制和统治，而生态女性主义则认为是父权制思想导致了对自然的控制和统治。布克钦认为人对人的统治促成了人类对自然的统治。生态女性主义者罗斯玛丽·雷德福·卢瑟指出，"在一个以支配模式为基本的相互关系的社会里，女性不可能从中获得解放，而生态危机也不可能得以解除。女性必须把妇女运动与生态运动结合起来，以求彻底重新塑造社会经济关系及相应的价值观。"(2) 与深层生态学不同，社会生态学与生态女性主义都认为，生态破坏的根本原因不在于主宰性哲学或者世界观，深层生态学对于生态破坏的根本原因的观点太抽象，也太一般化了，忽略了特定的人类和社会因素对自然的伤害和冲击。(3) 它们都认为深层生态学过分强调对荒野的关注，忽略了人类社会的切身问题。它们将以往对形而上学和伦理学的关注，转移到社会和政治哲学的层面，关心人类个体和所处社会组织之间的关系，也就是关心某些社会结构对部分社会成员实施压迫和剥削，以实现其他成员的利益这种不公平和不合理的现象。

从上述分析我们可以看出，生态女性主义与女性主义、生态运动之间既有相同之处，又存在差别。生态女性主义不是女性主义与生态运动的简单结合，而是一种对于两个运动都至关重要的结合，它从“传统的女权主义者关注性别歧视发展到关注全部人类压迫制度（如种族主义、等级主义、歧视老人和异性恋对同性恋的歧视），最终认识到‘自然主义’（即对自然的穷竭）也是统治逻辑的结果。”这正是生态女性主义对女性主义运动和生态运动的超越。生态女性主义把非人类自然纳入它的理论化中，拓展了自然的概念，增强了我们对情境化的身体以及自然世界的认识。更重要的是使女性主义者意识到，女性主义运动不仅是一种反对性别压迫的运动，还是一种反对自然剥削、阶级压迫、种族主义等各种统治形式的运动。可以说，生态女性主义是与女性主义第一次浪潮、第二次浪潮相类似的，但又在某种程度上超越了前两次浪潮的女性主义运动。

此外，我们还可以看出，深层生态学与社会生态学均为生态女性主义运动提供了基础和前提。作为激进环境主义阵营中的主要力量，深层生态学与社会生态学之间有许多共同之处。布克钦在评论深层生态学和社会生态学的关系时曾指出：“所有生态主义者都赞同要超越把自然仅仅当作被动的自然资源的那种有限的环境主义观点，以及把人与自然界的相互关系定义为仅仅在没有威胁到人类物种生物学上的持续性的情况下有效地、谨慎地使用这些资源。无论我们在自然哲学方面有什么不同，深层生态主义者和社会生态主义者都呼吁对生物圈的一种直接的、深刻的尊重，一种促进其正常运行的自觉的努力，和一种促进人与自然之间和谐的努力。”布克钦的评论同样也适用于生态女性主义。

另外，深层生态学和社会生态学均认为生态的多样性和丰富性对生态系统的健康至关重要；在寻找生态问题的深层根源上，两者都把生态问题与伦理、价值、社会等问题联系起来，并试图从制度、观念和意识形态层面寻找原因。不同的是，深层生态学强调生态问题的根源在于人的观念，攻击的目标是人类中心主义；而社会生态学关注环境问题与社会、政治的关系，将环境问题归咎于社会制度。在谈论人与自然的关系时，深层生态学和社会生态学基本上未涉及性别问题，这引起了女性主义者的不满。她们认为生态危机是源于压迫性的父权制结构，对女人的统治和对自然的统治是由同一个统治逻辑所支配，所以，对自然的解放和对女人的解放必须同时进行。生态女性主义关注女性问题和环境问题之间的关系，攻击的目标是男权统治。深层生态学关注观念层面上的批评与建构；社会生态学则更关注社会层面上的批判与建构，它们二者都对生态女性主义产生了重要的影响。

第三节　巴赫金对话理论与生态女性主义批评之关联

俄罗斯文艺学家巴赫金的对话理论对当今世界人类的思维方式、行为方式及政治、经济、文化观念产生了极大的冲击。该理论最重要的方面在于它赋予了各种彼此对立、不相融合的声音或者意识以平等的权利和机会，它不从二元对立的选项中简单地做出选择，也不对世界（包括文本）进行权威式的终极解读，而是体现出一种平等、民主的文化意识，它强调对话的目的是为了拓展自我和他人各自的主体性的领域。在对话的过程中，参与对话的双方互相提问并互相回答，不论是赞同还是反对，都使问题的本身得到了深化，使参与对话的双方提高了认识，拓展了视野，丰富了知识。

生态女性主义在其理论的构建过程中也深受巴赫金的对话理论的影响。生态女性主义者意识到，“对话”的方法能使对立的双方相互交流，承认双方的相似性但又不抹煞差异性。生态女性主义理论家墨菲指出：

“许多基本的矛盾无法解决，只能加以沟通，因此，巴赫金的对话理论是一种十分重要的批评方法。”“对话理论与生态学和女性主义理论相结合，必将产生积极的社会实践行为。”巴赫金的对话理论受到了批评界极大的关注，国内有关巴赫金对话理论的评论比比皆是，但迄今为止，关于巴赫金对话理论与生态女性主义批评理论的关系的研究尚未出现，这不利于我国的文学批评理论与实践的发展，因此，探究生态女性主义与巴赫金对话理论的关系，深入思考生态女性主义与对话理论相结合的重要意义是一个值得研究的问题。

一、 巴赫金对话理论对生态女性主义批评的影响

巴赫金认为，对话“是同意或反对关系，肯定和补充关系，问和答的关系”。他主张的“对话”包含了马克思主义的辩证法，它强调对立双方的统一以及双方相互激励的动态张力。但是对话与辩证法又有着根本的区别，辩证法是针对某一个问题，通过辩证的途径达成一个最终的共识，从而最终解决这一问题，而“对话”是“同意或反对关系，肯定和补充关系，问和答的关系”，是通过相互切磋研究，相互交流沟通，将人的认识导向某种认同，而不是抹煞差异、强求一致。对话使各种彼此对立、不相融合的声音或者意识获得了平等的权利和机会，它不会对二元对立的概念做出简单的判断和选择，也不是对世界（包括文本）进行权威式的终极解读。对话的结果使对立双方加深了对问题的认识。

对话是如何产生的？在《审美活动中的作者与主人公》中，巴赫金发现了自我和他者在存在上的依存关系，这是巴赫金提出对话理论的基础，因为对话只能在承认人与人之间的依存关系的基础上进行，自我与他者是相互联系、不可分割的。在巴赫金看来，自我存在于他人意识与自我意识的联结处。自我离不开他者，同时自我意识与他者意识又不完全融和，他者和自我都是有着独立的自觉意识的主体，自我与他者各自的认识与价值相互交换，在这种对话中，主体的存在得以建构和体现。对话是一切生存的基本条件，“一切都是手段，对话才是目的。”他者是自我存在的基础，在对话理论中，他者、他人意识是作为与自我、自我意识拥有平等地位、

同样价值的主体出场的。他者是和自我一样的主体因素，而不是处于自我之外的、任自我摆布的客体。自我的世界是从自我唯一的存在位置建构起来的，他者的世界同样如此，不管这个世界相对于自我的世界来说是多么的独特，多么的难以理解，但在地位上是与自我平等的。值得一提的是，平等不意味着相同，他者的典型特征就是异质性，它以绝对的差异运行在任何主导意识的统治之外。有多少个他者，就有多少个不同于自我世界的世界。因此，世界本质上是多元的，它以众多不同的自我为中心建构起来，在看似统一的世界里面，生活着众多不同的个体。

巴赫金的对话理论把自我和他者的关系界定为相互联系、相互渗透的部分和部分、部分和整体的关系，而非传统的二元对立的关系，这种观念的转变对于生态女性主义理论和实践具有十分重要的意义。生态女性主义者吉姆·切尼把巴赫金的对话理论理解为一种“文本对话”，她认为：“这是一种能真正实现信息共享的认识论模式，‘事物’不会被忽视，而是受到细心的关注。”这种认识论模式使事物不再仅仅作为物进入人的视野，而是作为具备意识和情感价值的生命个体为人所认识和了解。生态女性主义者约瑟芬·多诺万在文章中指出：“巴赫金的对话理论对生态女性主义事业的贡献比马丁·布伯的贡献更为卓越。”“巴赫金的对话理论能够使生态学和女性主义在保持各自不同特点的基础上相互结合。”因为巴赫金强调的对话具有平等性，每个声音都以独立存在的形态呈现出来，“互不混淆，互不同化，彼此在同一平面上相互倾听，从而构成真正的对话关系。”以对话作为基础，生态学理论和女性主义批判理论在结合的过程中，不会消除各自不同的特点或者使一方从属于另一方，而是促使二者平等、自由、开放性地对话，使两种思想相互碰撞和交流，有助于“去男性中心”和“去人类中心”的实践行动。

作为一门科学，生态学主要关注非人类的自然，主要研究有机体和它们生存环境之间的互动关系、环境的变化以及环境保护。生态学把人类视为地球生态系统的一部分，它是对相互关系、位置和功用的研究，它的研究是以承认“自在之物”和“为我之物”的区别为基础和前提的。它认为“为我之物”是被干涉、操纵和改变后造成的结果，如果我们能把其他实体转变为“为我之物”，那么反过来，其他实体也同样能将我们转变为

"为他之物"。生态学对"自在之物"和"为我之物"差异性的研究以及"为我之物"能被转变为"为他之物"的结论，使女性主义者意识到性别本身是矛盾的、建构的范畴，意识到"他者"是一个有着独立的自觉意识的主体，在一个非等级制的统一体中，相互存在差异的事物之间并非二元对立或等级制的关系，"男性"和"女性"的概念不是绝对的性别范畴，而是体现出性别文化构成的概念化过程中，物种在生殖能力方面的区别。因此，女性主义把揭露、批判和终止对女性的压迫、颠覆父权制和菲勒斯中心主义（男性中心主义）作为目标，要求男性承认"他者"的主体性，不仅承认"他者"与"自我"在结构上的差异，还要承认"他者"与"自我"在本体论上的平等。这意味着承认"自我"与"他者"是相互依存、相互决定和相互建构的，也意味着承认女性不仅是一个他者，还是一个自我。

把"他者"视为一个独立的实体只是第一步，接下来要在非等级制的基础上，认识自我与他者互相作用和互相激励的关系。尽管承认男女之间存在性别的差异，但是我们不应根据性别差异来断定何种性别更具优势。生态女性主义者罗斯玛丽·雷德福·卢瑟指出，没有性别——角色的固定模式，则性别——个性的模式也会消失，个性的真正个体化才会出现。被强迫塑造成"男性气质"和"女性气质"类型的模式将被取代，代之以每个个体都能成为具有完全的认知、情感、行动和感受能力的复杂的整体。

生态女性主义者认为，非等级制的观点必然挑战任何企图维护和培养社会性别差异的行为，因为它导致了性别的压迫和剥削。非等级制的观点也将引发特定的政治实践活动从而破坏现存的社会结构，发展新的社会结构，这种发展适应基本的生态功能，即一个健康、平衡，包含了人类和非人类居住者的生态系统必须保持多样性。多样性被视为物种生存的必要条件，它既指物种自身的内部的多样性，又指生态系统间的关系的多样性。生物呈现出多样性往往是在生态系统处于平衡状态时，是在动态的平衡中，这种平衡是"一种功绩和一种倾向，例如，动态而非静止的系统的再循环，以及能量的循环"。著名生态学家奥尔多·利奥波德认为："当一件事情有助于保护生物共同体的和谐、稳定和美丽的时候，它就是正确的，当它走向反面时，就是错误的。"也就是说，当一件事情能够维持生态系统中的动态平衡时，它就是正确的。生态女性主义者也指出，把生态系统的健康、稳定的状况作为基本的评判标准能够建立一种新的价值观念，以对抗资本主义经济的过度发展。她们认为，为了对抗以使用价值或交换价值为基础的价值评判标准，要发展一种生态价值标准，亦即强调事物的相互联系和可持续发展。

巴赫金在对话理论中还提出了“向心力”和“离心力”的概念。他认为，语言是受到离心力和向心力两种力量的撕扯。离心力的力量是一种庶民语言，它是散漫的、不经意的、充满诅咒的；向心力语言则是官方语言，是封闭的、统一的。每一个时代，庶民语言的离心力的力量一定大于官方语言的向心力的力量，这也是小说能保持鲜活生命力的原因，两种力量的相互作用表现了文化与文学的内部力量的消长。在《弗洛伊德主义批判》中，巴赫金指出，我们把贯穿在我们全部行为中的内部和外部语言称为“行为意识形态”。“行为意识形态”较之定形的、正统的意识形态更敏感，更富情感，更神经质，更活跃。在行为意识形态的深处聚集着矛盾，它们达到一定程度最终会摧毁正统的意识形态。这里，我们可以看见向心力和离心力之间的张力以及离心力摧毁系统稳定性的强大力量。它表明即便在无意识的层面，个体也会和社会产生相互的作用。当世界对个体产生作用时，个体也对世界产生作用。换言之，当个体对自身经历的表述和反射与正统的意识形态不相符时，个体会对抗乃至改变统治的意识形态。

生态女性主义者意识到，巴赫金对话理论中的离心力和向心力的概念有助于我们突破传统的二元对立的思维模式，揭露理智与情感、中心与边缘、人类与自然等概念中二元对立思想的错误。传统的二元论思维模式认为情感是女性气质的，理性作为启蒙主义的产物能够控制情感。事实上，我们每个人都是既具有理智又具有情感，既有意识又有无意识，只是在不同的时间里，它们中的一方会比另一方更突显出来罢了。离心力和向心力的概念有助于我们认识这些二分概念建构的特征，在特定时间里，二分概念中的一个会占据我们思维活动的中心，此时另一个概念会发挥离心力的作用阻止占据中心的概念成为固化的教条。基于对对话理论中的向心力和离心力概念的认识，生态女性主义者指出，否定被视为是女性气质的情感或者是自然属性的本能是对他者声音的忽略，是把“说话主体”的位置留给“自我”的表现，而事实上“他者”也是我们自身的一个部分。生态女性主义者还意识到，向心力和离心力的概念提供了一种对抗“整体化”和教条主义倾向的方法。向心力倾向于中心化、同一化和有规则的制约；离心力则倾向于去中心化、差异和改革。整体是受向心力作用的、相对的、临时性的实体，要凭借离心力打破它原有的平衡以建立新的平衡。

二、 生态女性主义批评对巴赫金对话理论的拓展

尽管巴赫金的对话理论与生态学以及女性主义的结合具有十分重要的意义，但是生态女性主义者也指出，要发展生态女性主义，就需要对巴赫金的对话理论做出重大改变，因为巴赫金的对话理论没有关注生态问题和性别问题。

生态女性主义者意识到，在探究人类与世界的关系的问题上，巴赫金的理论是以人为中心的。“这个世界是围绕着一个具体的价值中心而展开的。这是一个可以思考、可以观察、可以珍爱的中心。这个中心就是人，在这个世界中一切之所以具有意义和价值，只是由于它和人联系在一起，是属于人的。”巴赫金忽略了人是自然世界的一部分，把人与自然环境割裂开来，这正是生态女性主义者反对的。美国著名的环境伦理学家霍尔姆斯·罗尔斯顿认为：“在（自然）环境语境中，我们人的特性不是必然存在于我们之中，而是在我们与世界的对话之中。”换言之，人和自然世界是相互关联、不可分割的。生态女性主义批评家默菲也指出：“巴赫金……方言（或习语）的尝试应该拓展到‘非人类语言’，例如包括动物和自然在内的对话中。”尽管巴赫金的对话理论将人类的“他者”视为“说话的主体”，但是，生态女性主义者主张把“他者”的概念进一步拓展至非人类，把非人类实体的话语作为一种方言加以倾听并使其合法化，而不是用理论主义的话语代替它们，抹煞它们的主体性。事实上，许多作家和艺术家都尝试把自然作为说话的主体，这不是一种浪漫主义模式，而是要把自然作为文本中一个有自我存在的角色。生态女性主义理论主张努力将“他者”（在男性中心主义体制下主要指女性和自然，事实上是女性与自然二者的互相交织，亦即作为自然的女性和作为女性的自然）转变为父权制

下说话的主体，通过去中心和建构其他中心的模式来颠覆父权制，关键不是替自然说话，而是通过说话的主体或者在艺术作品中赋予自然以特征，把自然呈现给我们的意义转变为词语的描述。

巴赫金认为意识和无意识的交流构成了特殊的言谈，其中有说话人和应答者、自我和另一个自我，它们不是同一个事物，而是同一种思想的不同组成部分。他指出："任何一次言谈，都不能把它归在言谈者一个人的份上，它是说话的人们相互作用的产物，广而言之，是发生言谈的整个复杂的社会情境的产物。""任何具体的言谈，哪怕是无意识的话语，都反映出它直接从中产生的社会关系。"在他看来，说话者本身或多或少也是一个应答者，"自我"本身不是单一的、一元的，而是多元的。

基于对对话的必要性尤其是男性气质层面和女性气质层面对话的必要性的认识，生态女性主义者指出，深层生态学忽略了男性与女性之间的对话需求，这严重削弱了深层生态学颠覆父权制霸权的力量。在生态女性主义者看来，深层生态学对于性别歧视和社会性别差异的漠视反映了环境主义在构建自身理论方面存在着缺陷和不足。女性主义思想有助于我们摆脱父权制下形成的思维习惯，但是环境主义者却并未认识到女性主义运动和环境运动的最终目标是一致的。生态女性主义者伊内斯特拉·金对此指出："通常生态主义者关注的是非人类的自然，他们没有意识到终止对女性的压迫与他们的目标之间的重要关系。因为女性受压迫的一个重要原因是她们和她们所关注的自然之间有着密切的关系。厌恶女性和憎恨自然是相互联系，相互强化的。"在金看来，男性对女性的压迫是其他压迫形式的原型，但各种压迫形式无法按照时间先后顺序分割开来，因为它们是建立在相同的现实基础之上。金提出了四条生态女性主义的基本原则：第一，压迫女性和建构西方工业文明是相互关联的，因为二者都相信女性比男性更接近自然；第二，地球上的生物是非等级制的，构成"一个相互关联的网"，并无上下高低的等级之分；第三，由人类和非人类自然构成的平衡的生态系统必须保持多样性；第四，物种的生存要求我们重新理解人类与自然的关系，这既是指我们身体内的自然，也是指我们周围的非人类自然。澳大利亚生态女性主义者阿里埃尔·萨勒也批评深层生态学未能引起传统思维方式的变革，没有达到预定的目标。她尤其提到虽然深层生态学有“反阶级”的立场，但却只注意人类对自然的压迫，忽略了男性对女性的压迫，仍拘囿于“思想/身体”二元论的窠臼中，贬低了意识形态作为物质力量的重要性。她指出，“女性主义意识是要根除几个世纪以来父权制对我们（男性和女性）造成的意识形态的污染。”她认为，深层生态学的拥护者囿于传统的二元论思维范式，没有驳斥和力图颠覆“对女性气质的压迫”，这不仅仅指“真实的，活生生的，经验的女性”，也是指“男性自身结构中的‘女性气质’部分”。

三、 生态女性主义批评与对话理论相结合的意义

对话是一种方法，有助于人类透彻地了解生命，不断拓展人类相互作用、相互激励的语境。生态女性主义批评家墨菲指出，生态学、女性主义、对话理论再加上向心力和离心力这两个基本的支点，我们可以引发一场范式的变革，消除贯穿在对自然的剥削和对女性的压迫之中的父权制的二元论的思维模式；同时，我们也要警醒，当我们摧毁了父权制和它的社会经济体制后，一些新的问题和矛盾又会出现，需要我们加以探讨、给予回答并寻找新的支点。生态女性主义对话理论提供了一种方法、一处位置供你踏脚，但却不是驻留。美国女性主义者戴尔·鲍尔指出，由于在完成一项任务的过程中会有不同的意见出现，所以只有通过对话，而不是把各种观点拼凑在一起，才能使我们真正地相互理解。在鲍尔看来，巴赫金的对话理论是一种方法，可以用来组合和指导女性主义的文化和文学理论。鲍尔本人的文学批评实践也正是依据这一思想来进行的，她的文学批评视野不断从具有美学性质的文本拓展到文化群体、政治和父权制的意识形态权力等问题。但是鲍尔也认为，巴赫金诗学理论虽然取得了突出的成就，但其中缺乏对性别差异的关注。

尽管对话理论尚存在这样或那样的缺陷和不足，但是生态女性主义者意识到，对话理论和生态学以及女性主义理论的结合具有十分重要的意义。对话理论与生态学和女性主义的结合拓展了哲学研究的视野，使哲学跨越了对使用价值和交换价值、自在之物和为我之物的区分的界限，承认并认同事物相互构建的价值观念。我们应该承认“他者”的存在是一种

"自在之物"的存在，这里的"物"指的是物质的实体，包括人类，非人类的动物和生态系统。同时，还要意识到人类不仅仅是"自在之物"和"为我之物"，还是"为他之物"，此处的"他"还指生物圈或者生态系统的健康稳定的发展。只有意识到这些，我们才能明白人类应该把生物圈置于什么地位和人类应该采取什么态度对待生态系统。生态女性主义和对话理论的结合增强了生态女性主义者对于事物的相互依存性和生态系统对多样性的需求的认识，这种认识促使她们重新思考"他者"和"他性"的概念。

对话理论提醒生态女性主义者每一种立场实际上就是一个支点，供你踏脚和起舞、实践和发展，但并非让我们在此驻留或者停滞下来休息。要想持续不断地移动，生态女性主义者需要密切地关注文学和文学批评，反之，文学理论和批评也需要把生态女性主义理论融入到文学批评实践当中。当下，许多作家都对哲学思潮表现出一种强烈的感知意识，并且力图通过文学作品表现出当下哲学思潮和文学理论中的深刻见解，生态女性主义也是他们关注的文化和哲学思潮之一。文学批评家和哲学家需要和生态女性主义理论展开对话以促进他们自身的批评实践活动，并且对生态女性主义者在批评实践中呼吁改革的行动做出评价，因为生态女性主义的作品是从她们自身的生活经验中产生的，而不是一种闭门造车式的创作。

从当下的语境来看，生态女性主义文学批评应该系统地寻找能使以生态为主题的文学作品得以突显的策略，并以这些策略为标准评价文学经典，使生态叙事发出声音。同时，应该运用女性主义的批评标准对蓬勃兴起的自然写作和环境文学进行评价，因为一直以来，自然写作只是白人男性作家涉足和支配的领域，这导致一些批评家以此来建构自然写作和环境文学的评价标准，而漠视或者忽略了女性自然写作的存在。以对格里芬的《女性与自然》为例，我们可以发现，对话理论对于生态女性主义文学批评的持续发展颇有助益。因为对话理论不仅有助于分析该作品的结构，而且有助于揭示贯穿在全文的"双声"以及两种声音之间的转换。两种不同声音的交错出现，其中一种声音是女性和自然的，带有感情的、动物的、具体的声音；另一种是独唱，冷静的、学者气派的，假装客观的、拥有文化权威的声音。这象征着两种不同观点之间的辩论、对话，最终一种声音被另一种象征自然和女性的声音取代，辩论到此结束。

从上述分析中，我们可以发现，巴赫金的对话理论与生态女性主义理论的结合为妥善缓解或消除当今日益严重的生态危机和精神危机，恢复和维护生态平衡，保持人类社会的和谐和可持续发展提供了一种新的思路和思维范式。生态女性主义批评将巴赫金的对话理论加以拓展，将其推衍到人类与非人类自然的对话，对话的模式使批评家的立场和视角都发生了变化，从而使艺术结构和叙事手法得以改变，使女性和自然不再保持缄默，这对文学批评和文学创作都具有重要的意义。

第四节　女性主义立场理论演变历程探究

一、女性主义立场理论的产生及其内涵：一个新的认识论范畴

20 世纪 70 至 80 年代，一些女性主义理论家例如南希·哈索克、多萝西·史密斯、希拉里·罗斯致力于发展不同于传统的人道主义的研究方法，在此语境下，立场理论产生了。女性主义立场理论是美国马克思主义女性主义者南希·哈索克（Nacy Hartsock）命名的。她从马克思的历史唯物论中得到启示，要建立女性主义的历史唯物论。事实上，女性主义立场理论的传统可以追溯到黑格尔在《精神现象学》中站在奴隶的立场上讨论的关于主奴关系的见解。后来，马克思、恩格斯和匈牙利马克思主义理论家卢卡奇都对这种见解做了精辟的分析。简言之，立场理论认为，不同阶级由于所处社会地位的不同，其观察社会的角度也不同，他们的地位构成了他们理解社会关系的不同立场，受压迫阶级往往对社会的理解更真实。马克思认为，经济运行中起关键作用而又处于社会边缘的人群可能会对社会现实有更加准确的理解。无产阶级因处于社会边缘地位，所以在维护资本主义体系过程中没有既得利益，因而他们不会刻意遮掩其缺陷；另一方面，他们作为经济运行的中间力量掌握了资本主义体系运转的第一手资料。由此，马克思主义认识论主张，要想对某一

现象获得准确的理解，人们必须有亲身经历，同时没有既得利益、没有导致理解扭曲的偏见。虽然马克思的无产阶级立场理论缺乏社会性别的视点，没有发现劳动的性别分工以及男工和女工之间的不平等，但是，一些女性主义者借鉴马克思的无产阶级立场理论，发展了马克思的劳动分工理论，为“女性拥有独特的视角”这一观点提供了根据，并补充了一些有关社会现实的分析，表明女性既处于社会的中心，又属于边缘人群，女性的再生产劳动和父权制下的社会边缘地位为她们提供了一个透视现实的独特的视角，使她们对现实的理解更加全面。

女性主义的立场理论为女性主义政治斗争提供了理论依据和精神动力。女性主义立场理论认为，建立于性别劳动分工基础上的女性经验赋予了女性获取知识的独特途径。在父权制体制下，女性拥有不同于男性的关于社会关系的经验，而且女性的经验内容更真实地反映了社会现实。女性认识上的优势使她们能抓住男性化活动无法接近的自然和社会生活方面。简言之，女性主义的立场理论是在马克思的无产阶级立场理论的基础上发展起来的，是历史唯物主义的女性主义理论。其目的是帮助人们获得思想解放。它主张一种属于女性主义者或女性的独特认知视角，并声称女性由于在社会中的位置和经历不同而拥有和男性不同的世界观，女性主义立场理论不仅独特而且具有男性没有的优势。

关于立场的含义，卢卡奇曾指出，立场是建立更美好的社会的理论远见，而不是某个阶层日常生活实践的总结。同理，女性主义立场不是指现实的、日常生活中的女人的意识，因为她们的意识是由她们的被压迫地位决定的。女人的观点可能是反抗压迫，也可能是认同压迫，还可能是由对压迫制度的认同引起的女人对他人的压迫。女性主义的立场“是一个正占据着的社会位置；是站在这个社会位置上的人在认识上和科学上所取得的优势的条件”。许多女性主义者认为，在政治上如果没有具体的立场和稳定的理论，将使女性主义无法在实践中团结女性共同奋斗，如美国女性主义者黛安娜·伊拉姆所言：“女性主义将失去‘明天的早晨’。”

二、女性主义立场理论的发展：生态女性主义的立场观

近年来，生态女性主义者的自我意识越来越强烈，也愈来愈关注自身

的立场。对她们而言一个立场就是一个成就，是一种批判的观点，是与统治性的、霸权的概念框架进行斗争的产物。澳大利亚生态女性主义者阿里埃尔·萨勒指出："认为女性在任何时候都比男性更接近自然的观点是错误的。这个问题关键在于女性的生育行为以及她们所从事的父权制下的工作类型……大大拉近了女性与自然之间的距离，……采矿或者工程类工作也类似于一种和自然的相互作用，但区别在于这种工作是用一种支配的语言表达的，这种语言从意识形态方面强化了有势力的、攻击性的、与自然分离并且凌驾于自然之上的男性气质的身份认同。相反，那种象征女性经验的语言把女性置于与自然更接近的地位，她们自视同时也被视为是自然的一部分。尽管男性和女性的身份都是历史建构的，但是在生态破坏时期，女性气质明显是一种更为健全的人类态度。"

萨勒意识到，一个人所从事的工作对于塑造他的思维方式、他对世界以及对自身的取向具有重要的意义。在萨勒看来，这种取向或多或少是具有物质意识的、二元论的、以功用为中心的。她认为女性气质的社会身份认同对生态更为友善，男性气质的身份认同则不太友善。在许多人看来，萨勒的观点不免有本质主义的倾向，但也有学者认为，萨勒的观点并不是要把生物的男性和女性加以本质化，而是构建一种生态女性主义立场的基础。哲学家卡伦·沃伦指出："作为一种方法论和认识论的立场，生态女性主义者以一种或者另一种方式把所有女性（和他者）对非人类世界的理解的声音和体验中心化……使女性的声音中心化对于全面地批判和修正自然的概念以及道德层面上的人类和自然的关系，在方法论和认识论上具有重大意义。"她相信女性本体论的取向调和了二元论，这些倾向是以"关怀"为导向的，所以持有一种和统治的概念框架相对立的独特的批判立场。

澳大利亚生态女性主义者薇尔·普鲁姆德认为，"在一定程度上，女性的某些生活方式比起男性来少了一些和自然的对立，包含了不同的生活实践和关爱之心，并体现了另一种自我，生态女性主义能够而且应该优先将女性的这些经历和实践作为引发变革的源泉。"在普鲁姆德看来，由于女性被界定为是自然的一部分，并且她们所从事的工作也与物质生活密切相关，所以女性的自我身份认同和本体论的取向会更多地与自然相联系。

在生态女性主义者当中，普鲁姆德对于立场的论述比许多人的都要清楚，但是仍然有需要进一步完善之处，例如：女性是怎样作为文化的对立因素被排除在文化之外的？什么样的“生活选择”导致人们对二元论结构更深的不安和更深层的拷问？女性的生活为何较少地与自然直接对立？什么样的关怀和个性使女性的经验具有优先权？普鲁姆德谈论的是哪些女性等等问题。普鲁姆德没有讲清楚的问题被印度生态女性主义者范达娜·席瓦明晰化了。席瓦指出，有维持最低生活需要的第三世界妇女在反对第一世界的过度发展、维护第三世界群体和文化的完整时，具有优先权。在反抗帝国主义和殖民体制时，这些妇女是以局外人和批评者的身份批判让其社会地位、经济地位遭受威胁、让她们受到忽略的体制。为了获取维持家庭所需的生活资料，她们要在地里劳动，她们的劳动起到了调和西方传统的二元论的作用，当西方人为了自身的利益把二元论思想和科技引入她们的村庄时，她们对土地的本体论和规范的态度使她们拥有了一种独特的立场。

席瓦在《继续生存：女性、生态和发展》一书中为生态女性主义的立场理论进行了辩护，她从立场理论中被边缘化的地方性团体着手，构建生态女性主义的立场。生态女性主义立场批判地审视西方和印度关于女性和自然联系的观点，提出了一种可以瓦解西方二元论的替代性理论。这种替代的理论拒绝接受西方把自然、女性、非欧洲人种以及穷人当作是“自然”的本体论的概念，提出了一种不同的对待女性、动物和土地的规范态度。此外，席瓦分析比较了西方的科学主义与印度地方性的传统文化，揭露了科学主义这一新的认知体制通过话语实践在全世界重新确立意义和秩序，并以暴力的方式调整人与人之间、人与自然之间的伦理价值关系。她认为，印度传统的泛神论在生产实践中起到了阻止大规模环境破坏活动的作用，在客观上保证了生态系统的良性循环，为贫困农民尤其是妇女提供了公共资源，让她们得以维持基本的生活。然而，当西方科学主义的真理标准和实证主义方法无法解释印度当地的知识系统和生活哲学时，西方科学主义往往会无视后者的存在，这导致贫困的农民和妇女被剥夺了公共资源的使用权。因此，席瓦提出，立足地方性的知识体系重建女性主义的生态文明，同时将其与基层妇女的环保运动结合起来，这些都体现出她特有的“草根”立场。

尽管席瓦的分析仍然存在一些问题，但是她对生态女性主义立场的说明比其他女性主义者的论述更令人信服，更加促使人反思。她谈及的印度妇女在批判西方的本体论、认识论和价值观时具有特殊的批判立场，因为她们生活在西方文化之外的社会中，具有非二元论的本体论和价值观的框架，她们以局外人和反抗者的身份批判西方科学主义的侵害，她们对土地有深刻的了解，而这是大多数生活在工业化社会中的西方妇女所缺乏的知识。

三、 身体： 女性主义立场理论发展的基础

西方女性主义者认为，女性对自己身体的认知是女性界定自己的身份、掌握自己的命运和自我赋权的一个重要的途径和组成部分。对许多女性主义者而言，关注女性身体，实际上是以另一种重要的方式解构文化与自然的二元性。在西方政治思想中，身体和个人的“性”，长久以来被看作是“生物性的”实体。许多主流女性主义者接受这一种观点，认为“人类先天的性是既定的、不可改变的，而社会性别是社会建构的认同，从生物性的‘现实’基础上演化而来”。从某种意义上说，女性主义运动和女性主义理论是在质疑女性身体的生理决定论的过程中发展的。不同流派的女性主义关于身体有不同的看法和态度。自由主义女性主义与马克思主义女性主义都忽视对身体的研究，对女性身体采取的态度或是回避，或是排斥。与此相反，女性主义运动第二次浪潮中的一些流派，尤其是法国的心理分析女性主义和美国激进的女性主义都把身体提高到女性主义理论核心的地位，尽管如此，她们对身体的认识仍然是本质主义的，她们认为男女的主要差异是身体的差异，女性的身体是父权制对女性实施控制的主要空间。这种观点在 20 世纪 80 至 90 年代受到了许多女性主义者的批评，批评者指出这种观点具有生理本质主义的倾向，许多女性主义学者认为，这种对身体的本质主义认识的结果是在历史之外建构女性的身体和身份。这种生理本质主义在政治上是十分有害的，因为它忽略并否认其他的社会范畴（例如种族、阶级和民族等）在某些时候对人的主体意识的影响会更大。

20 世纪末到 21 世纪，大多数女性主义流派关于身体的理论是建立在

后现代主义的理论基础之上，许多女性主义者力图对“视女性为身体”的观点去本质化和去自然化，强调身体是由具体的社会文化建构的，可以在身体上刻写文化和社会的符号，就像其他社会文本一样，身体也是可以被阅读、被解构的，具有不稳定性、不确定性、分裂性。美国女性主义者朱蒂斯·巴特勒在《性别烦恼：女性主义与身份颠覆》和《至关重要的身体：性的推论性限制》两部著作中，对女性的生理性别和社会性别进行了谱系学研究，运用“性别述行性”理论否定了女性主义所依赖的生理性别的自然属性，声称生理性别和社会性别都是由话语建构的，“有效地动摇了基础主义的——本质主义的、静态的、纯粹物质的——物质概念或至少是生理性别的概念。”

在《至关重要的身体》中，巴特勒认为，话语建构的事物都有一个“外部”，但那不是绝对的外部，不是超越了话语界限的或者与话语界限相对的一种本体论的存在。作为一种建构的外部，它只能被想象成与话语有关，处于并作为话语模糊的界限。美国哲学家德博拉·斯莱塞指出，巴特勒的观点是一种激进的结构主义的观点：“对于巴特勒而言，身体是受社会规范高压统治的基地。在她看来，由于身体是或者可能是一种本体论的能指，社会性别是一种身体的述行，那么身体就是本体论的重复操作和决裂的基地。”巴特勒反对把身体理解为一个表面，她理解身体是要返回到物质的概念，是一种物质化过程，这个过程随着时间的推移逐渐稳定下来，生成了我们称之为界线、固定性和物质的效果。她认为，问题不再是“社会性别是如何通过对生物性别的阐释被建构的”，而是“通过什么规范标准使生物性别本身被物质化？如何把生物性别的物质性作为一个既定的前提并巩固它呈现的规范性条件？”巴特勒是反本质主义的，在她看来，“身体”已不是建立在生物学基础上的“自然的身体”，身体既是一种规范控制的产物又是通过述行产生的，是分裂性的。

巴特勒运用福柯的谱系学进行了女性主义性别身份建构，运用“性别述行性理论”成功地解构了生理性别与社会性别的对立。她的“语言建构主体论”并不是另一种“性别是社会构建”的说法，她对主体及其构建的分析是在语言和精神分析的层面上进行的，她否认纯自然的生理性别的存在，在她看来，纯粹的天然性身体并不存在，我们所说的“身体”，是重重社会规范依赖社会强制反复书写、表演自己的结果。易言之，作为一种身份，社会性别并没有本体论意义上的实体（生理性的“性别”作为独立概念几乎完全被文化性的“性别”涵盖了），而是通过不断地述行和模仿建构出来的。所以说，性别并无社会的和生理的区分，性别是长年累月不断重复的性别叙述，人们学会了自己应有的性别述行，而这种不断被加固的述行行为，其结果就是书写出我们（具有性别特征）的身体，建立起我们的主体。巴特勒认为：“身体的物质性不能被理解为是构成我们生物性别的规范准则的外界。生物性别不是简单的你有什么，或是对你是什么的静态的描述。它是一种规范，这种规范使你成为了可见的，并在文化的可理解范围内，使一个身体成为了一个生命。”她还指出：“（我们）说话语是构成性的，不是断言它产生了、导致了或者详尽地构成了它所承认的事物，而是说，不存在一个被话语指涉的纯粹的身体，事实上，话语在述说一个身体的同时也是在建构那个身体。”换言之，并没有原型的身体，事实上，身体本身是话语述说的原型，而同时，身体的原型也是话语建构的结果。在这部书中，巴特勒不是要辩论身体的物质性，她是要“建构一种规范性条件，在此条件下身体的物质性得以建构和形成。特别是，她要了解身体的物质性是如何通过不同的生物性别的范畴建构而成的”。她还指出，将身体置于一个稳定的、纯粹本体论的地位，遮蔽了建构物质的政治动因。在书中，她不仅揭示了生物性别的范畴是如何构建身体感觉的，还说明了身体本身是如何被文化话语建构的。

巴特勒认为，没有纯粹的物质，推而广之，既没有纯粹的身体亦没有纯粹的自然，甚至不存在纯粹的非建构状态下的作为建构框架基础的物质、身体或自然。她指出，“生物性别”是被文化建构的，其他的“自然”现象也同样如此。巴特勒的理论观点使生态女性主义者意识到，没有纯粹的自然，自然不可能脱离文化机制权力的影响而单独存在。虽然环境主义者希望把自然看作是物质的、认识论上不受限制的，或者是受到束缚但可以恢复到纯粹的或者近似于纯粹的状态，但是要坚持认为身体或者自然能够不受机制权力的影响，这似乎有些不切实际。斯莱塞以自然界中的“荒野”为例，说明荒野“无论是法律上标明的还是仅仅是没有路的土地，它也要受到诸如酸雨、伐木业、肉食动物的灭绝、马车运输的影响，甚至会发生大的改变。而且，国际上关于什么是荒野、荒野将用来做什么的概念是变化的、有激烈争论的，最终还会影响到这个地方的物质构成”。巴特勒对物质概念的分析使生态女性主义者意识到，人类应该重新思考西方关于自然的概念（自然被看作是无生命的、被动的物质）、人类的概念（在本体论上与自然和物质是相区别的），以及人类和自然之间的关系。

巴特勒关于女性身体和物质概念的研究，为生态女性主义提供了一条新的反抗现实的途径，对女性主义立场理论的发展具有重要的作用和特殊的意义。但须指出，巴特勒把身体完全视为社会文化建构的产物，不受自然本质的影响，这否认了身体的能动性，因此遭到了一些学者的批判。美国哲学家卡罗尔·比格伍德提出：“如果我们把身体简约成……纯粹是一种文化现象……那么就强化了现代人类身体与自然的异化……解构自然/文化二元论并不是要使每一样事物都成为文化。”在她看来，巴特勒这种后结构主义式的分析最危险之处在于她完全放弃了自然，将文化作为一切事物的决定因素。这样一来，自然失去了其独立的一面，完全成为了人类行为的产物。她指出：“巴特勒说得对，没有先于文化的‘纯粹’身体或者纯粹的自然，但是她对先于文化的纯粹自然状态之虚构的解决之道只是设立一个已经在那里的‘纯粹’的文化。在我看来，这个先于自然的纯粹文化状态，也是一种虚构。”

事实上，身体在可塑性方面是有局限性的，身体除了有社会建构的一面，还具有和社会建构有关的自身的能动性，这是身体天然的、解剖学意义上的特性，忽略身体（自然）自身的语言是危险的，甚至会危及生命，这是我们从无数的教训中得到的警示。长久以来，人类都忽略了身体的话语，也忽略了其它物质生命的话语，并为此付出了沉重的代价。我们应该意识到，身体既是社会建构的又是生理建构的本体论范畴，这些建构既根植于同时又受制于非建构的物质要素。身体具有自身的能动性、创造性，而不是被动的。

对于女性主义者而言，每一个身体都是一个立场，以身体为立场，她们认识和评价男性对女性身体以及女性化的物质的凝视，她们指出，在关注身体时，女性应意识到身体作为“演员”的自身的意图。生态女性主义者以女性的身体为开端，找到了有益于生态女性主义理论化的立场，以此挑战西方传统的本体论的和规范性的范式。值得一提的是，在寻找立场的过程中，许多女性主义者对文化与女性的关系以及文化与自然的关系做了批判性地回应，她们反对把女性视为“他者”、局外人，或是身体、被动的物质以及身体的守护者，但同时，她们又提倡另一种本质主义的立场，即断言女性在本体论层面上处于“文化”之中，是充分发展的人，拥有人类的一切特权。对此，许多生态女性主义者指出，这种观点和那些认为女性在生理上与自然有密切联系的生理本质主义立场相去不远，这种论断不是对二元化的人类身份的彻底批判，也未能“发展出另一种人类文化，承认人类的身份是与自然相延续而非断裂的”。尽管如此，生态女性主义者提出，可以把女性的身体作为起点，以发起立场的理论化。对于生态女性主义者而言，关注和创造身体可以成为建构生态女性主义立场的起点，以此为基础，可以对各种各样的社会和环境的定位加以批判性地、建构性地理论化。但须指出，即使女人看待现实的方式不同于男人，但也并不意味着所有的女人看待现实都用同样的方式，这将影响到她们在女性主义立场的平台上占有什么位置。女性的立场不是让所有女人顶礼膜拜的真理，而是真理的万花筒，因此，女性主义者应该认真思考妇女之间的相同与差异导致的“认识论上的后果”。

第二章　生态女性主义在中国

第一节　生态女性主义在中国的接受

一、生态女性主义在中国的接受和传播

我国对生态女性主义的接受最早是从对生态女性主义作品的译介开始的。1979 年，科学出版社出版了吕瑞兰翻译的《寂静的春天》，这是我国最早的一部与生态女性主义有关的译著。这部书被视为生态女性主义的奠基之作。该书出版后，在美国和全世界产生了广泛和深远的影响，拉开了美国现代环境保护运动的序幕。尽管该书并不是真正以生态女性主义的身份在中国登台亮相的，但它在客观上为国内生态女性主义研究奠定了基础。之后，国内虽然陆续译介了《自然女性》《自然之死》《真实之复兴》《女性主义与对自然的主宰》《慰藉之物》等一些与生态女性主义相关的著作，但总体而言，我国在对西方生态女性主义相关论著的译介方面成果较少。

20 世纪 90 年代中后期，中国学界开始集中关注生态女性主义文化思潮，拉开了生态女性主义研究的序幕。1996 年，关春玲写的《西方生态女权主义研究综述》是国内最早的一篇关于西方生态女性主义研究的综述性文章。该文简要介绍了生态女性主义研究出现的新特点，论述了生态女性

主义的主要流派及其观点。之后，国内许多专家学者纷纷撰文探讨妇女和环境的关系，从多个角度对生态女性主义进行介绍与研究。以中国学术期刊网数据库为数据来源，对近十五年来国内重要期刊发表的有关生态女性主义的论文进行整理分析后，笔者发现我国对生态女性主义的研究是从哲学、伦理学、宗教等方面开始的，前期的研究成果主要集中在这些领域。1996年，曹南燕和刘兵二人合作发表了《生态女性主义及其意义》，较为详细地评述了生态女性主义对传统哲学的批判，以及生态女性主义提出的新的价值观和伦理学，并对生态女性主义的意义做出分析和总结。之后，陈喜荣在《生态女性主义述评》中，把生态女性主义归为后现代主义的一个分支，并详细陈述了生态女性主义本体论的建设性贡献，指出"非二元论是生态女性主义认识论根据"。台湾的李慧利指出，儒学"天人一体"的概念"并不制止人类对自然的干预行为"，"承认了人与自然的关系，并不等于支持了某一种环境伦理。"二元论究竟是不是对妇女和自然双重压迫的根源？这个问题仍将继续探讨下去。李建珊和赵媛媛提出，生态女性主义可以借鉴吸收中国传统文化中的有机整体观、"天人合一"的思想和仁爱观念，这有助于生态女性主义思想的深化和发展。

2000年，肖巍发表了《生态女性主义及其伦理文化》一文，这是典型的从伦理学角度研究生态女性主义的论文。2007年，香港辅仁大学王建元尝试从中国古代神话（特别是有关女神的）中发掘生态女性主义的论点，以期提炼出中国古典文化中的生态伦理。此外，四川大学陈霞的《道教贵柔守雌女性观与生态女权思想》一文是国内第一篇将生态女性主义与宗教研究结合起来的学术论文，该文以生态女性主义思想为参照，探讨了中国道教独特的女性观念及其对妇女、生态环境和可持续发展问题的意义。作者指出，柔弱不是一种结果，而是一种策略，这是雌性反应的方式。2010年，李瑞虹对美国女神学家鲁赛尔的生态女性主义思想进行了深入的分析和评述。

近些年来，生态女性主义作为一种理论概念已经正式进入文学研究领域。中国期刊网上的数据表明，从文学视角对生态女性主义的研究呈现多维度的局面，涉及批评理论研究、文本研究以及对生态女性主义文学研究的研究等。2002年韦清琦在《方兴未艾的绿色文学研究——生态批评》一文中提出，生态女性主义“是生态批评发展到第三阶段的产物，研究的前景相当乐观”。同年，陈晓兰的《为人类“他者”的自然——当代西方生态批评》一文中把生态女性主义看作“生态批评”的一个重要类型，也是最具潜力的批评。从2004年开始，一批运用生态女性主义视角对作品加以阐析的论文涌现出来，例如左金梅的论文《〈千亩农庄〉的生态女权主义思想》（《外国文学评论》2004年第3期），戴桂玉的论文《从〈丧钟为谁而鸣〉管窥海明威的生态女性主义意识》（《外国文学研究》2005年第2期），王文惠的论文《从生态女权主义视角对〈简·爱〉的重新读解》（《外国文学研究》2008年第1期），张燕的论文《寻归自然，呼唤和谐人性——艾丽斯·沃克小说的生态女性主义思想刍议》（《当代外国文学》2009年第3期），吴琳的论文《单乳女性家族回忆录——〈避风港〉的生态女性主义思想解读》（《当代外国文学》2010年第2期）等。笔者近些年来一直从事生态女性主义文学作品和批评理论的研究，力图将生态女性主义文学理论与文学批评实践研究相结合。2008年，笔者完成了以生态女性主义批评为研究对象的博士论文，论文对生态女性主义文化思潮和批判理论进行了深入而细致的研究，着重探讨了生态女性主义文学批评理论，对生态女性主义代表作家的作品进行阐析和解读，试图为国内的生态女性主义文学研究提供可资借鉴的资源，为国内的生态女性主义批评研究提供理论和实践上的支持。

值得一提的是，在文学研究领域，国内一些学者开始尝试运用生态女性主义批评理论阐析中国现当代文学作品，展现生态女性主义对中国文学创作和文学批评的借鉴作用。例如2006年，韦清琦在《中国视角下的生态女性主义》一文中强调，生态女性主义和生态批评类似，在参与经典的重构中可以发挥重要的作用。他采用生态女性主义视角阐析了中国当代作家的文学作品，文章指出了男性作家与女性作家的生态女性主义写作的差异，展现了生态女性主义批评对中国文学创作和批评的借鉴作用。之后，他采用生态女性主义视角解读了贾平凹的短篇小说，尝试为中国现当代文学提供一种绿色女性主义的解读范式。王明丽把生态女性主义作为一种新的叙事方式，用以解读晚清女性小说，发掘作品的深刻内涵和重要价值。

值得注意的是，近年来，国内对生态女性主义的研究视角日趋多元化，除了上述几种视角之外，还有语言学、经济学、社会学、政治学、学术思想发展等视角，由于从这些角度进行研究的成果所占比例极小，笔者在此就不再一一评述。此外，自 2003 年以来，出现了以生态女性主义为研究对象的硕士和博士学位论文，而且数量呈逐年上升的趋势。由此可以看出，生态女性主义已引起国内学者越来越密切的关注，生态女性主义在中国的研究呈现出日趋繁荣的局面。但是，生态女性主义是一种生成中的前沿性的理论思潮，其理论思想还远未成熟，在理论建构方面还很薄弱，需要不断改进和完善。在这一点上，无论是国外还是国内的学者，都还是刚刚起步。

二、 生态女性主义在中国的接受和发展探因

生态女性主义进入中国不过十来年的时间，已获得了很大的发展，从理论传播和接受的特点来看，这主要与两个方面的因素有关：一是受“本土”实践需要的制约，二是受历史文化的制约。从生态女性主义在中国传播和发展的历史语境来看，它一方面是受到西方生态女性主义发展的影响；另一方面，也是中国当代现实语境压力所致，是改变当下人们生存状态这一现实需要的呼唤。当代中国在现代化进程中出现了一系列矛盾，具体表现为：一方面现代工业化、城市化、市场化与科学技术的发展，极大地改善了人们的物质生活，提高了女性自身的素质；而另一方面，这种现代化进程又加剧了贫富分化，大多数人尤其是贫困妇女的生存状况日益恶化。与此同时，环境问题也成为中国在新世纪里面临的最大挑战。虽然环境保护作为我国的一项基本国策在建国五十多年来取得了一定成效，然而，一些地区生态环境恶化的趋势还没有得到有效遏制，生态环境破坏的范围在扩大，程度在加剧，危害在加重，这不但影响国家生态环境安全，也影响我国经济社会的可持续发展。

除了现实需要之外，生态女性主义在中国的传播与发展还有赖于中国本土的思想文化资源。从中国自身的思想资源来看，中国的传统文化思想中蕴含着丰富的生态女性主义思想资源，它是生态女性主义在中国传播和发展的哲学基础和理论支撑。道家阴阳和谐的关联性思维，化二元性为二

级性，避免了本体上的二元对立；道生万物的哲学观体现了人与世界的连续性。著名汉学家安乐哲指出，在道家哲学中，关联性思维模式占据着主导地位。“阴”和“阳”作为关联关系的核心概念，并不是定义某个本质特征的普遍原则，而是表述具体差异之间的创造性张力的解释性概念范畴。“阴”和“阳”不是构成事物的本质属性，而是在具体情境中相对而成的。“阴”和“阳”二者之间不是逻辑或因果的关系，而是一种美学秩序。它揭示了一种由不可取代的个别项所形成的特定同一性。“具体事物的这种执着的特殊性和这种特定统一性的和谐具有紧张的关系。”也就是说，理解具体事物时，应承认其差异性和多样性，尊重整体性，把每一个具体事物都作为一个独立整体看待。生态女性主义思想认为，西方父权制的二元论思维模式导致了对女性和自然的双重统治，因此，它提出“彻底的非二元论”的主张，提倡多样性，尊重差异性，强调整体性，相信事物之间的相互关联性，而道家的这种非二元模式的整体性的思维正是生态女性主义所追求的。

汉学家本杰明·史华兹曾指出，老子“将女性作为无为和自然原则的象征而加以赞颂”。老子说：“上善若水，水善利万物而不争，守柔曰强”，“天下之至柔，驰骋天下之至坚。”老子明显表达出对于女性相关的品质“柔”的偏爱和推崇，强调女性的特性和价值，赞扬女性的智慧和品德的伟大作用。可以说，中国传统哲学与生态女性主义在主要观点上的契合是西方的生态女性主义在中国传播和发展的前提。

中国现实的妇女和环境问题证明了生态女性主义在中国传播和发展的必要性和合理性，中国传统文化中固有的“万物并育而不相害，道并行而不相悖”，“贵柔守雌”，“和而不同”的哲学思想是西方生态女性主义在中国传播和发展的契合点，我们可以此为基础，合理整合内外资源，构建和谐正义的世界。

三、生态女性主义对中国学界的影响

生态女性主义自引入中国以来，经过十几年的发展，对环境哲学、女性主义批评产生了越来越大的影响，颇为引人注目。生态女性主义以独特新颖的视角拓宽了生态批评和女性主义批评的视野。它从女性主义的视角分析环境问题，研究人类与自然的关系，理解生态环境问题及其他各种形式的压迫，揭示破坏自然、压迫女性以及其他各种压迫都源于同一种力量：父权制文化。在以父权制文化为基础的权力秩序中，女性、自然都受到男权意志的统治和剥削。在生态学家看来，造成目前生态危机的原因是以人类为宇宙中心的世界观，但是生态女性主义者认为，以男性为中心的世界观才是造成这一危机的真正根源，所以，她们不仅反对人类中心主义，而且还反对男性中心主义。生态女性主义批评对作为压迫妇女和自然的共同根源的父权制文化的揭示和批评，使我们能够避免把当代环境问题的根源简单归结为抽象的人类中心主义。

生态女性主义极大地丰富了女性主义和生态学理论，拓展了女性主义批评的内涵，为生态批评注入了新的内容，推动了生态批评和女性主义批评的发展。生态女性主义用生态学的观点补充完善女性主义，意识到男性对女性的压迫与人类对自然的压迫相互联系，理解这种联系对女性主义和生态保护意义重大。它促使女性主义把对性别压迫的挑战拓展并延伸至包括反抗压迫非人类自然在内的其他各种压迫形式。生态女性主义不仅反对人类对自然的破坏，而且反对男性对女性的压迫，白人对有色人种的歧视，异性恋对同性恋的歧视，发达国家对发展中国家的剥削等任何形式的压迫。它力图消灭建立在父权制基础上的二元论和统治逻辑，提倡尊重差异，主张和谐、正义的原则，呼吁恢复女性长期以来被压抑、扭曲的天性，重建和弘扬女性美德，诸如平等意识、宽容精神、对他人的关爱等。

生态女性主义既关注生态与性别的关联，又注重考察造成这些问题的深刻的历史根源，将其置于具体的权利关系和物质层面加以考究，并提出以本土知识体系为基础重建生态文明，这对于我们在这个方面的研究具有积极的启示作用。生态女性主义批评理论有助于我们避免孤立、片面地看待妇女问题，把性别与环境、性别与发展等有机地结合起来，用历史的、语境的方法对其加以研究，立足于我国的国情，整体地解决这些问题。“西方生态女性主义理论虽然不能直接解答我们中国妇女面对的问题，但是它开拓了我们的思路，使我们得以从不同的角度分析问题，甚至改变了我们的思维方式。”

此外，生态女性主义在文学领域的运用，为文学批评引入了一个新的视角。生态女性主义批评家从“自然”和“女性”双重视角解读文本，重新审视女性与自然的关系，男性和女性的关系，揭露男性对女性和自然的剥削和掠夺，批判一切压迫形式和观念，使文学作品中一贯被作为背景和陪衬的、被读者忽略的自然和女性突显出来，从“缺席”转为在场，从无声变为有声，唤醒人们的生态保护意识和男女平等意识。从这个意义上来说，生态女性主义有助于人们改造内心世界，达到塑造人、教育人的目的，为树立正确的女性观和自然观提供精神资源，为缓解自然生态和社会生态的危机、实现自然世界和人类社会可持续性发展提供舆论导向作用，最终使自然环境和社会环境、男性和女性和谐相处，协调发展。

生态女性主义批评理论将“女性美德”和“生态原则”作为衡量文学作品价值的新标准，使文学作品中隐藏的或者被人忽略的意义被重新发掘出来，并被赋予新的意义。它积极推崇关爱自然与女性的创作，从而将一些新的文本纳入批评的视野。凡体现出整体的、相互关联性的世界观和价值观，洋溢着关爱、同情、抚育温情的文学作品都受到生态女性主义批评家的推崇。生态女性主义批评在经典文本的重构、对男性作家自然写作进行生态女性主义视角的评定以及重写文学史方面有着重要的作用。

生态女性主义确立了新的伦理价值观，改变了传统的审美价值观念、文学研究的思维模式和文学批评范式，为文学批评家们提供了新的文学批评尺度，为当代作家的文学创作提供了新的模式，为文学理论的发展和进步开辟了一条新的道路，使得文学理论的建构更具方向性，同时更具时代色彩。

从上述分析中，我们可以看出，近些年来，生态女性主义已越来越受到国内学者的关注，中国的生态女性主义研究有了较大发展，出现了一批有价值的研究成果。但总体而言，中国的生态女性主义研究仍处于起步阶段，需要在广度和深度上进一步拓展，拓宽研究视野，加强生态女性主义话语的多层次研究，发掘出有中国特色的生态女性主义思想资源。此外，国内的生态女性主义研究还需要加强跨文明比较研究，加强中西生态女性主义思想的交流，充分利用中国丰富的传统生态女性主义思想资源，为我国生态女性主义视角的文艺理论研究提供资源。

由于生态女性主义尚处于发展之中，理论还不完善，也由于国内一些学者对生态女性主义还了解得不多，因为中国引入生态女性主义概念不过十来年时间，而且在多数情况下，它是作为一种生态哲学或者环境伦理学被学术界引进和介绍的，研究者侧重于关注它对中国环境保护和科技哲学建设的意义，而对于生态女性主义思潮之于文学研究的意义则重视不够，所以，一些批评家指责生态女性主义过于偏激。笔者以为，生态女性主义在提升被压迫者的地位、宣扬被压迫者的价值、批判父权制给妇女和自然造成的后果方面，确实有些激进。但是非此不足以引起世人的关注，可以说正是这些偏激的特点才使生态女性主义日益成为人们重视的批评理论，这种“策略性的偏激”或许会有益于社会进步。生态女性主义批评家弘扬女性美德和生态原则，主张以此来抗拒、消除自然生态和文化生态的危机，对其中比较激进的观点，我们应该仔细辨析，区分出有价值的部分和主观、片面的观点。

此外，生态女性主义的发展动力源于强烈的问题意识和现实危机，它对现实的反思与批评卓有成效，在解构和颠覆父权制意识的过程中，扮演了理论先锋的角色，但从理论建设方面来看，生态女性主义研究还亟待加强，需要不断改进和完善。换言之，生态女性主义批评理论不仅仅是对男性中心主义的颠覆性理论，还应当是建设性的批评理论。

第二节　生态女性主义本土化研究

学习和借鉴外来理论和方法，最终是为了解决自己的问题，因此，任何一种外来理论在被介绍、引入自己本国时，都面临着外来理论“本土化”问题，亦即外来的理论与本国条件相适应、相融合，转化为适合本土状态、满足本土需要的理论。起源于西方的生态女性主义批评，能否置于中国文艺实践的土壤中，这是一个值得中国文艺理论界重视的问题。

生态女性主义发端于西方，是二十世纪西方女性主义运动与生态运动相结合的产物，它是西方女性主义学者对自然生态和文化生态危机进行反思和批判的结果。1962 年，美国女海洋生物学家蕾切尔·卡森（Rachel

Carson）出版了《寂静的春天》（*Silent Spring*）一书，这部长篇报告文学以通俗的文笔描述了化学杀虫剂对生物、人类、环境造成的毁灭性的影响和毒害，让人们意识到科学的恐怖和带给人类的灾难，将日益严重的生态问题提上了人们的议事日程。环境和生态问题事关人类的生存，与我们的生活息息相关，出于对生存的忧患意识，人们开始反思、自省生态危机的根源并做出自我调整。人们反思生态环境危机的根源在哪里？我们究竟做错了什么？世界本应该是人类与自然、男性与女性、白人与有色人种和谐共处、平等互助、共同发展繁荣，然而现实并非像人们所希望和设想的那样。高速发展的科学技术，极大地提高了人类的物质生活水平，但是人们在利用科学技术为人类造福的同时，也在很大程度上改变了自然本来的面貌。人类视自然为可以随意开采享用的资源、供人类使用的工具、科学研究的对象，对自然进行随意地利用、掠夺，造成了大量不可再生资源的短缺和枯竭，造成全球性生态失衡（例如温室效应、水土流失、土壤沙漠化、物种灭绝等）和环境污染（例如水污染、空气污染、固体废物污染以及农药和其他工业化学用品的污染）。恩格斯早在十九世纪下半叶就曾指出："我们不要过分陶醉于我们对自然界的胜利。对于每一次这样的胜利，自然界都对我们进行报复。每一次胜利，起初确实取得了我们预期的结果，但是往后和再往后却发生完全不同的、出乎预料的影响，常常把最初的结果又消除了。"

日益严重的全球性生态环境危机，强化了公众的问题意识，引发了一系列环境保护运动。人们的环境意识和行为不断增强，并在 1970 年 4 月 22 日美国地球日活动的举行中达到高潮。1972 年英国女经济学家巴巴拉·沃德（Barbara Ward）在第一次人类环境大会上作了题为《我们只有一个地球》的报告，成为这次大会的理论准备和精神纲领，她用经济学家的敏锐和女性的热忱传播着一个被人遗忘已久的常识——人类只有一个地球。1987 年，另一位女性，挪威前首相与发展委员会主席格罗·哈莱姆·布伦特兰（Gro Harlem Brundtland）夫人，率先提出了今天已获得举世公认的"可持续发展战略"。有学者指出，"20 世纪的关键问题是种族界限问题，21 世纪最紧迫的问题很有可能就是地球环境的承受力问题。"随着对生态危机认识的不断深化，人们由开始的从人口、经济以及生产方式和技术手段方面来思考危机的根源，进而意识到环境问题不是孤立的、可以单独解决的社会现象，而是一种现代性危机，它与我们的文化、哲学、价值观念和思维方式等深层因素有着密切关系。因此，人们开始将环境问题与社会问题联系起来，从思想文化层面反思造成环境危机的根源。

20 世纪 70 年代，西方女性主义运动发展至女性主义第二次浪潮阶段，女性主义作为一种文化思潮和社会运动已经深得世人的关注。西方女性主义运动发展的历史表明，女性主义运动从来都不是孤立发生的，它总是与当时所在国的政治、经济、思想等领域的发展与变革相随而行，其内容和关注的领域也总是随着时代的变化、女性自身素质的提高而不断扩展。随着女性主义理论和实践的发展，许多女性主义理论家越来越认识到女性问题和其他社会问题是密不可分的，认识到压迫女性与压迫自然、有色人种、异性恋、第三世界国家等边缘群体有着密切的联系，认识到孤立的女性主义运动不可能实现妇女的彻底解放，女性主义理论必须与生态哲学协调发展，才有助于推翻更为普遍的压迫形式。在现实的危机和语境的压力当中，生态女性主义诞生了。此后，生态女性主义作为一股强劲的文化思潮，影响日益扩大，美国生态女性主义神学家查伦·斯普瑞特奈克（Charlene Spretnak）指出："生态女性主义者提出了当代最紧迫的问题，从生育（再生产）技术到第三世界发展，从有毒废弃物到新的政治和经济问题。"

进入 80 年代，特别是 90 年代后，随着人们环境保护意识的不断增强，生态女性主义迅速发展，近几年来，中国学界也开始关注发源于西方的生态女性主义以及生态女性主义批评的发展，出现了一批生态女性主义批评研究的学术成果。由于中国特殊的历史文化语境，并没有产生西方那样的女性主义运动，在环境保护方面，虽然有一些个体生态主义者和民间环保组织致力于开展一些环境保护的事业，但是并未出现类似于西方的那种生态运动，所以，一部分学者对于生态女性主义本土化的可能性以及生态女性主义批评在中国存在的必要性和合理性提出了质疑。

从理论传播和接受的特点来看，任何一种理论想要在发源地以外的环境中扎根并开花结果，最主要与两个方面的因素有关：一方面是与理论发源地和移植地的历史文化背景的差异有关；另一方面，是与理论的移植地对它的需求程度有关。简言之，理论的本土化一是受历史文化差异的制约，二是受“本土”实践需要的制约。

一种理论的原发语境与其接受语境的历史文化差异是客观存在的。人们只能依据自身的历史立场来理解理论的内涵、意义和价值，用爱德华·W.赛义德（Edward W. Said）的“理论旅行”观点来说，即一种理论“进入新环境的路决非畅通无阻，而是必然会牵涉到与始发点情况不同的再现和制度化的过程”。也就是说，理论在传播和接受过程中必然会发生改变，这似乎是不以人的意志为转移的。在赛义德看来，一种理论作为特定历史的产物先是在原发地产生，然后在不同的环境和另一种理由下使用，之后又在更为不同的环境中使用，在这种情况下，我们只有置身于历史的语境中，以历史化、语境化的立场，以“适合我们所处情景的方式”，才能真实地理解这一理论。从这个意义上来说，理论的本土化是一个必然发生的过程。

此外，从生态女性主义批评引入中国的历史语境来看，我们不难发现，生态女性主义批评在中国的引入和传播也是一种历史的必然。它一方面是因为受到西方生态女性主义批评的影响，另一方面，也是中国当代现实语境压力所致，是改变当下人们生存状态这一现实需要的呼唤。理论在一定程度上是实践的镜子，当代社会在现代化进程中出现了一系列尖锐矛盾，具体表现为：一方面现代工业化、城市化、市场化与科学技术的发展，极大地改善了人类的物质生活，提高了妇女自身的素质；而另一方面，这种现代化进程又加剧了贫富分化，大多数人尤其是贫困妇女的生存状况日益恶化。生态危机和女性问题不仅仅是西方国家的问题，生态女性主义关注的问题是超越西方的，与第三世界国家有着密切的关系。从这个意义上来说，在中国探讨、研究生态女性主义批评理论自有其合理之处。

在中国，妇女的地位在新中国成立后有了很大的提高，妇女受教育的机会也大大地增加，但是有了知识与能力的妇女是否就不再受到性别问题的困扰呢？事实上，中国依然存在尚未解决的女性问题。在男女平等的社会表象之下，女性问题普遍存在于中国社会的各个领域。女性在求职、晋级、生活压力等方面的问题严重，即使是经济独立的职业妇女，其生存状态也因多种角色的压力变得愈发忧郁（一份商业杂志报道：在职业妇女中20～30%的人患有忧郁症），中国妇女早就发出“做女人难”的感叹。

根据中华全国妇女联合会和中国妇女研究会的调查数据显示，“在我国现有的2820万贫困人口中，仍有60%是妇女。妇女贫困人口基数大，无论在城市和农村，遭受贫困的深度和广度相对于男性贫困人口较为严峻……妇女比男性较易于陷入贫困：妇女的收入总体上少于男性。”虽然中国的制度改革和资源支持为女性教育发展提供了有力保障，女性受教育的机会逐年增多，但是据资料显示，“全国15岁以上文盲人口中，女性占70%”，“教育费用的压力使经济困难的农民将教育投资倾向男孩，12～18岁大龄女童失学和辍学成为一个应该引起高度关注的问题”，“在教育行政体系中，领导多为男性。高校中担任决策和领导职位的女性数量较少，随着职务的升高，女性比例递减；在晋升职称方面，女性常处于弱势”。

妇女的人身安全、家庭暴力问题一直以来都没有引起重视。拐卖妇女、强迫妇女卖淫、针对妇女的家庭暴力、性骚扰、性暴力等以及妇女因此而自杀、“以暴制暴”等现象仍然在一定程度上存在。中国政府新闻网上的数据表明，教育和传媒领域缺乏性别观念和有效规制，把妇女作为二等公民、性对象、男性消费品来表现，为施暴者开脱责任的现象值得关注。另据调查数据显示，“中国劳动力市场仍存在基于性别、年龄、身体、地域的歧视，而妇女面临的往往是多重歧视造成的伤害。大龄下岗失业女性重回正规劳动力市场的可能性很小，女大学生和女青年就业困难越加突出，一些政府机构也未能起到平等招用女公务员的表率作用”。

以上分析表明，女性的权利与她们所承受的负担是不成比例的。从整体上来说，女性仍处于弱势状态，这种事实上的不平等不仅压抑了女性的积极性和创造性，也损害了人类所追求的公平和正义的理想。因此，在这种意义上来说，女性的问题是世界性的，不论东方还是西方。

与此同时，环境问题也成为中国在新世纪里面临的最大挑战。虽然环境保护作为我国的一项基本国策在建国七十多年来取得了一定成效，然而，一些地区生态环境恶化的趋势还没有得到有效遏制，生态环境破坏的范围在扩大，程度在加剧，危害在加重，这不但影响国家生态环境安全，也影响我国经济社会的可持续发展。美国对外关系委员会亚洲中心主任、中国问题高级研究员伊丽莎白·伊考纳米女士在《河流变黑》一书中估计，环境污染所造成的损失，大约占中国全年国内生产总值的8%到12%。

2006年中国政府发表的《中国的环境保护（1996—2005）》白皮书坦言，“20世纪70年代末期以来，随着中国经济持续快速发展，发达国家在工业化过程中出现过的环境问题在中国集中出现，环境与发展的矛盾日益突出。资源相对短缺、生态环境脆弱、环境容量不足，逐渐成为中国发展中的重大问题。”中国国家环境保护总局领导曾指出，中国当前的环境问题还十分突出，主要表现为环境污染十分严重：主要污染物排放总量超过环境自净能力。重要河流与湖泊遭受不同程度的污染，一些农村地区的群众仍在饮用不合格的水；城市空气污染严重威胁居民身体健康；工业危险废物、城市垃圾的数量在增加，无害化处理设施的建设滞后；噪声扰民相当严重。生态破坏问题突出：水土流失、沙化土地以及天然草原退化仍然在扩展；森林生态功能退化；一些北方河流水资源过度开发，其中黄河、淮河、辽河开发利用率超过60%，海河超过90%，大大高于生态警戒线（30%～40%），流域生态功能严重失调；华北平原出现世界上最大的地下水位下降漏斗。

通过对中国现状的分析我们可以看出，与西方生态女性主义批评相比，中国由于自身历史的、现实的背景，没有产生独立的女性主义运动和类似于西方国家的那种生态运动。但是，西方发达工业化国家面临的某些环境问题和妇女问题在中国也有发生，所以，中国当下的妇女问题和环境问题是生态女性主义批评在中国传播和发展的现实基础和驱动力。

除了实践基础之外，生态女性主义的“本土化”还需要依赖于中国本土的思想文化资源，要在与本土的学术规则、话语生成方式相结合的基础上，对西方文论加以吸收并改造，使之能切实有效地适用于批评实践。自1980年代以降，中国文艺理论界相当程度上是被笼罩在西方文论话语之下，总体上处于对本土经验几近“失语”的状态。因此有种观点认为，要恢复我们自己的本土化语境的能力，就必须完全摈弃西方文论的影响，寻求发掘本土言说的途径，而如果丢掉西方的现有话语，我们将无从说起。笔者认为，这种观点未免失之片面。事实上，从知识产生的发生学原理来看，任何一种知识的产生都不可能是凭空创造的。它必须是在已有的知识基础上发生并发展。与此相似，任何一种新的文学理论都不可能是无源之水，无本之木，不可能是纯粹个人的创见，从某种意义上来说，它应该是在对原有知识、理论全面把握的基础上，孕育出的新的观点。这种影响既是历时性的，又是共时性的。中外文论之间其实就存在这样一种关系。所以，生态女性主义理论本土化并不是要摆脱也不可能完全摆脱西方生态女性主义理论的影响，对其全盘加以抛弃，而是要在新的人类与自然的概念基础上吸收西方生态女性主义乃至世界生态女性主义的新鲜养分。同时注意审视自身传统，发掘本土的文化资源，开启并弘扬自身固有但未来得及充分注意和全面发展的可能性，从横向移植到内外整合，使生态女性主义本土化在共享国际、国内资源的条件下蓬勃发展。要做到这一点，我们需要做好两个方面的工作：一方面要密切关注世界生态女性主义发展的态势，西方生态女性主义的发展并不是仅仅只靠固守西方文化的资源，本土之外的其他资源（例如第三世界生态女性主义）事实上也成为丰富和壮大生态女性主义力量的有效途径。另一方面则是要立足中国传统文化资源，充分发挥本土资源优势。这样才能切实实现生态女性主义的“本土化”，而不是“化本土”。西方的女性主义者和生态学家运用中国的阴阳和谐、天人合一理论构建和谐社会的蓝图，中国的学者更应该有资格和能力去建构这个阴阳和谐、天人合一的美好社会。

从中国自身的思想资源来看，中国传统的文化思想中蕴含着丰富的生态女性主义思想资源，可以作为中国生态女性主义批评的哲学基础和理论支撑。道家阴阳和谐的关联性思维，化二元性为二级性，避免了本体上的二元对立；道生万物的哲学观体现了人与世界的连续性。美国著名汉学家安乐哲教授指出，在道家哲学中，关联性思维模式占据着主导地位。“阴”和“阳”作为关联关系的核心概念，并不是定义现象某个本质特征的普遍原则，而是表述具体差异之间的创造性张力的解释性概念范畴。阴和阳不是构成事物的本质属性，而是在具体情境中相对而成的。在他看来，“阴”和“阳”二者之间不是逻辑或因果的关系，而是一种美学秩序。它揭示了一种由不可取代的个别项所形成的特定同一性。“具体事物的这种执着的特殊性和这种特定统一性的和谐具有紧张的关系。”也就是说，理解具体事物时，应承认其差异性和多样性，尊重整体性，把每一个具体事物都作为一个独立整体看待。生态女性主义认为，西方父权制的二元论思维模式导致了对女性和自然的双重统治，因此，它提出了“彻底的非二元论”的主张，提倡多样性，尊重差异性，强调整体性，相信事物之间的相互关联性。道家的这种非二元模式的整体性的思维正是生态女性主义所追求的。

此外，道家崇尚自然，主张返璞归真，注重人与自然的和谐关系，强调人与自然共生共荣。老子说："人法地、地法天、天法道、道法自然。"这里，"自然"就是指自然规律。道家强调人应该遵循自然法规，取法自然，复归自然，而不是违背自然，统治自然，使自然为我所用。

著名汉学家本杰明·史华兹（Benjamin Schwartz）教授指出，老子"将女性作为无为和自然原则的象征而加以赞颂"。老子说："上善若水，水善利万物而不争。""强大处下，柔弱处上。""天下之至柔，驰骋天下之至坚。""守柔曰强。"这里，老子明显表现出对与女性相关的品质"柔"的偏爱和推崇，强调女性的特性和价值，赞扬女性的智慧和品德的伟大作用。中国传统哲学与生态女性主义在主要观点上的契合是美国以及西方其他国家的生态女性主义在中国传播的前提，是中国传统文论与西方文论可以直接对接的成分，中国文学理论界可以凭借自身的思想资源与国际学术界进行对话。

从理想的层面上讲，生态女性主义文论"中国化"的定位应该是借鉴西方生态女性主义文论的合理内核的普遍性原理，并结合中国女性生存经验的特殊性，寻求中国生态女性主义文论的言说方式，探讨实现男女和谐和生态环境保护以及实现社会可持续发展的途径。在理解生态女性主义思想核心的基础上，把它用于文学创作和文学批评，是中国文学研究者面临的任务。实践证明，国内学者在生态女性主义理论介绍和文本解读方面已经取得了一定的成绩。如何实现生态女性主义批评理论与中国本土文学资源和文学理论的结合，仍然是值得我们深思的问题。从目前已有的研究成果来看，无论是文化批评还是文学批评理论的建设，尚都处在刚刚起步阶段，还处在"生成"的过程中，但毋庸置疑的是，生态女性主义文学批评理论在中国有着十分良好的前景。中国现实的妇女和环境问题证明了生态女性主义理论在中国传播和发展的必要性和合理性，中国传统文化中固有的"万物并育而不相害，道并行而不相悖"，"贵柔守雌"，"和而不同"的哲学思想可以作为西方生态女性主义本土化的契合点，我们可以此为基础，合理整合内外资源，构建和谐正义的世界。

第三章 生态女性主义批评观照下的文学经典重构

第一节 “海洋三部曲”的生态女性主义思想探究

美国海洋生物学家雷切尔·卡森（Rachel Carson）的三部关于海洋的作品——《海风下》（*Under the Sea Wind*）、《我们周围的海洋》（*The Sea Around Us*）、《海的边缘》（*The Edge of the Sea*）被誉为美国20世纪自然文学的经典。《海风下》是卡森的第一部作品，也是卡森最喜爱的作品，“优美的文字让人仿如在阅读一本小说，而事实上，作者运用科学的方法精确地描述了海洋及其生物的生活。”它引领读者认识了海洋和它所孕育的生命，体验了海洋生物的感受。十年之后，卡森的第二部以海洋为中心的作品《我们周围的海洋》出版了，该书被评论家认为是描写海洋生态最杰出的文学作品，荣获了当年的美国国家图书奖和以博物学家巴勒斯命名的约翰·巴勒斯奖章。卡森以其敏锐的观察力、丰富的生物学知识、细腻生动的文笔向读者展示了各种饶富趣味的海洋奇景，包括海洋的诞生、海洋的生态环境、奇妙的洋流与潮汐、早期人类探索神秘的海洋等等，让读者领略了海洋的神奇和美丽。第三部关于海洋的作品《海的边缘》则为读者揭开了一个又一个关于海洋的奥秘。“海洋三部曲”刻画了神奇而又充满魅力的自然，揭露了人类对自然的掠夺和破坏行为，增强了读者的环境保护意识。近年来，越来越多的学者注意到卡森及其文学作品对人类社会和自然界的重要意义，学者们纷纷撰文评价卡森的成就，探讨其作品的内涵。但是这方面的话题仅仅停留在对《寂静的春天》这部作品的探讨上，这不利于对卡森的成就和造诣做出全面的评价和判断，也不利于我国的文学批评研究的发展。生态女性主义理论家玛丽·梅勒曾指出，“虽然卡森不曾明确地表明她使用了女性主义或者生态女性主义的视角，但是她对带给自然界危害的科学的批判，拉开了后来的生态女性主义批评的序幕。”在笔者看来，卡森虽然没有被明确划归为生态女性主义作家之列，但是她的作品体现了强烈的生态女性主义意识。因此，笔者以此为题，通过对海洋三部曲所展示的神秘莫测而又和谐美丽的海洋图景的探讨，深入发掘其中蕴含的生态女性主义思想，揭示海洋三部曲对人类看待自然以及反思人类与自然之间关系的深刻影响。

一

尽管生态女性主义对二元论的起源和产生的历史时期存在不同的看法，但生态女性主义者一致认为，自然界遭受破坏的根源源于西方社会的二元论等级制。二元论等级制观念认为，人类与自然的关系是一种二元对立的模式，这种观点致使人类把自身视为外在于自然的事物，由此导致人类毫无节制地开采和掠夺自然资源，造成环境污染和生态危机的出现。

生态女性主义理论家薇尔·普鲁姆德指出：“二元论的划分不是中性的也不是随意的，而是由具有鲜明对比的概念构成的。它由统治的和屈从的两组概念构成，形成了互相对立、互相排斥的关系。”在西方文化中，一些主要的二元论概念有：人类/自然（非人类）、男性/女性、理性/情感、中心/边缘等，其中与男性气质有关的概念被二元论等级制的意识建构成优越的高等的，与之相反，和女性气质相关的概念被认为是低劣的下等的，“两者被认为不具有任何类似的属性，从而不可能出现任何重叠、相似性或者延续性。”要打破二元论，就意味着要重建二元论概念的相互关系，承认彼此相互依赖的关系，重新评价被贬低的一方。

在海洋三部曲之一的《海的边缘》中，卡森用细腻的笔触详细描述了一种叫“天使蛤”的生物。它们“细致而脆弱”，但却能“穿透泥灰或坚硬的土层”，“是力量最强的钻孔蛤”。“细致”和“脆弱”通常用来表征女性的性格特征，卡森把它与形容男性特征的词汇“力量”“坚硬”并置在一起，用来描述同一个事物，以此暗示读者，看似截然不同的男性气质与女性气质之间并不存在不可抹杀的界限，貌似对立的概念彼此之间的关系并非是相互排斥、彼此对立的。运用这种方法，卡森挑战了二元论等级制的社会文化观念，颠覆了建构男性和女性身份特征的二元对立的概念。不仅如此，通过对海洋及其生物的描绘，海洋三部曲把自然生态网络中众多二元论的关系——抽象与具体、中心与边缘、存在与消亡等一一呈现出来，提醒读者，传统的二元对立的概念之间的界线会逐渐模糊乃至消失，与之相似，二元论思维模式也终会逐渐消失。

此外，细心的读者会发现，在海洋三部曲中，卡森对“边缘”的位置特别感兴趣，诸如海岸、河边、水面等边缘地带，而《海的边缘》这部书的名字更是直接体现了这一点。在《海的边缘》中，卡森对海洋周边的景象给予了浓墨重彩地描述。在她的笔下，海的边缘栖居着大量的生物，还常常有意想不到的入侵者，这是一块既充满了无穷的生机和活力，同时又变幻莫测的边缘地带。但是位置的“边缘”不等于作用的边缘，海岸、河边、水面这些边缘的位置是生物诞生的原初之地，它们对生物的产生和繁衍起着不可估量的重要作用：“深海并不是原始生物诞生之地，生物在那里栖息的时间相对还比较短。生物的诞生与繁殖是沿着海岸、河边或在沼泽中开始的，而且是在水的表面。”通过对这些边缘位置的描写，卡森向读者灌输了这样一种观念——在自然生态网络中，“边缘”与“中心”是不断变化、可以相互转换的，“边缘”不一定始终是边缘，就像背景也有可能转变为前景。在她看来，“海的边缘”是一个具有双重性质的地方，正是这种“双重性质”模糊了海洋和陆地之间的界线，“今天沉入海洋的陆地较多，明天则较少，海的边缘永远是一条捉摸不定难以描绘的界线。”在夜晚，“水和沙都是镀了银的铁色，海洋与陆地的界线已难以分辨了。”在阅读过程中读者已逐渐意识到，二元对立的概念和事物之间的界线不是坚不可摧、不可抹杀的，差异的表象之下往往暗含着和谐与相似。

仔细读来，卡森对二元论等级制的批判和消解，不仅是通过对有着差异和区别的现象和事物的观察和描述体现出来，而且还以一种智慧的、生态的世界观的方式体现出来。在她看来，具有差异和区别的事物之间并非是截然对立或者完全相反的关系，人类不应简单地对事物进行等级划分，把某些特征、区域简单划归为“劣等的、不值得注意”的等级。卡森在海洋三部曲中描画了一个整体的生态圈，她的描写让读者在阅读过程中逐渐形成一种非二元论的和谐世界观：“没有哪个地方的水，可以说纯粹是太平洋的、或大西洋的、或印度洋的、或是南极的。我们今天在弗吉尼亚海滩或者拉爵拉看到的波涛，若干年以前或者拍打过南极的冰山，或者曾经在地中海的阳光下熠熠生辉。它在穿过黑暗而不可见的路径——深海，来到我们这里之前，我们不知道它在哪里。”在卡森的眼中，世界是一个整体的生态圈，各种事物在不断地运动和变化，“在潮汐循环往复的韵律中，在潮线包罗万象的生命里，处处体现出运动、变化和美的魅力。”“脚下的岩岸曾经是一片沙地，后来海水上涨，形成了新的海岸线。再一次，在某个朦胧的未来，海浪会把岩石化为沙粒，让海岸回到它原来的状态。因此在我的眼中，这些海岸的形体以万花筒般的形式不断变化，没有终结，没有绝对固定的现实——陆地就像海洋一样不断流动。”海洋三部曲让读者强烈意识到，二元论等级制思想观念中处于优势和劣势的事物都只是自然的形式罢了，二者之间并没有严格的界限区分，二者在逻辑上是对应的、互补的，可以相互转化。

二

生态女性主义者认为，重新思考自然的角色，思考自然与人类的关系，有助于“消灭建立在性别、种族、阶级、性取向基础之上的制度化的压迫，也有助于改变无节制的环境实践行为”。海洋三部曲强调并充分展示了非人类自然的主体性，在卡森的笔下，海洋以及海洋生物是和人类平等的、独立的主体。《海的边缘》中，卡森细致观察并描写了栖居在海岸上的一种小鬼蟹：“它栖息于自己在浪头上刚挖的洞穴里，仿佛在那里注视海洋，并等待着。夜的黑暗笼罩了海水、天空和海岸，这黑暗是属于古老世界的，远在人类出现之前就已经存在。……我曾在其他环境下见过上百只鬼蟹，但现在却突然有一种奇特的感受——这是我第一次见到这个生物在属于它自己的世界里——也是我第一次了解到它存在的本质。那一刻，时间突然停止，我所属的世界已不再存在，我成了来自太空外的旁观者。”面对黑夜中海岸上的小鬼蟹，卡森意识到“人类与其他生物既相互联系又各自独立，是有明显差异性的实体”。因为二者是有区别的各自独立的实体，所以小鬼蟹自身的体验较之作为旁观者的卡森对它们的体验显得更加真实，更具有权威性。卡森用自身实际的感悟向读者传递着这样一种观念，人类与非人类生物之间不是主从和统属的关系，而是两个平等主体间的关系。因此，虽然在偶然间看见了极为罕见的西印度蓝海星，她却“只顾欣赏着它独特而脆弱的美。……不想‘采集’它”，因为“侵扰这样的生物是一种亵渎”。卡森对待蓝海星的态度表明了她对待非人类自然的态度，在她看来，自然可以供人类欣赏，是和人类平等的主体，而非任由人类无限制使用的、被动的客体。

除此之外，海洋三部曲还向读者传达了这样一种讯息——抛弃人类中心主义，改变对待非人类自然的态度，以平等的身份接近自然、体验自然、融入自然。为了突显这一观点，卡森在作品中赋予海洋生物以人的特征，她用这种方式引起读者对作品中角色的情感共鸣。例如，《海风下》中，卡森给作品中众多的生物取了名字，有的依据它们的类属来命名，有的依据它们的个性特征命名，例如，鲭鱼叫“什康波”，鳗鱼叫“安桂拉”，黑色的剪嘴鸥叫“灵巧”，还有一些鸟，则依据外貌特征来命名，有的三趾鹬叫“黑脚”，有的则叫“银条”。不仅如此，为了让读者身临其境般地感受海洋和海洋生物的美丽和神秘，卡森的《海风下》采用了全知全能的叙事者的视角，详细描述海洋生物的生命历程，真实表达海洋生物的思想情感。这种叙事的手法使她得以深入作品角色的内心，不受叙述视角的限制。这一看似与作品主题无关的细节，实际隐藏了卡森对作品角色的思考和分析，对读者的情感和期待视野的判断和经验。卡森用这种叙事方法解构了人类和自然二元对立的主客体的关系，巧妙地在话语中还原了自然生物的视野，促进了读者对自然生命的关爱和敬畏，让读者不仅了解了海洋和海洋生命形态，还强烈感受到海洋及其生命形态的价值、语言和思想。

为了突显海洋和海洋生物的主体性，卡森在叙事中尽力掩藏了人类的踪影，即便是卡森本人也竭力避免发出声音。她的这种叙事方法让我们看到她对非人类自然的关爱和敬畏，看到了她对作品中的角色怀有的感情，她坚持“要通过众多海洋生物来叙说故事”，因为她“意识到海洋本身必须成为作品的主人公”。例如，在讲述鱼类从海洋回游到河里产卵的活动时，她的评价是：“较年轻的鲱鱼对这条河只有模糊的记忆——如果它能精确地辨认海岸与淡水可以称为一种‘记忆’的话。”与人类的“记忆”相比，鱼类出自本能的感知力对鱼类的价值和作用丝毫不逊于人类“记忆”对人类的重要性，因此，在她看来，讲述鱼类的活动时，鱼类才是叙事的主体。

三

生态女性主义的伦理观认为，自然界中的所有事物都是相互关联、彼此依存的。人类是依赖于环境的创造者，人类处在人与自然的关系之中，“关系不是某种外来的事物，不是添加在人类本质上的特征，它们在塑造人类中扮演着必不可少的角色。”这意味着人类是相互关联的生态网络中的一部分，人类与非人类自然的关系构成了人之为人的一部分。卡森是著名的海洋生物学家，她的知识结构使她在观察和描写海洋及其生物时，持有一种生态学的视野，亦即利奥波德所说的“人只是生物队伍中的一员的事实”，这种生态学视野逐渐发展成她的生态女性主义的伦理观。

海洋三部曲强调了人类与非人类自然是相互联系、相互依赖的，承认人类是相互关联的生态网络中的一部分。有批评家评价说：“卡森努力地编织一个联系着地球上所有生物的网，在这个网里，所有生物和谐互助地共存，‘联系的意识’是她所有作品背后的指导原则”。卡森用生动细腻的笔触把人类与非人类自然、内部世界与外部世界联系起来，呼吁人类尊重那些与我们共同享有这个世界的事物并承认我们彼此相互依赖，也就是要“尊重和赞美所有的生命”，在她看来，“生物和环境之间的关系绝非只是单一的因果关系；每一种生物都由许多网线和外面的世界衔接，编织出复杂的生命结构。”

除了描绘海洋以及海洋生物的形态，海洋三部曲还讲述了人类更主要的是卡森自己对海洋及海洋生物的认知，“我们每个人在母体子宫中开始的个体生活，也就是微缩的海洋生活图景。在胚胎时期我们重演一次进化的过程，从水栖动物的形态渐渐变成陆栖动物的胎儿。”在卡森看来，人类与非人类生物之间有许多未为人知的共性，人类个体的生长过程与海洋生物的进化过程有着惊人的类似。在卡森的笔下，海洋以及海洋周边的世界是一个生物群落相互交错、相互关联、彼此依赖的地方，海水是所有海洋生物生存的动力，反过来，这些生物也影响着海水维持生命的能力，“在海中，没有任何生物能单独存在。海水已经改变了，不论是其化学性质或是其他影响生命过程的能力，都因为某些生物活在其中，传递出新的物质，而造成深远的影响。因此现在与过去和未来息息相关，而每一个生物也脱离不了周围环境的影响。”“这一切，在海洋世界的配置里都很重要，是活生生的锁链。取之于海洋的材质，由一个锁链传递给另一个，归还给海水，接着再向海洋借取。”海洋三部曲中，人类和非人类、有生命的物质和无生命的物质是互相联系、彼此依赖的。陆地上的生物来自于海洋，海洋生物是构建整个世界的基本因素，具有和人类同样的重要性，具有构筑地球未来的能力，所以，爱护“他者”的世界无异于爱护人类自身。海洋三部曲中，卡森还强调了生命形态的发展过程中，存在与死亡、希望与绝望是互相关联并且可以互相转化的，并提醒读者关注自然界中事物的循环往复、相互联系，她写道：“大自然的系统达到微妙的平衡，除非大灾难降临，否则毁灭的力量既不超过，也不会不及创造的力量。在人的一生中，甚至在最近的地质时期，整个海岸上蛤贝的数量可能都保持不变。”

海洋三部曲让读者了解了海洋和它的生命形态，给读者带来了美和愉悦的感受，但是它对读者的影响远不止此，它让读者在对非人类自然的认知，对人类未来命运的了解和把握上，有了前所未有的感悟，也让读者产生了一种基于伦理的使命感，提醒读者关心“他者”、珍爱非人类的自然，“凝视丰富的海岸生命，我们不安地感受到某种我们并不了解的宇宙真理。成群的硅藻在夜晚的海里闪着微小的光亮，它们究竟在传达什么样的讯息？成团的藤壶用栖息之地染白了岩石，其中的每一个小生物都在潮水扫掠之时，找到生存的要素，这又表达了什么样的真理？透明纤细的原生质，如绳藻，为了某种我们不能理解的原因，非得要上百万兆聚集在岸边的岩石和海草之中而存在，这么微小的生物有什么意义?”卡森没有直接给出问题的答案，但是她告诉我们：“在寻觅答案之时，我们也接近了生命本身的最终奥秘。”她的问题唤起了读者对非人类的生命形态和现象的关注和思考，使我们意识到，每一种生物都是相互关联着的生态群体中一个鲜活的生命，生命的意义也是相互关联中的意义。

四

生态女性主义的重要思想之一是对西方现代科学观进行反思和批判。生态女性主义认为，在人类实践活动中，建立在机械的世界观、思维方式和价值观基础上的人类理性主义，导致了对科学和理性的盲目崇拜，引发了严重的生态危机。“人类进行毁灭的能力是如此之大，如果这种毁灭力实现了，整个地球就会成为一片空地。或者人类自身互相吞尽，或者人类食尽地球上全部动物和植物……”。

《我们周围的海洋》中，卡森通过描述海洋岛屿的形成和发展过程，批判了人类给自然界带来的灾难。在卡森看来，人类对于岛屿而言是彻底的破坏者，自从人类登上那些与世隔绝的岛屿，他们就开始破坏岛上稳定的生态平衡，导致岛上的原始生物绝迹。她讲述了几个人类对岛屿加以摧残的故事。在太平洋战争中，人类频繁地登上海岛，导致岛上的生态系统遭到毁灭性破坏。她还提到，一只轮船在澳大利亚附近的一处岛屿被撞坏了，轮船上的老鼠窜上海岛，吞噬了岛上的鸟蛋和雏鸟，两年间，老鼠几乎把岛上的鸟全部吃光了，当地人有这样的记载：“鸟类的乐园已经变成荒野，往日悦耳的音调，被死一般的沉寂代替了。”这让我们不禁联想起《寂静的春天》中描述的自然荒芜的景象。卡森毫不掩饰自己对这些事件的评价和立场，“海岛上本地的生物，其物种都是唯一的。它们经过了漫长的演化过程，但一经灭亡，就无法补偿。这是海岛的悲剧。”“这里的生物充分显现了造化的美妙和精巧，而这些东西都是无法复制的，特别值得珍惜。”在卡森看来，盲目信奉科学和理性的人类为了“改善”海岛上的生态环境，把原本不属于海岛的动物和植物带上岛屿，使海岛的生态环境遭到了毁灭性破坏。这是卡森极不愿意看到的，因此，她要揭露“隐藏在干预和控制自然的行为之下的危险观念”，改变人类的“科学观”和“理性”的概念，使人类重新认识生态系统的价值，体验另一类生命形式的意义。值得一提的是，卡森虽然批评人类盲目信奉科学和理性的思想，但她并不反对科学技术本身，相反，她以一种欣喜的笔触写道：“我们似乎快有新发现了。因为海洋学者和地质学者现在已有了比以前更好的工具，可以探测海洋的最深处，可以揭示迄今尚未揭开的秘密。”由此可以看出，她是反对人类过度地信奉理性和使用科学技术，批评他们对自然造成的破坏，“人们习惯于把外面的生物带到岛上，因而破坏了岛上的自然平衡。他们这样做，大半没有想到将会引起的后果。”

除了讲述海洋生态知识之外，海洋三部曲还集科学和文学、现实和想象、理性和感性于一体，让读者在学习和掌握海洋生态“科学”知识的同时，也欣赏到像散文般优美的文字描绘出的海洋图景。1952 年，卡森以《我们周围的海洋》一书获得美国国家图书奖，她在发表获奖感言时说：“许多人都对这样一个事实感到惊讶——一本科学读物会有这么大的销量。而我要质疑他们对‘科学’这一概念的看法：‘科学’是远离我们日常生活，有自身独立区域的概念……科学的目的是为了发现和解释真理，而我也把这一目的当作文学的目标——无论是传记、历史还是小说。在我看来，文学与科学是不能分离的。”从海洋三部曲中，我们可以看到，卡森一直坚持她的这一观点，始终把文学和科学结合在一起，在讲述“科学”事实的过程中不断加入“文学性”元素，这些文学元素如同海岸边散落的贝壳，在这三本科普读物中随处可见。《我们周围的海洋》中，卡森一方面列举了大量科学资料和数据，另一方面，又在每一章开头引用了一句家喻户晓的作家名言名句，这些作家有麦而维尔、弥尔顿、雪莱、荷马、莎士比亚等名人，这些名言甚至还包括了《圣经》中的引文。《海的边缘》中，她笔下的默角藻“是个迷人的丛林，就像路易斯·卡洛般的疯狂”，她写道：“有哪一种规矩的丛林会每二十四小时就有两次下垂，平伏数小时，接着又再度向上升起？而这正是默角藻丛林的状况。”卡森的目的十分明显，她是要以此消解“科学”至高无上的权威，但她并不是要消除科学和科学研究的意义，对她而言，文学与科学具有相同的使命，即寻找和解释真理。

不仅如此，为了保持普通读者对科学读物的兴趣，卡森有意识地避免在叙事中使用分门别类的科学研究方法，而是另辟蹊径在书后附上索引，她说：“对喜爱分门别类的读者，在此笔者亦赋有分类索引，说明书中出现的各种动植物，并描述常见的种类。”很显然，海洋三部曲不同于一般的科普读物，它不仅有丰富的科学知识，还流露出灵光闪耀的想象力和华丽流畅的文采，作者用生动优美的语言深入浅出地讲述了艰深的海洋生态学知识，这种集科学和文学于一体的写作风格达到了一种让人难以企及的高度。卡森的海洋三部曲让我们明白了靠理性去分析、靠实验去研究，并不能真正地理解自然，“要了解海岸，不能只罗列其中的生命。只有当我们站在海岸上，感受其雕刻出的大地的轮廓，创造出的海洋的长久的韵律……”。

海洋三部曲中，卡森以优美生动的文笔描述了海洋及其生物的种种奥秘，使人产生了无尽的遐想，也令读者对海洋中广阔而未知的领域怀着些许敬畏。从海洋三部曲中，读者明显感受到了卡森从一个海洋生物学家向一个生态女性主义者的转变。海洋三部曲所蕴含的丰富的生态女性主义思想和意识，唤起了读者对非人类自然的关注，对人类破坏自然环境行为的深刻反思。从海洋及其生命形态的演变历程中，读者意识到，人类与非人类的生物共同拥有这个世界，人类与非人类自然不可分离，贬低、轻视“非人类”自然就是拒绝承认“非人类”生物有权力按照自己的方式生存和发展，贬低了人类与其他生物共同拥有并赖以生存的这个世界。海洋三部曲对改变传统的人类与非人类自然之间二元对立的主客体关系、人与人之间相互排斥的自我与他者的关系具有重要的启示作用。几十年后的今天，当我们再次阅读这三部关于海洋的作品，我们仍然不得不被卡森的智慧和学识所折服，正如美国前副总统戈尔所说：“她的声音永远不会寂静。她惊醒的不只是我们国家，而是整个世界。”

第二节 《避风港》的生态女性主义思想解读

美国当代女作家泰莉·坦贝斯特·威廉斯（Terry Tempest Williams, 1955— ）的成名作《避风港》（*Refuge*：*An Unnatural History of Family and Place*）自1991年面世以来，受到了读者和文学批评家的高度赞誉。该作品通过对自然灾难的历史记录，对家族和地方建构的女性身份的探究，深刻质疑并挑战了文化与宗教的正统观念，唤起了读者对道德与死亡的重新思考。在这部家族史回忆录（见小说的副标题）小说中，威廉斯讲述了她和家人在上个世纪80年代的一段人生经历。1983年春天，威廉斯的母亲患上了卵巢癌，将不久于人世，与此同时，大盐湖不断高涨的水位严重威胁着大熊河候鸟保护区以及那些被作者视为生命价值指针的候鸟。面对失去挚爱的伤痛以及大自然的捉摸不定，威廉斯试图在其间探寻死亡与生命的真正意义。小说在结尾处揭示了导致这个摩门教家族中女性患癌的原因——她们受到了核弹试爆落尘的辐射。

小说中有两条线索贯穿全文的始终：一条是讲述关于人的事件，诸如摩门教的历史、威廉斯家族的传统、以及她个人的经历（包括她母亲患癌以及治疗的过程）；另一条是描述自然风景、讲述自然的历史——大盐湖的产生、变化以及政府对大盐湖的管制（包括大熊河候鸟保护区的鸟类生活以及鸟类数量的变化）。如同玩马赛克的拼帖游戏一样，威廉斯把众多的、零散的记录以及杂乱的资料嵌入这两种叙事之中——对大盐湖的地理、生态、历史的描述，对摩门教传统、仪式和政治事件的记录，对珍贵的童年事件的回忆——这些内容被两条线索逐一串连起来，构成了小说生动优美的情节。

《避风港》体现了强烈的生态女性主义伦理思想，被西方学界誉为是一部生态女性主义的宣言。威廉斯本人在谈论该作品的创作动机时曾指出，创作这部小说是为了“纪念我的母亲和祖母以及我们曾经共同拥有的事物，以此作为一条途径回忆我们家族的女性在疾病中、死亡中、日复一日的生活中是如何生存的。我写《避风港》是为了赞美我儿时的环境与我家庭的环境，为了探寻人应该怎样在变化中寻找避风港。此外，《避风港》还是我作为一个女性发出的声音”。《避风港》表现了威廉斯的创作由纯文学视角向政治视角的转变。小说发表后吸引了众多生态女性主义批评家的注意力，并且成为美国许多大学课堂中的指定阅读书目。作为生态女性主义文学的经典作品，《避风港》在女性主义批评史上具有重要的意义和独特的地位。然而迄今为止，国内学界尚无人对其加以探讨和研究，这不利于我国的生态女性主义研究和文学批评实践的发展。鉴于此，笔者从生态女性主义视角对《避风港》进行分析和解读，揭示该作品作为生态女性主义宣言的意义和价值。

一、 人类与自然是不可分割的整体

威廉斯以女性诗人和博物学家的独特眼光将世界看作是一个整体，因为如此，她把家族的故事与大盐湖的历史融合在一起，家族的历史、大盐湖以及大盐湖的鸟类共同构成一部自然史。其中，一种事物的自然或者非自然的过程与另一种事物有着密不可分的联系，成为另一种事物的隐喻。例如，威廉斯的母亲在进行化疗的过程中，犹他州的立法机关正在讨论如何最有效地控制大盐湖水位的上涨；当母亲开始放射性治疗时，犹他州在铁路堤道上刚挖开了一个缺口，以使大盐湖南、北湖湾的水位变得一致；1984 年夏天，大盐湖水位暂时下降时，威廉斯的母亲和父亲正在瑞士享受短暂的美好时光；当母亲的健康状况再度恶化而且已经接受自己患有癌症的事实时，犹他州关闭了大熊河候鸟保护区的办公室，人类向不断上涨的大盐湖的水屈服了；1987 年，母亲去世了，大熊河候鸟保护区也被水淹没，成为一片海洋，保护区的鸟类都离开了；1987 年 7 月，威廉斯的祖母咪咪被诊断出患了癌症，犹他州的政府官员在此时宣布已经最终控制了大盐湖，政府在西土沙漠里建成一个抽水站，抽水站将把大盐湖多余的水抽到西边的沙漠里去；1989 年 6 月，威廉斯的祖母去世了，此后不久，水资源部门关上抽水机，洪水退去了。威廉斯的母亲和祖母以及大熊河候鸟保护区的鸟类先后都离她而去，留给她无尽的伤痛。面对着被抽去了水的大盐湖以及被水淹没的沙漠，她“慢慢地、痛苦地发觉到，我的避风港不是母亲、祖母或者大熊河的鸟，而是我去爱的能力，如果我能学着去爱死亡，我就可以在改变中找到避风港”。

在书的开端，威廉斯即与非人类自然建立联系。她说，在此笔者要把这献给她的母亲戴安·迪克逊·坦贝斯特——她把自然看作是避风港。对威廉斯而言，她的“家族”既包括人类，又包括了非人类，她把非人类的自然视为是自己家庭的延伸：“那条失去尾巴的无头响尾蛇、那些被滥杀的鸟，甚至是抽去水的湖及那片淹水的沙漠，都成为我家庭的延伸”。她把周遭的非人类视为家人，因为它们和她的家人一样由于人类对自然的破坏而遭受痛苦和折磨。威廉斯在书中特别强调了她和盐湖岛上的鸟类建立的亲密关系：“每一天结束前，我会记下我看到的鸟，然后大声念出来，不管有谁在场。这就像你举办一次聚会之后，谈着有谁来参加，有些人你知道他们一定会来，有些客人则让你有些惊讶。偶尔，你会有一些意想不到的客人”。她把这些鸟看作是她邀请的客人，她意识到鸟类与人类的生活息息相关，鸟类不应该与人类分离。因为意识到人类与非人类群体的相互关联，威廉斯给予了非人类群体和人类群体同样多的关注，体现出强烈的生态女性主义伦理意识。

威廉斯在作品中极力提升自然的地位，鸟类成为小说中自始至终、贯穿首尾的一个主题。例如，在小说的序言前面，威廉斯引用了美国当代诗人玛丽·奥利弗（Mary Oliver）的一首诗《野天鹅》（野天鹅是威廉斯的母亲喜爱的鸟）：“……不管你有多寂寞，这个世界任你想象，……一次又一次，宣告着你在家族中的位置。”在小说的结尾，威廉斯罗列了两百多种生活在大盐湖的鸟类名单。此外，小说的每一章都是以一种鸟的名字为标题，而且在这一章里会对这种鸟进行描述。譬如，小说第一章的标题是“穴鸮”，威廉斯讲述她根据穴鸮来评估她的生活。她详细描述并解说穴鸮的特点，还写道，当找不到穴鸮的土墩时，她觉得好像处于一个陌生的国度：“土墩不见了。消失了。在原地后方五十英尺的地方，矗立着一栋煤渣砖的建筑物，上面有一个标识：‘黑额黑雁猎人俱乐部’。……我们下车，走向我有记忆以来的土墩所在，都不见了，连鸟类也看不到”。似乎因为穴鸮的消失，威廉斯的记忆和身份也一同消失了。

除了鸟类，小说中有关大盐湖的描写也占相当大的篇幅。小说的每一章除了以鸟的名字命名外，同时还标出不断变化的大盐湖水位的统计数字。这种标示法具有多种作用，从文本的结构而言，这是一种将故事发生的过去、现在和将来时间串连起来的方法，并且可以使它们彼此相互对照。从大盐湖的水位数据可以看出，人类把测量水位作为一种干预、控制大自然的手段；另一方面，水位数据的变化也显示了大自然的反复无常，表现了自然对人类强加给它的“标准”的漠视。水位统计数据反映出人类感知自然与建构自然之间的相互影响和相互作用。

二、 女性与自然的密切联系

威廉斯把人类看作是自然的一部分，但是她更加强调女性和自然的联系。《避风港》中有三位女主角：威廉斯、她的母亲以及她的祖母咪咪。她们三代人之间的联系构成了小说的核心内容，她们的故事表现了“她们的文化的传统的真正意义和对生命的呼唤”。特别值得一提的是，作为一部生态女性主义的代表作，威廉斯在小说中明确表现出对“女性的位置和位置中的女性”的关注。小说生动地描述了威廉斯和母亲一起去大盐湖游泳的情景：“虽然光线很强，很刺眼，我们躺在水面上，凝视着天空——冷水托着我们。……我们在水上漂浮了好几个小时，完全与湖水及天空相融，融化在一片安宁之中”。此刻，作者和母亲漂浮在湖水中，湖水托着她们的身体，她们仿佛成为了大盐湖的一部分，大盐湖与她们似乎已融为一体。在这个与母亲共同拥有美好回忆的时刻，作者个人经历的回忆、家族文化的回忆、对周遭环境变化的回忆汇聚到一起，三种回忆与两条线索交织起来，共同构成了作品的框架结构，呈现出女性与地方的关系，展现了大盐湖的历史和生态、盐湖谷盆地的文化，揭示了人类对自然的破坏以及由此造成的后果。

此外，小说还描写了女性与大地的亲密关系。威廉斯的母亲在给威廉斯的一封信中说：“我们睡在草地上，……大自然是我们婚姻的第三者，它使我们更亲近，让我们沉醉在真实的亲密关系中”。通过与大地的联系和接触，母亲获得了心灵的慰藉。之后，母亲还独自去了锡安国家公园旅行，母亲说：“我必须离开一下，让沙漠提醒我，我是谁，哪些部分不是真正的我，红岩上的纹理反映出我的内心深处”。威廉斯意识到了大地与女性的密切联系，因此，在描绘自然时，她喜欢使用与女性特征有关的词语：“在鱼泉国家野生动物保护区的远处有一些沙丘……它们像女人，有着迷人的曲线——背部、胸部、臀、股、骨盆。它们是大地的自然形状”。她把自己比做大地：“我是沙漠，我是高山，我是大盐湖”。此外，在讲述自己的故事以及参与反核试验的政治行动时，威廉斯都把自己与大地紧密地联系在一起，体现了强烈的地方意识，呈现出充满活力的、积极的、不断变化的生命体验。

威廉斯在《避风港》中体现出的生态女性主义意识既有隐性的，又有显性的。前者如将母亲患癌症的故事与大盐湖的故事联系起来，后者如评述女性的身体、讲述大地遭受人类的剥削、指出这个星球的健康也反射出女性的健康等。在谈论女性的身体时，威廉斯的母亲告诉她：“如果你不断地付出，就会耗尽能量，所以你必须休息一下”。就像大自然一样，人类的身体也只能“挖掘”到一定的程度，也需要休息和恢复。当威廉斯觉察到自己的心情跌落到“岩底”时，她便意识到身体此时需要放松和休息：“我们女人的肚子里有月亮，在一年三百六十五天里，如果都想要求满月般的充沛精力，太强人所难了，我现在处于新月期。我们在情绪上所耗损的能源，属于月亮被遮住的那一部分”。通过类比，威廉斯将自己的身体与自然联系起来。人类和自然保持密切的联系既有益于人类的健康也有益于环境的健康，因为它使我们在认识到身体的局限性的同时，也意识到要维护和合理使用地球上的资源，反之，人类对自然规律的发现和掌握也帮助人类进一步地了解自身。

在小说中，威廉斯把自然视为女性，“这风景提醒了我，我所爱、所敬慕的事物，及从我母亲身上获得的东西都来自大地。我只要将手放在山上的黑色沃土或者沙漠贫瘠的沙土上面，就会回想起母亲的精神。她的爱，她的温暖，甚至她环绕着我的手——都像海浪、风、阳光和水”。在小说的后记中，她讲述了一个梦，在梦里，全世界的女性汇聚到了一起，因为“她们明白大地的命运就是她们自己的命运”，她们一起进入核弹测试基地去为她们的孩子要回那片沙漠。美国学者卡桑德拉·基歇尔（Cassandra Kircher）曾指出，把女性与自然结合起来具有危害性。虽然许多女性主义者认为父权制是造成女性和自然受剥削的原因，但是她们并不希望把女性等同于自然，因为她们担心这种结合会在女性与男性、自然与文化之间产生二元对立。这些女性主义者担心把女性和自然结合起来会导致女性在与男性文化对照时处于“他性”和“无权力”的地位。但是威廉斯把自然与统治性文化中的劣势群体——女性联系起来，是以此来加强自然与文化的联系。《避风港》中的女性不是“大地母亲”的化身，她们和文化有着密切的联系。对此，基歇尔也承认：“威廉斯通过把女性和文化机构结合起来使她们超越了和自然独有的联系”。威廉斯在犹他州自然历史博物馆工作，在这里工作使她能够悄悄地进行反抗，为大地争取权利。“威廉斯在文化机构就职实际上也显示出她力图将自然和文化联系起来”。

三、 人类文化对自然以及人类自身的破坏

在作品中，威廉斯批判了人类与自然的疏离以及人类对自然的破坏。她详细描述了她的母亲从患病到死亡的过程，揭示并且批判了人类的文化意图掩盖和遮蔽死亡，这也是人类与自然相疏离的一种途径和表现。例如，看见停在垃圾堆旁的成群的椋鸟，她联想到人类尽管讨厌这些椋鸟，但却鼓励它们破坏其他鸟类的栖息地，以此来占领世界。威廉斯清楚地意识到，人类就像这些椋鸟一样，试图占领世界，带来的后果将会是破坏自然生态平衡，降低生物的多样性。威廉斯的叙述使我们想起了著名的生态女性主义的先驱蕾切尔·卡森（Rachel Carson）说过的话：“这是一个没有声音的春天，……被声音抛弃了的这些地方……寂静一片。甚至小溪也失去了生命……”此外，她还描写了核武器对自然和人类尤其是女性造成的毁灭性的灾难。小说后记的标题——“单乳女性部落”——明确表达出作者的愤怒以及她对未来的深思。她意识到需要用行动改变目前的生活，这促使她最终成为一名行动主义者。基歇尔对此指出，威廉斯是通过采取政治行动来克服自然/文化的二元划分。“作为一名斗士，威廉斯既和自然又和文化联系在一起。”在行动中，威廉斯揭露了统治性的人类社会对自然造成的破坏，并提倡构建新的文化价值观念，“人类和大地之间的契约

已经被破坏了，那些女人重新写了一份契约，她们了解大地的命运也就是她们的命运”。在为大地的权利作斗争的同时，这些女性也在反抗社会对女性身体的剥削以及对她们家族成员的健康的危害。《避风港》体现出的人类与非人类生物、女性与自然的联系促使读者更为关注非人类的自然，倾听它们的声音。

在小说的后记里，威廉斯讲述了她创作这部小说的原因。在她母亲去世一年后，威廉斯偶然发现了一件事情，这恰是该故事的转折点。威廉斯说她小时候经常做这样一个梦——在夜晚的沙漠里，会看见一道闪光。父亲告诉她，那不是梦，而是她曾亲眼看见的在内华达州沙漠里的核弹爆炸实验。那是她两岁时，她们全家驱车从加利福尼亚回家，当时她就坐在怀有身孕的母亲的腿上。听了父亲的话，威廉斯顿时意识到，她们家族的九个女性都做了乳房切除手术（有七位已经过世了）与这个事实——她们都曾暴露在核弹爆炸实验中的核辐射性落尘下面有关。因为根据落尘专家所说，辐射落尘形成癌症所需要的时间是十四年，而她母亲就是在那次辐射后第十四年发病的。在这一刻，“威廉斯的‘地方诗学’转变成了‘地方政治’”。不久后，威廉斯与其他九位女性越过内华达州测试基地的界限，在禁地内举行反对核实验的示威活动——她们要使用非暴力的形式抗议核爆炸试验。威廉斯无法证明家族的“恶梦”是由于国家进行的核试验造成的，所以她选择了用纸和笔作为武器来进行抗议。

在序言中，威廉斯写道：“我借着说这个故事来治疗自己，去面对未知的事物，也为自己打开一条路，因为我相信，‘回忆是回家唯一的路’”。这部回忆录不仅帮助她找到了回家的路，同时也指引读者去关注和思考故事中隐含的非常重要的问题：生活在这里的人，为何有如此多的人患上癌症？是什么原因导致这种情况发生？威廉斯认为，她们家族的成员以及周围其他居民的死亡都是因为相信了政府所说的“不用担心原子尘”的谎言，以至于受到核爆炸测验项目的长期影响而导致的。威廉斯分析说：“我们是一个摩门教家族，从 1847 年就在犹他州落地生根。我们家族奉行健康的饮食——咖啡、茶、烟、酒都不沾。我们家族中大部分的女人在三十岁以前就生完小孩，在 1960 年以前只有一个人得过乳腺癌，在过去摩门教徒得癌症的比率很低”。然而，从 1951 年 1 月 27 日至 1962 年 7

月 11 日，美国政府在内华达州做陆上核弹试爆，置内华达州北部沙漠里的居民于不顾——因为原子能委员会把内华达州测试基地北部视为“几乎没有居民的沙漠地带”，而作者的家人以及大盐湖的鸟，正是委员会的报告中那些“几乎没有的居民”。

威廉斯将后记的标题定为“单乳女性部落”，这无异于一个女性主义的政治宣言——“单乳部落”的女性不仅把乳腺癌看作是身体的一种景象，还把它作为一种文化罪行的证据，一种进行政治抵抗的立场。在后记里，作者把物质身体、文本身体和身体的政治三者汇集在一起，癌症是小说谈论的主题，但其实身体的政治才是作者真正要表达的深层次的涵义。事实上，当威廉斯的作品体现出由地方诗学向地方政治转变后，《避风港》就成了一部与《寂静的春天》十分类似的作品。就像《寂静的春天》一样，《避风港》的作者也需要有“忍受她的小说带给她的痛苦的能力”。在面对激烈的批评时，雷切尔·卡森坚守作为一名女性的立场，威廉斯在写《避风港》时，也学会了这一点——卡森“为了说出事实真相而付出了巨大的个人代价”，威廉斯为了说出事实真相而付出的代价是成为摩门教“族群里的边缘民族”。

第三节 《女性与自然》的生态女性主义思想解读

《女性与自然：她内心的怒号》（*Woman and Nature: The Roaring Inside Her*）是美国作家和激进主义者苏珊·格里芬最具影响力的作品，是第一部用英文撰写的自始至终讨论女性和自然联系的作品，它的出版在西方世界引起了极大的震动，被视为一部生态女性主义里程碑式的作品，格里芬也被公认为生态女性主义思想的奠基人之一。女性主义者对该书给予了高度评价，称赞它是一次艺术和理论上的突破。

《女性与自然》全书共分为四个部分，作者以高度的想象力和极为感性的笔触，表达出对女性和自然之命运的深邃思考；用富有诗意的语言、充满激情的散文风格，完成了一次对女性的深刻而真实的剖析，是一次对女性心灵的探索，呈现出一部关于女性的赞美诗。

《女性与自然》是一部形式和内容都极具特色、引人入胜的作品。全书的写作脉络是非线性的，读者阅读时可以采取跳跃式的方式，而不必拘泥于前后章节的顺序，各章之间既相互关联，又彼此独立，每一个章节与其他各章节之间形成一种互相补充、评论和解释的关系。这种写作手法能够极大地唤起读者对作品中蕴含的强烈的生态女性主义意识的感悟——世界万物原本是一个相互依赖、又各自独立的整体。该书详尽论述了西方父权制思维模式下女性受压迫和自然被破坏二者之间的联系，按年代顺序追溯了从父系社会开始有关对自然界的评论，生动讲述了人类开始认识、了解大自然，随后大肆地开采自然资源，直至破坏了大自然的过程，展示了在人类发展的历史过程中男性对女性和女性气质的事物的看法，深刻揭露了在父权制意识形态影响下，男性压迫女性、贬抑有女性气质的事物的现象。

《女性与自然》在女性主义批评史上具有重要的意义和独特的地位，是一部堪与《第二性》媲美的杰作，但迄今为止，国内文学界尚无人对其进行深入探讨和研究。鉴于此，笔者尝试运用生态女性主义批评理论对格里芬的《女性与自然》加以评析，以期能为我国的生态女性主义文学批评研究增加一些新的内容。

一

《女性与自然》按照时间顺序，历时性地追溯了人类从父系社会开始有关对自然界的评论，从写作的内容看，它是属于自然文学的范畴，但是从写作风格而言，这部作品却并非传统意义上的自然文学作品，它以丰富的想象力和新颖的角度突破了传统的自然文学作品规约性、独白性特征，呈现出对话性。对此，格里芬指出："伴唱（echoes）和合唱（choruses），对位（counterpoints）和和声（harmonies）共同推动情节的发展。在此笔者是两个声音之间的对话延伸。一种声音是女性和自然的、带有感情的、动物的、具体化的声音，另一种声音是独唱，是冷静的、学者气派的，假装客观、有文化权威的声音。"格里芬此处所说的"独唱"并不是指生物学意义上的男性所发出的声音，而是指代那些被意识形态建构而成的男性声音。两种声音的对话象征着父权制思想与和父权制思想相对立的“他者”（女性、自然）之间的对抗和交锋。在父权制意识形态的影响下，前一种声音被视为“文明的”，且被认为是客观、超然和无形的；后一种声音是女人与大自然的“合唱”，被认为是野蛮的，主观、卑劣和有形的。在书中，格里芬将自己对女人和自然的歌颂，和对父权制思想的批判以想象推理的方式通过模仿不同的声音表达出来，尽力再现这些声音的形象和腔调：“……父亲般的声音……我害怕它……另一个声音是以我的声音开始，但很快就渗入了其他女人的声音和大自然的声音……这是一种形象化的声音，一种充满激情的声音。这两种声音风格不同，由此产生一场交锋，暗自贯穿于全书之中。”书中把男人、女人和作者本人的声音交织在一起，既各具特色，又浑然一体，丰富的想象和弦外之音着实令人玩味。

《女性与自然》全书分为四卷，前两卷“物质”和“分离”揭露了父权制的二元论思维模式对人造成的影响以及导致的后果。在批判父权制二元论思想的基础上，后面两卷“通道”和“她的视野”则用对话的叙事结构来表现女性自身的经验和感受。第三卷中的“迷宫”一节用不带有情绪色彩的、似乎是客观的腔调讲述了父权制思想无法理解的、属于女性的经验；另外一节“岩洞”通篇使用第一人称的叙事方式，以“我”和“我们”为叙事的主体，发出与父权制思想对抗的声音。在第三卷中，两种针锋相对的声音和腔调相互交织，贯穿始终，构建出了“迷宫”（象征女性的阴道）和“岩洞”（象征女性的子宫），揭露了古希腊罗马神话背后隐藏着的父权制意识形态，同时讲述了被父权制意识形态所替代的母系社会的史前史。第四卷有“分离再结合”和“重新观察物质”两章。在第四卷中，格里芬继续使用了对话的叙事结构，但是前面章节中以间接引语方式出现的、带有蔑视腔调的、争辩的声音明显减弱了。与之相对应的是，女性的历史和女性之间的对话（代表了反抗的女性声音）逐渐变成一曲合唱，进而转变为一首优美的抒情诗和颂歌。在全书的最后一节，两种不同声音的对话仍然在继续，末尾处，格里芬采用第一人称叙事的方式，热烈地呼吁读者参与到文本的对话中来：“……我渴望告诉你，你也是大地。听！我们在彼此相互转告我们所了解的事情：光在我们身体之中。”

这部作品别具一格的写作风格，别出心裁的对话结构，带给读者一种新奇的阅读体验，加之它对女性问题的深化和突破，故而引起批评家的广泛关注。美国生态女性主义文学批评家帕特里克·墨菲给予这样的评价："格里芬采用一种后现代的元叙事结构批判她观察到的现象，并设想一种乌托邦式的结局，把人类作为自然的一部分。这些手段不为独白性的世界观所赞同，但却受到对话性的女性主义世界观的赞同。对话的模式使批评家们不仅关注文本的结构，还关注贯穿在作品中的两种不同的声音。关于《女性与自然》的讨论启发我们，通过某些方式，女性主义思潮可使自然文学类型小说化，而且使自然文学成为一种文化批评的工具。"

二

作为生态女性主义里程碑式的作品，《女性与自然》揭露并强烈批判了父权制的二元论思维模式及其行为。该书的第一卷揭示父权制二元论的逻辑对作为物质的人的影响，批判了代表父权制意识形态的神学、哲学、科学排斥女性、把女性视为"客体"的行为。该卷首先追溯和评论父权制社会对女性的压迫，同时讲述西方文化中"物质"概念的发展过程，着重探究了西方的宗教和哲学中盛行的思想/身体二元论中关于"物质"的概念。作者指出，西方等级制的二元论思维模式造成了"物质"概念和所有与"物质"概念相关联的事物的贬值，包括女性、自然、原始、情感等等。此外，格里芬还指出，西方的宗教文化传统强调上帝对人类的惩戒和教训，认为罪恶是大地的产物，女性比男性更物质化，或者说更属于大地的一部分，所以罪恶源于女性。作者用将近四十页的篇幅揭示了统治性的父权制思想及其行为，批判了父权制思想把女性当作劣等的生物、认为女性是无知的、女人的本质是可怕的等观念。第二卷从讲述子宫与身体的分离开始，列举并批判了父权制二元论思维模式导致的后果——理智与感情分离、肉体与灵魂分离。第三卷将女性自身的意识与父权制的意识分割开来。该卷使用了众多的比喻，例如脱衣服、黑暗、深渊等表现女性在抛弃二元论的错误知识，又尚未获得新知识之前的迷惘和痛苦。第四卷讲述女性走出迷宫之后获得了一种新的非二元论的意识。她们开始用新的眼光观察世界，得出一个具有强烈生态女性主义意识的结论："我们（女性）知道自己是大自然创造的。因为我们看见了自己。我们就是大自然。我们是观察大自然的大自然。我们是具有自然观念的大自然。是哭泣的大自然。是讲述大自然的大自然。"这个结论有力地驳斥了西方传统的父权制观念，即女性是接近大自然的低贱物质。格里芬强调，当女性为了自然和女性自身而发出声音的时候，我们就能够战胜压制和贬低自然、物质、身体和女性的父权制的思想。

在强烈批判父权制的二元论思维模式之外，格里芬通过新的观察视角，揭示了父权制二元论思维背后的驱动力，并探究父权制二元论思维模式至今仍然在西方占据统治地位的原因——在父权制的等级制二元论思维模式中，物质被视为是低劣的，和物质有密切关联的女人被视为是低劣的。第一卷第一节"物质"是父权制二元论思维模式的反映，这一节讲述了物质是"变化不定的、虚幻的，……真实的东西在岩洞之外，……物质把我们诱入了黑暗。"还指出"女人的本性是被动的，她是一个等待装满的容器。"这一节里，男性的、统治性的声音把女人描写成物质化、被动的、低等的、邪恶的，女人与大自然有紧密的联系。从女人与大自然之间的相似点开始，格里芬进一步探索了土地、森林、动物和女人的身体，把父权制下女性的命运与土地、森林、动物这些父权制社会中的物质等同起来，揭露了父权制社会对女性和自然的认知和贬抑，也暗示男性对女性的压迫与人类对自然的剥削极其类似。"马戏团的马"一节，格里芬运用丰富的想象力把女人隐喻为野马，讲述了野马被骑手驯服的过程，最具讽刺意味的是，野马最终竟然爱上了驾驭它的骑手，作者以此类比女人最终爱上了管制她的男人。格里芬把骑手对野马身体的操纵和外科医生对女性身体的改造相并置，通过类比的手法，进一步强调了男性对自然的剥削与男性对女性的压迫之间的联系。为了揭示父权制思想对女性的剥削和伤害，格里芬在"她的身体"一节中使用引文突显出施加在女性身上的痛苦，她把法国大法官亨利·博格恶毒的嚎叫置于这一节的开端："我希望她们只有一个身体，以便我们能立即用火把她们全部烧死。"

三

作为生态女性主义里程碑式的作品，《女性与自然》除了强烈批判了父权制的二元论思维模式，还呈现出鲜明的生态女性主义的伦理观，即任何生命、任何行为都是相互依赖、相互关联的。该书开始的第一节和最后一节的标题相同，都是以“物质”为题，但是后一节的物质采用的叙述视角是非二元论的，然而诗的语言和符号，表现了人类与自然之间的延续性和相互关联性：“我们知道自己是这片土地造就的。看这草。……草反映出在土壤中生活的一切事物。阳光。草需要土壤。它的根深植于土壤中。一片银色的土地。宛如我们头上斑驳的银丝。显出时间的痕迹。这鸟儿在草上低飞。……因为我们知道自己是这片土地造就的，我们的生命就像这草一样短暂。像污泥一样潮湿。我们的细胞充满了水。就像这沼泽的污泥。因为潮湿，石兰在这里生长。水藓在水上浮动，在这些池子的水上浮动。河水冲走的地方。那里的土地是由熔岩的流动造成的。或者由冰川的缓慢移动造成的。因为我们知道自己是这片土地造就的，所以我们就像大地一样，是由过去形成的。是我们母亲的生活造就的。”“我们知道自己是这片土地造就的”这句话在此反复出现了三次，我们可由此管窥作者的意图：强调人类是由一些普通的物质（诸如草、污泥、水等）构成的，人类和自然是密切关联的。在这一节，格里芬用满怀激情的文字吟颂了沼泽、污泥和鸟儿，意在抵制父权制意识形态中有关人类与自然相互对立的二元论思维模式，把自然提升至和人类同等的地位。此外，格里芬还用“充满水的我们的细胞”与“泥泞的沼泽”相类比，暗示人体细胞的生命过程和大自然的生命过程极为相似。显然，格里芬认为，在女性自身的经验里，自然和女性是不可分离的，这体现出鲜明的文化生态女性主义的思想，即女性比男性更接近于自然。

值得一提的是，格里芬在作品中把各种不同形式、不同类型的压迫和剥削并置在一起，以此突显它们之间的联系，并暗示读者，对某个团体、阶级或物种的压迫不可避免地会影响其他团体、阶级和物种，对女性的压迫和对大自然的破坏有着密不可分的联系。她揭露了男性像开采和利用自然资源一样地剥削和利用女性；她把男人驯养动物的方式与男人压制女人的方式相类比，指出男性像驯化动物一样地装扮女性，鼓励女性养成自我规训的习惯；她把女性被禁闭在精神病院做隐喻来揭示人类对大自然的控制。在大量运用类比表现事物的状态和男性的破坏行为之间的联系后，格里芬在“结果”一节中明确指出事物之间的相互关联性，“他对她做的事，就是对我们大家做的。一种行为不可能与另一种行为分隔。我们说，如果他看得更清楚，他就能预测自己的死亡。如果山上有树林，就不会有洪水。……看看水如何从这个地方流走，又怎样以雨水的方式返回，一切事物都会回归。我们说一个事物紧接着另一个事物，能够做成的事是有限度的，一切物质都在运动。我们说，我们都是这个运动的一部分。”这种承认事物之间相互联系、相互依存的生态女性主义伦理观促使读者关注并思考人类破坏自然带来的后果，提醒读者注意建立在关联性基础上的生物的差异性和多样性的特征，“我们多种多样，我们的种类令人吃惊，我们的差异成倍增长，显露出的可能性无边无垠。……我们都有各自的目的，各自的细胞，我们都有光线和土壤。……我们以这种方式站立着，每个都是独立的，然而我们当中无论谁都不能互相分离，分离时，我们当中谁都不美丽，但是当我们站在一起，大家都很漂亮。”

四

格里芬的《女性与自然》受到很多生态女性主义者的赞扬，但也遭到了一些人的批评。这些批评观点指出，格里芬在作品中强调女性受压迫和自然被破坏之间的联系，尤其是强调女性在生物学层面与自然的联系，是一种“生物决定论”。因此，格里芬被一些解构主义的女性主义者批评为本质主义者。格里芬对此回应道：“我的这部作品经常遭到这方面的误解……其实，我并不认为男性气质是与自然分离的，女性与自然的联系是生物学上的。……男性也是生物学意义上的动物。但是我们的文化使男性逐渐地和生物的本体分离，同时创造出精神上的‘他性’范畴以代表生物的本体。”由此可见，这些解构主义的女性主义者错误地把格里芬对女性天生比男性接近自然的观点的解释当成了格里芬自己的观点，对其加以了阐释。事实上，阅读《女性与自然》时，我们能够发现，女性与自然的关系以及在西方父权制文化中被视为“他者”的人其实是被西方学术史和宗教史建构并强调的。在格里芬看来，女性与自然的密切关系是由性别差异所导致的社会建构而成的结果，是自然与文化分离的结果，而不是原因。

美国生态女性主义理论家格里塔·加尔德在题为“误解生态女性主义”的文章中指出，许多生态女性主义者都意识到“本质主义”的危险而与它保持距离。格里芬也是如此。她的《女性与自然》超越了女性与自然之间狭隘的、生物学上的联系，把贯穿在西方文明史中男性对女性的压制与对非人类自然的破坏两种压迫形式并置起来，以此强调她关注的是女性与自然在文化身份方面的联系，揭露男性占统治地位的父权制文化造成了女性与自然的联系。在格里芬看来，建构女性和自然密切关系的因素是男性统治的西方文化对女性和自然的压迫，而不是女性和自然的生物的或者本质的身份。为了避免做女性（自然）/男性（文化）的二元论划分，格里芬在作品中没有对女性和自然的概念做出生物本质主义的界定，没有把男性排除在人类与非人类自然的联系之外，相反，她强调男性和女性都会受到文化的影响，会导致他（她）们与自然的疏离。

值得一提的是，虽然格里芬强调女性与自然的联系是被男性占统治地位的西方父权制文化建构的，但是我们可以发现，在某种程度上，她把女性和自然视为了同一个整体，认为女性和自然在反对男性方面是完全一致的。例如，《女性和自然》中提到一只母狮被科学家们围住并进行检查的情景——“‘她为什么怒吼?’他们提出疑问。他们断定，这怒吼一定发自她的心中。他们决定一定要看一看她心中的怒号。……他们得出结论，她没有灵魂。她不辨是非。……他们命令她：‘听话！相信我们！’他们说，‘我们有灵魂，我们知道什么是对的。’……她不理解这种语言。她吃掉了他们。”不可否认，格里芬在作品中一直力图回避使用等级制的二元论，但她使用女性——自然和男性——文化相比照的方法却无形中削弱了作品反对等级制二元论的力量。此外，该作品仅仅只批判了等级制二元论基础之上的价值观念，但仅有批判是不够的，在批判的基础上，还应重审等级制二元论的概念本身，同时建构起在相互联系基础上的新的价值观念和伦理观念，这种新的价值观和伦理观将能够更好更准确地反映现实。

第四节 《一千英亩》的生态女性主义思想探究

《一千英亩》(*One Thousand Acres*)是美国当代著名小说家简·斯迈利(Jane Smiley)的代表作。该书因为对人物心理的成功刻画、对女性自我意识觉醒的深刻描绘，而获得了普利策奖和美国国家书评人奖，并两次登上美国畅销书榜首。土地和女人是小说的两大主题。农场是小说人物生存的语境。土地和农场的变迁是推动小说情节发展的重要因素。小说以第一人称的叙事手法，从女性的视角展开叙述，展现了女儿与父亲的恩怨，与丈夫的隔阂，与情人的爱恨以及姐妹之间的反目。伴随情节的发展，小说逐步揭示出男人对女人和土地的剥削和利用，展示了女人与土地的关系：男人占有、改造土地使土地物化，男人支配、剥削女人达到扩张土地的目的，物化的土地向依赖土地生活的女人实施报复。

小说的主要角色之一拉里·库克拥有爱荷华州农场的一千英亩土地，他有三个女儿。大女儿金妮和二女儿萝丝已经出嫁了，住在农场里，三女儿凯洛琳是库克最喜欢的女儿，在得梅因(爱荷华州首府)做律师。小说的故事是以金妮的视角展开叙述：农场主拉里·库克突然间决定把农场一千英亩的土地平均分给三个女儿，一直在农场里生活帮父亲干农活的金妮和萝丝同意了父亲的决定，而在州首府当律师的凯洛琳却对此表现出漠然和犹豫，拉里因而极为恼怒，决定剥夺凯洛琳的继承权。不久，拉里对自己仓促的决定后悔不已，与金妮和萝丝发生了争执，并在风雨之夜驾车外出，发生车翻人伤的事故。凯洛琳不了解事故的真相，以为是两个姐姐为了争夺遗产而虐待父亲，于是与拉里结成同盟。金妮和萝丝也因为争夺情人杰斯·克拉克而反目成仇，最后，拉里·库克死于心脏病，农场破产并最终被政府收购。

美国生态女性主义者加尔德(Greta Gaard)认为：“割断或者否认人类与自然的联系是建构统治者身份的必要条件，这是西方文化与自然相互疏离的关键……。”事实上，在西方文化中，自古希腊罗马以来，自然和女性就被置于客体的地位。在二元论等级制下，人类对自然的破坏和男性对女性的压迫具有了合法性。许多生态女性主义者力图发掘出剥削女性和破坏自然二者的共同渊源。生态女性主义理论家卡洛琳·麦茜特（Carolyn Merchant）指出，直到文艺复兴时期，欧洲人仍然“用有机体作为联系自我、社会和宇宙的基本隐喻”。然而，随着科学革命的推进，“两种新的观念，即机械论、对自然的征服和统治，成了现代世界的核心观念”。生态女性主义者卢瑟（R. R. Ruether）提出，未来将是“事物与事物之间的相互依赖取代了统治的等级制，成为了男人与女人、人类族群之间、人类与其他生物之间的关系模式”。她认为，由于性别、阶级、人类与自然界的不平等而导致的分裂，只有从整体上加以修正——亦即在各个阶级（包括人类和非人类）之间同时消除异化，才能得以弥补和缝合。由此看来，《一千英亩》中作者把男性对女性的压制与人类对自然的破坏并置在一起，像是一个硬币的两面，体现出了强烈的生态女性主义意识。

小说的开端，金妮讲述了她在河边散步时，河里的塘鹅唤起了她对这里的过往风景的回忆：“九十年前，我的曾祖父母在泽布伦县定居时，县里沼泽密布，到处是湿湿的，闪着水光，成百上千只塘鹅在香蒲丛中筑巢。不过打六十年代初至今，我还是第一次看到塘鹅。我注视着它们，心里暗想，沿路的景观告诉我，目力所及的层面下有着另一番天地。”回忆与现实形成鲜明对比的情景在小说中多次出现。这些情景暗示读者，自然界原来的秀美景色由于人类对自然的征服和管制、对土地的占有和改造而遭到破坏，农场的真实面貌掩埋在“目力所及的层面之下”。在金妮的记忆中，农场原本是一片潮湿的大草原，现如今“潮湿的大草原不复存在，海在我们脚下，我们征服了它。”

美国生态女性主义者德博拉·斯莱塞（Deborah Slicer）指出，要认清这样一个事实，即“自然主义是与包括性别歧视在内的多重社会压迫联系在一起的，这是生态女性主义最伟大的洞见。找到理论的和政治的策略用以有效地鉴别和根除这些缠织在一起的多种压迫可能是我们最伟大的诺言和挑战”。在《一千英亩》中，农场的女性受压制、受剥削的命运与农场的土地被改造、被破坏的命运始终联系在一起。土地和女性第一次联系在一起是从金妮的祖母伊迪丝开始。伊迪丝十六岁时嫁给了三十三岁的约翰·库克，因为约翰是农场的合伙人，他们的婚姻不仅是两个人的结合，也是伊迪丝父亲的土地和约翰的土地的结合，伊迪丝的身体成了男人们换取土地的商品。金妮猜测，伊迪丝“寡言少语的性格并非出自她的天性，而是因为恐惧。她生活在她一辈子都认识的男人中间，包围她的是他们所珍爱的土地。”男性的压迫让伊迪丝变得像土地一样沉默寡言，男性的统治让女性压抑了自己的思想和观点，男性把女性仅仅当作是交换的商品。金妮的婚姻和她祖母的婚姻十分相似。她和泰伊的婚姻事实上是泰伊和拉里·库克的财产的结合，“他（泰伊）是和一千英亩地……结合在一起的，他必须证明自己的价值。”小说中，男人们在农场里使用化学肥料和农药，这不仅破坏了农场的土质，还毒害了女性的身体，使她们患上了乳腺癌或遭遇流产。金妮的情人杰斯的母亲、金妮的母亲和妹妹萝丝都死于乳腺癌，金妮本人也五次流产。在杰斯的提醒下，金妮意识到，她们遭受的伤害都是因为她们饮用的井水里含有硝酸盐所造成的。

斯迈利在接受美国评论界小说奖时曾经提到，《一千英亩》展示的一个重要观点是“反对某种形式的农耕和土地使用方式所导致的环境危机和人类生命的毁灭”。在《一千英亩》中，她描写了泽布伦县的农民对待自然和农场的两种不同的方式和态度：大部分人赞同经营农场“越大越好”，尽力扩大农场规模，努力提高产量。关于这个问题，印度生态女性主义者范达娜·席瓦（Vandana Shiva）曾引用文献资料证明，西方文化长期以来排斥和贬低“自然”，把自然方式的劳动视为是“非生产性的”。席瓦还指出，人们对现代农业生产方式存有误解，认为要提高生产率，就要采用科学技术，使用化肥和杀虫剂：“这明显是一种假想。自然是非生产性的，以具有更新能力的自然循环为基础的有机农业是非生产性的，所以，与自然有密切联系的女性、部落和农耕团体也是非生产性的。这不是因为在合作中她们提供的产品或服务较少，而是因为这种假设认为只有在商品生产中采用了技术——既便这种技术对生活造成了危害——才是进行生产。以这种观点看来，一条平稳的清澈的河流是非生产性的，它需要靠水坝把它‘发展’为生产性的。”受上述错误观点的影响，拉里·库克将农场里的池塘改造成耕地，以扩大耕地面积、提高农作物产量，正如金妮所说：“只要能提高产量，什么新技术他都愿意试一试。”此外，拉里的邻居哈罗德购买了一台新的、又大又先进的收割机，为此附近的农民都十分羡慕他。与拉里和哈罗德相反，拉里的另一个邻居埃里克松夫妇把所有的聪明和爱心都花在动物身上，“他们家的农场更像是一个宠物园一样，机器对他来说毫无意义。他们对农场之间的经营毫无兴趣，这使他们的破落成为了无可避免的事。”此外，哈罗德的儿子杰斯一直主张有机农业，主张人类与自然和谐共处的农耕方式。他赞扬一个使用有机肥料的农场主：“那太让人惊奇了。他七十二岁了，看上去只有五十。他们养了奶牛、马，还喂了蛋鸡。不过，他妻子只用素菜做饭。那块地的产量真大！他只用绿肥和粪肥。那个菜园……就像一个极乐世界。”在这里，生态女性主义提倡的人类与自然界的和谐似乎已经实现了。在杰斯看来，不采用有机农业“简直就像亲眼看到了天堂，又转身离开”。但拉里、哈罗德这些人却继续采用化学的、集约的农耕方式经营农场，杰斯本人也没有能够把这种有机农业方式坚持下去，并最终放弃了对它的探索。尽管如此，他主张有机农业的观点却是对压迫自然和女性的父权制思想的一种挑战，他唤醒了金妮被压制的自我，使她意识到自己内心深处对古板生活和婚姻的不满。

农场主拉里·库克是西方父权制文化的代表，在他看来，女性是可以交换的商品、可以使用的工具和被凝视的客体。在他眼里，金妮和萝丝只是“女儿”，不是“女人”，因为“女儿”是他财产的一部分，可以由他管制和支配。他用凝视管制和支配着女儿。小说中有一个金妮回家取鸡蛋为父亲做早餐的情节，揭示了库克通过凝视支配女儿：“一路上我都能感觉到自己的身体——没有风度、匆匆忙忙、好不体面、气喘吁吁、一身女人气、滑稽可笑。好像父亲从那扇大前窗往外看，看到我浑身一丝不挂，……原有的尊严荡然无存。”金妮的身体被“女人气”物化了，她仅仅只是拉里的一份私人财产，正如萝丝所说：“我们是属于他的，他对我们就像对池塘、房子、猪或者是庄稼，想怎么处置就怎么处置。”

拉里对女儿的控制不仅体现在对她们身体的凝视和占有，还反映在拉里的思想观念潜移默化地影响着女儿们。当金妮回想起邻居埃里克松经营农场的方式时，她认为：“埃里克松家的破落是不可避免的。”“从他们经营农场的方式上，既看不出有什么传统，也看不出有什么规矩。”金妮的想法反映出她受到了拉里的思想观念的影响。她还时常想起“父亲教育我们要像他一样做——无论是经营农场还是管理自己，都要有规矩，有章法，规矩章法重于许多其他的事情”。由此可见，这些规矩、传统已经渗透到金妮的日常生活行为和思想中去了。

水是小说中一个十分重要的意象，斯迈利用它来表现女性气质和女性的声音，故事中的水象征着给女性带来慰藉的事物：故事的开端，金妮在河边愉快地散步，看着河里的景象，意识到目力所及的层面下有着另一番天地；金妮遭到父亲的咒骂后，跑到潮湿的玉米地里寻找慰藉，因为那里曾经是一个水塘；金妮带着两个侄女去派克镇游泳，游泳池里拥挤嘈杂的人群引发了她对农场里的池塘的回忆，她回想起她和萝丝曾躺在池塘的水面上，置身于碧蓝的天空下。小说中的水也和男性有着密切的联系，不过却是悲剧性的联系。男人们为了改造和扩张耕地破坏了水资源，他们为此受到了自然的惩罚：拉里的邻居也是竞争对手哈罗德被化肥喷到脸，他到附近的水塘里找水洗眼睛，不料水塘的水早已被抽干了，他也因此瞎了；萝丝的丈夫皮特想伤害拉里，不料自己却开车掉进了水里，被水淹死了。这些情节是作者在暗示读者：与自然为敌，破坏自然，最终必然会受到自然的惩罚。

除了水之外，动物是小说中另一个重要的意向。斯迈利几次将金妮隐喻为受到限制的动物，以此表现金妮内心的感受，并暗示读者，在父权制社会里，女性和动物一样受男性的宰制。例如，金妮帮丈夫阉割小猪后，梦见自己变成了一只母猪，“我的背有母猪的背那么长，那么隆着，从我的脚开始，我整个身体形成了一条匀滑的弧线，好像是母猪隆起的身体，弧线的一端是长着猪鼻子的猪头，弧线的另一端是又短又粗的尾巴。”作者把金妮的身体与母猪的身体并置在一起，暗示读者，男权社会中，女性和动物一样受到贬抑和压制，父权制统治下，女性的地位像动物的地位一样低劣。此外，在一个暴风雨的夜晚，金妮与父亲发生争吵并决裂，她感觉自己“像一匹被圈在狭小马厩里的马，涌动着焦躁不安的感觉。那匹马把头摆来摆去，不断地用蹄子敲着地，但那些屋梁、围栏和缰绳把它牢牢限制住了，这匹马筋疲力尽，便接受了约束，而在这之前，体现那种约束的则是一根刺棒”。把金妮比喻为一匹受到束缚的马，暗示着她想摆脱父权制统治的枷锁，但却力不从心，因此只能做一个父权制传统下的“好女儿，好妻子”。

小说中，萝丝不时指出，男权的世界观和行为对土地、女性和动物施与暴力，摧毁了她们的健康。她提醒金妮要认清它们之间的联系。在萝丝和杰斯的影响下，金妮逐渐意识到自己的身份不仅仅是女儿和妻子，还是一个有独立意识的女人。在小说的后面部分，金妮找回了自己压抑已久的声音：“我现在明白了自己的错误。一个只会等待的母亲，一个只会迟钝地接受事物，轻易地说：‘情况会有变化，我们会得到别的机会’的母亲，谁会跟着她？不！现在是挺起腰板，伸出自己的双手，主动选择的时候了！”小说的最后，金妮和泰伊分手，她离开农场去了明尼苏达，断绝了与家人的联系，在餐馆干招待的活儿。此时的金妮不愿再像从前一样做一个没有主见的农妇，不愿再保持沉默，她告诉泰伊：“你把一切看作是一段辉煌的历史，可我看见的却是无数次打击。我看见的是，我接受你要的东西完全因为那是你所需要的，……我看见的是，要付代价时让别人来付，付完了还躲躲闪闪，把别人付的代价忘得一干二净。我会以为爸爸打我们糟蹋我们是他自己想出来的吗？……不，我认为他是有榜样的，这榜样是整个事情的一部分，包括土地，包括不顾后果严格按照自己的意愿处理一切事物的欲望。”金妮认识到父亲殴打和糟蹋女儿是有缘由的，那是整个文化的一部分，这种文化支持库克改造土地、提高产量的观念，使得像他一样靠土地生活的农民不断扩大耕地面积，增加农作物的产量。故事的末尾，金妮对未来虽然还不清楚，但是她找到了一个新的具有抵抗意识的自我，让她有了发出自己声音的勇气和希望：“每当我回想起那片世界，我就想起那逝去的年轻的我，她也留给我一些东西，那就是她曾经往罐子里装过有毒的香肠，以及由此而起的那种把无法想象的事铭记在心的能力。我不能说我原谅了父亲，可现在我能想象出他也许宁愿永远忘记的东西——一种难以设想的冲动的刺激，驱使着他，压迫着他，把他紧紧裹在了那层无法穿透的自我之雾之中，当他干完农活喝完酒，在夜晚的屋子周围转悠的时候，这层自我之雾一定成了地地道道的黑暗。这就是我尽力悉心守护的那片闪闪发亮的黑曜岩碎块。”金妮悉心守护的这些“碎块”是她的武器，也是她的工具，她借此来认识和述说父权制话语无法认识和述说的事情，凭借它突破和挖掘未曾说出来的事情。

中篇

文学伦理学批评理论与文学经典重构

第四章 非裔女性作家内勒·拉森的《流沙》新解

第一节 《流沙》中海尔嘉·克兰的身份迷失与伦理选择

内勒·拉森（1891—1964）是美国哈莱姆文艺复兴时期最具影响力的作家之一，也是第一位获得古根海姆创作基金奖的非裔女作家。《流沙》（*Quicksand*，1928）是她的第一部长篇小说，自发表以来，受到了评论界的青睐，有批评家认为它是“自查尔斯·切斯纳特以来非裔美国作家创作的最好的小说”。以往的研究主要集中于黑白混血儿女主人公被压抑的性欲、文本表现的性政治以及哈莱姆文艺复兴时期的社会文化现象，或是以作者拉森的自传书写为参照，从种族意识、女性主义的视角解读文本，这些研究成果对我们理解《流沙》具有重要的启示作用。但迄今为止，国内外学界还没有人从文学伦理学批评的视角来解读和剖析该文本，故笔者尝试运用文学伦理学批评方法，深入分析女主人公海尔嘉·克兰所处的伦理环境，通过对她的伦理身份和伦理选择的辨析和考量，探究美国社会以种族主义为内核的社会伦理机制与黑白混血儿生存伦理之间的悖论，揭示美国社会伦理机制的不合理性。

一、 伦理环境与身份认同的困惑

文学伦理学批评重视对文学的伦理环境的分析，强调文学批评应该回到历史的伦理现场，“站在当时的伦理立场上解读和阐释文学作品，寻找文学产生的客观伦理原因并解释其何以成立，分析作品中导致社会事件和影响人物命运的伦理因素，用伦理的观点对事件、人物、文学问题等给以解释”。《流沙》这部小说在某种程度上可以视为一部哈莱姆文艺复兴时期的混血儿女性的成长小说。返回《流沙》女主人公海尔嘉成长的伦理现场，辨析她在成长过程中众多的遭遇和面临的困境，我们可以发现其中对海尔嘉成长过程影响最深的莫过于她的家庭伦理环境。海尔嘉是黑白混血儿，她的父亲是西印度群岛裔黑人，母亲是丹麦裔白人移民。父亲在海尔嘉很小的时候离开了家，年幼的海尔嘉不理解父亲离去的原因，在幼小的她看来，黑人父亲背叛了婚姻和家庭，让原本“热爱生活、富有激情”的母亲变得“忧郁、冷酷、难以接近”。海尔嘉在精神和情感上成了被抛弃的“孤儿”，父亲的离开让原本完整的家庭结构破碎了，原本健全的家庭伦理关系缺失了。而且在母亲的第二次婚姻里，海尔嘉受到了白人继父和异父异母的兄弟姐妹们的排斥和欺辱，“新家”和“家人”对她的伤害一直持续到母亲过世，用作者拉森的话来说：“在被坏蛋和恶人包围着的童年里，不幸的她未曾被别人爱过，也不曾爱过别人”。生父抛弃了家庭让母亲陷入深深的痛苦中，还令海尔嘉丧失了亲人的关爱，继父和继父子女也对她充满敌意，在这样的伦理环境中，海尔嘉缺乏了被爱和爱人的情感体验。不仅如此，家庭伦理关系缺失的环境无法让她获得关于自身种族伦理身份的正确认知，缺失了父母的爱护和指引，这样的遭遇使她在面临身份认同的伦理选择时，不可避免地陷入了伦理困惑之中，感到深深的焦虑和不安。

依据美国当时的社会种族伦理机制，黑白混血儿在种族上是归入黑人族群。但是，海尔嘉幼年时期的悲惨经历，尤其是家庭结构破碎和家庭伦理关系缺失给她造成了巨大的伤害和心里阴影，导致她在内心深处对黑人和黑人文化极为排斥，不愿面对和接纳自己的黑人伦理身份，因而在种族伦理身份认同中，陷入了伦理选择的困境。这表现在她对白人文化和伦理价值观的接纳与模仿，对黑人族群和黑人身份的鄙视和厌弃，这导致她一直徘徊在黑人和白人两个族群的边缘，始终是两个世界的局外人。在南方的纳克索斯黑人学校任职时，校长安德森博士在谈话中提及她的家庭和身世，那些话“燃起了她心中的焦虑……只留下被撕裂的自尊。……‘如果您说的是家庭的话……我没有家。我出生在芝加哥的贫民窟里。我父亲是一个赌徒，当年抛弃了我的母亲’”。从字里行间可以看出，幼年被黑人父亲抛弃的经历使海尔嘉在内心深处对自己的家庭讳莫如深，她不愿提及这个伦理关系缺失的家庭，也不愿意接纳和面对自己的黑人伦理身份。海尔嘉种族伦理身份的迷失还可从她在北方求职的经历一窥端倪。她在芝加哥受雇于富有的海斯罗尔夫人，当被问及家人时，海尔嘉“垂下眼睑，隐藏起内心的愤怒……挤出一丝微笑：‘……我没有家人，只有我自己。所以我想干什么就干什么’”。在海斯罗尔夫人再三追问下，海尔嘉“恼羞成怒……身体里涌出一股令人抗拒的疼痛感，这种残忍的、本不该经受的疼痛她之前也曾经历过，而今又再次向她靠近了。她情绪激动、泪流满面、嘴角抽动着断断续续地讲完最后几句话”。小说生动细腻地描写了海尔嘉讲述自己家庭时的心理活动和神情举止，我们不难看出，海尔嘉极其不愿意提起自己的家庭和混血儿的伦理身份，因为混血儿的伦理身份暴露了她是黑人和白人跨种族通婚的结果，这样的婚姻不仅“涉及种族的混杂，还有可能是通奸”。根据美国当时的社会伦理秩序和种族伦理机制，黑人男性不允许与白人女性发生密切的接触，跨种族婚姻被视为是非法的。正如学者朱迪斯·贝尔宗（Judith R. Berzon）所说，黑白混血儿与深肤色黑人的主要区别是“社会、心理上的”，而不是“生物学意义上的”。在“反族际混血法”甚嚣尘上的美国20世纪20年代，海尔嘉的混血儿伦理身份具有“不道德、不合法、不正常，甚至颠倒错乱”的内涵，因此，当她投奔舅舅时，舅舅的第二任妻子将她赶出了家门。海尔嘉的亲戚和海尔嘉本人都知道，她的父亲和母亲的结合违反了当时的社会种族伦理规范，是要被处以刑罚的“乱伦”行为。这一“乱伦”行为导致海尔嘉从小生活在没有父亲的单亲家庭，缺失了正常的家庭伦理关系，受到周遭人的排斥和欺辱，也造成了她对自己的混血儿伦理身份感到自卑和厌弃。对自身的种族伦理身份认同感到无所适从，致使海尔嘉成为黑人和白人两个世界的局外人，时常感到孤独和莫名的焦虑，一直在不同族群、国家、城市之间来回穿梭、摇摆不定。

海尔嘉的种族伦理身份认同的困惑还反映在她的日常生活方式和言行举止上。海尔嘉的母亲是家境优渥的白人，这使得海尔嘉有机会接受良好的教育，并受到白人中产阶级伦理价值观的影响。小说的开端，海尔嘉在南方纳克索斯黑人学校工作，"大部分的薪水都用来买了衣服、书籍和她喜欢的家居饰品"。海尔嘉与众不同的品位以及对高品质生活的追求暗示她想通过这样的方式找回幼年时期缺失的母爱，也借此让周围的人意识到她和她们之间的差别，在同事们的眼里，即便是在她唯一投缘的同事玛格丽特的眼里，海尔嘉也仅仅是"点亮她们生活的装饰品"。正因如此，她无论怎样努力都无法融入纳克索斯的黑人族群，这使海尔嘉感觉自己是个局外人，她决定去芝加哥投奔舅舅。到达芝加哥后，她用所剩无几的钱买了书和钱包，"这些东西是她想要的，却是她不需要甚至实在支付不起的"。海尔嘉身上的这些小资情调反映了白人中产阶级伦理价值观和生活方式对海尔嘉的影响。

在家庭结构破碎、家庭伦理缺失的伦理环境中长大的海尔嘉记忆中对父亲和母亲的印象也截然不同。她记忆中的母亲是天使，而父亲是赌徒、恶棍。对父亲和母亲截然不同的伦理情感倾向让海尔嘉情不自禁地为自己的黑人伦理身份感到自卑和羞愧，以至于她在芝加哥被舅舅的第二任妻子羞辱并被赶出门时，尽管自尊心受到了极大地伤害，但心里却理解和同意他们的观点，把自己看作"他们生命中的一处要不惜一切代价隐藏起来的污秽的伤疤。虽然她愤怒，但是她能理解"。被亲人厌弃和羞辱的海尔嘉一方面痛苦不堪，另一方面却理解和同意他们的观点，这反映出海尔嘉陷入了种族伦理身份认同的困境中。依据美国当时的种族伦理体制，混血儿归属于黑人族群，但从海尔嘉的生活方式和言行举止来看，她并不愿意成为地道的黑人，也不希望别人把自己当作地道的黑人，她已经把白人中产阶级的伦理价值观内化于心，并且自觉不自觉地依据内化了的伦理道德标准来对自己的伦理身份进行定位，因而她一直在两种伦理价值观、两种族群之间徘徊挣扎，无法安定下来。

二、 伦理身份迷失与跨域迁移

浙江大学聂珍钊教授指出："在文学文本中，所有伦理问题的产生往往都同伦理身份相关。伦理身份有多种分类，如以血亲为基础的身份、以伦理关系为基础的身份、以道德规范为基础的身份、以集体和社会关系为基础的身份、以从事的职业为基础的身份等。""伦理身份是评价道德行为的前提。在现实中，伦理要求身份同道德行为相符合，即身份与行为在道德规范上相一致。"从血缘关系上讲，混血儿的种族伦理身份具有双重性，她们既是黑人的后代，又是白人的后代，受到两种文化的影响。但事实上，美国的黑白混血儿是一类虽然有白人血缘却不被白人社会承认，无法享有白人权利的人，根据当时美国主流社会奉行的种族伦理机制中"一滴血原则"，混血儿被人为地划归于黑人种族。尽管如此，海尔嘉却不认同也不愿意接纳美国社会种族伦理机制给她设定的种族伦理身份，这致使她成为了黑白两个世界中的"他者"和"局外人"，陷入伦理身份迷失的危机中。小说中，海尔嘉为了躲避当时美国社会普遍存在的种族主义对自身伦理身份的选择而造成的影响，寻求自身认同的伦理身份，获得自由和自尊，先后往来迁移于纳克索斯、纽约、丹麦等不同的城市和地域间。她在不同地域间的穿梭迁移反映出 20 世纪 20 年代美国接受过高等教育的新黑人女性在对抗主流意识形态和种族伦理规范中所面临的伦理冲突和伦理选择。

小说伊始，海尔嘉在南方纳克索斯的黑人学校任教。作为黑人女教师。她本应该恪守社会伦理规范和种族伦理的传统，遵循白人主流社会对黑人女性的期许，做一名"节制、忍耐、低调、顺从"的好黑人女教师。但事实上，她的观点和行为在周围的同事们看来却与她的种族和职业伦理身份逆向而行、背道而驰，与黑人学校的氛围格格不入，她从不压制自己的个性和美丽，也不愿按照纳克索斯的方式工作。何以如此呢？细读文本，我们可以发现海尔嘉在纳克索斯的种种表现之所以如此与众不同，原因在于她对主流社会种族意识形态为自己所设定的种族伦理身份抱着厌弃、逃避的态度，所以她有意识地想表现出与周遭人的区别和差异。这些我们可以从她房间里极具品位和格调的装饰以及她的衣着打扮一窥端倪，她想以此突显出自己与这类受社会主流意识形态鄙视的族群有所不同。海尔嘉有意识的伦理判断和伦理选择影响了她看待纳克索斯黑人学校的立场和观点，在她眼里，纳克索斯黑人学校“不是一个学校，而像一台机器……生活毫无生气……无情地把所有‘不合规范’的模式裁切成一种模式……不接纳任何创新和个性”。她对这种“束缚自由”的教育模式极其厌恶，她意识到，这里的教育模式毁掉了她的学生和她对教师职业的梦想，让她对自己的职业伦理身份产生了厌恶感。由此观之，海尔嘉的思想和行为都不符合美国社会以种族歧视为核心内容的种族伦理机制对混血儿的伦理道德规范和要求，因此她无法融入纳克索斯的模式，也难以界定自我的种族伦理身份，由此陷入了在“两个族群的边缘徘徊不定”的伦理困境。

为了摆脱伦理身份迷失的困境，获得自由和自尊，也为了实现物质和精神上的满足，海尔嘉游走于不同的城市和地域之间，面对“理想”和“现实”的冲突，一次次改变自己的伦理选择。初到纽约，她对哈莱姆的一切十分满足。为了融入哈莱姆中产阶级黑人的社会圈子，她刻意隐瞒自己混血儿的伦理身份，想要做个完完全全的黑人。在她眼里，“哈莱姆已经足够好了。她毫不关心……白人世界，丝毫不希求那些肤色白皙、有权有势的人注意到自己。海尔嘉觉得他们是一帮邪恶的人，窃取了她与生俱来的权利。他们给她的人生带来的只有耻辱和悲伤，她已经把它们藏在了锁好的柜子里，不想让黑人朋友们知道。她对自己说：‘这个柜子永远也不会再打开’”。由此看出，此时的海尔嘉对自身伦理身份的选择有了明显的改变，她不再像以前那样嫌恶自己的黑人种族伦理身份，反而有意淡化和隐瞒自己身上的白人种族身份特征。她渐渐疏远了白人世界，反而对黑人族群产生了共鸣和满足感。然而几个月后，海尔嘉又陷入失落和迷惘中，因为她发现哈莱姆的黑人中产阶级和她在纳克索斯的黑人同事一样“虚伪”，她们一方面痛恨敌视白人，另一方面却用白人的伦理道德规范来衡量本族人的思想和行为。认清了这一现实，海尔嘉感到极度的痛苦和不安，再次陷入了对自身的黑人血统感到羞耻的伦理困境中。她的所见所闻让她无法“和这些可鄙的黑人束缚在一起”，虽然他们是她的同胞。残酷的现实摧毁了海尔嘉的希望，她既痛苦又自责，她告诉自己："尽管有着黑人的特征，但是她并不属于这些被隔离的黑人。她是不同的。……这不只是肤色的问题。某种更加广义，更加深刻的东西决定了人们是否是同胞"。通过小说中对海尔嘉心理活动的描写，我们可以发现正是混血儿伦理身份的双重性成为了她融入哈莱姆的黑人族群的障碍，导致她无法在黑人族群中找到种族归属感。

在哈莱姆既不能摆脱种族歧视又无法找到自己认同的伦理身份，海尔嘉最终选择了放弃哈莱姆的工作，离开哈莱姆的黑人社群去哥本哈根投靠姨母。她天真地认为，离开美国就摆脱了种族歧视的伦理环境，也就能摆脱一直跟随着她的焦虑和不安，找到自己认同的伦理身份。她的这一伦理判断和伦理选择对她后来的人生轨迹产生了极大的影响。初到丹麦的海尔嘉脱离了黑人族群，也远离了美国白人的种族歧视，她与众不同的肤色和装扮得到了姨母一家和其他丹麦人的欣赏和羡慕，她甚至得到了地位高贵的白人艺术家奥尔森的求婚。表面上看，海尔嘉在姨母家的生活让她得到了自尊和满足感，过上了自己所追求的舒适生活，但事实上，丹麦人对她的赞赏和奉承是建立在对她的好奇和猎艳上的。在丹麦人眼里，海尔嘉更像是一只新奇的宠物狗、一只招摇的孔雀、一个装饰的花瓶、一件稀有的物品，而不是有着独立人格，有个人品位和喜好，有独立思想的人。在富裕的姨母家生活，她不用工作，但也因此丧失了经济上的独立，失去了自我。在这样的伦理环境中，她别无它法，只能放弃自己的想法，一切听从姨母的安排，穿着花哨、奇特、艳丽的服饰以满足白人的观赏欲和好奇心。在丹麦人的眼里，她始终只是一个外来的稀罕物品。这种丧失了自我、只能充当他人眼里的"他者"的伦理身份也让海尔嘉感到不安和焦躁，她开始想念美国的黑人："我很想家，不是想美国，是想黑人，这是问题所在"。从纳克索斯到哈莱姆，从哈莱姆到哥本哈根，海尔嘉在不同地域之间的穿梭迁移象征着她在"现实和理想""失去和寻找"之间所做的一次又一次的伦理选择。在丹麦，海尔嘉享有了和白人中产阶级一样富裕的物质生活，但她在精神上却无法割舍与黑人族群的联系。在物质富裕和精神满足的两难选择中，海尔嘉做出了回归黑人、回归自我的精神家园的伦理选择。因为她明白了她和黑人族群在精神上有着割舍不断的联系，白人世界无法真正给予她认同的伦理身份和归属感。

拉森在小说中详细描写了海尔嘉从纳克索斯迁移到哈莱姆，然后到哥本哈根，最终返回哈莱姆并在南方阿拉巴马小镇的黑人聚居区定居的漫游过程，展现了海尔嘉所经历的伦理选择和多种伦理身份的转变。可以说海尔嘉的每一次迁移都是她伦理选择的结果，也都伴随着伦理身份的变化。她从一名失去父母的孤儿到成为不同地域间迁移的漫游者直至最后成为黑人牧师的妻子和四个孩子的母亲，她的生活轨迹和伦理选择表现出在美国当时的种族伦理机制下，混血儿试图打破传统的社会种族伦理规范，逃离内心的罪恶感和羞愧，在黑人族群和白人族群两个社会圈子、两种生活方式和伦理价值观中不断徘徊和选择，但始终无法获得自己认同的伦理身份的悲惨命运。

三、 伦理困境与海尔嘉的伦理选择

“从文学伦理学批评的观点来看，几乎所有的文学文本都是对人的道德经验的记述。”小说以海尔嘉寻找自我认同的伦理身份为主要伦理线，在这条伦理线上，作者拉森编织了四个伦理结，即她和四个男人的情感矛盾和冲突，显示海尔嘉在伦理身份迷失和寻找身份认同过程中的一次次艰难的伦理选择，折射出作者拉森内心的伦理意识和伦理诉求。

詹姆斯·威尔既是海尔嘉在纳克索斯黑人学校的同事，也是她的未婚夫，但是海尔嘉与他订婚并非因为爱情，而是想摆脱被纳克索斯的黑人社群排斥和疏远的伦理困境，获得一个新的、自我认同的伦理身份，而威尔家族是纳克索斯当地一个颇有影响力的家族，这正是她订婚的伦理动机。这个婚约对海尔嘉无疑有着极为重要的伦理价值，但为何海尔嘉会对这桩婚事犹豫不决并陷入了伦理两难的困境呢？从文学伦理学批评的角度解读文本，我们发现海尔嘉陷入伦理困境是受到外在的社会伦理价值观和她内心的婚姻伦理道德标准共同影响的结果。从小说的细节描述可以看出，威尔的家人从来没有喜欢过这桩婚事，也从来没有喜欢过海尔嘉，因为海尔嘉是一个没有家、没有家人关爱的混血儿——这是所有问题的关键。“黑人社会也像白人上层阶级社会一样复杂而僵化，如果你不能证明你的家世和社会背景，你……无法找到归属。如果你有个家，有家人，你可以是个同性恋，也可以是个有魅力的人，……可以爱美，可以追求任何东西。但如果你只是一个什么也没有的、没人听说过的海尔嘉·克兰，那你就别奢望别人的关注和舒服的生活了”。海尔嘉的身世背景与威尔的原生家庭有很大的区别，海尔嘉还是个在白人社会圈子长大的女孩，她的母亲和亲戚是中产阶级的白人，她无疑受到了白人中产阶级价值观的影响，还接受过高等教育，是一位有思想，追求独立和自由的新黑人女性，所以她的婚姻和家庭伦理价值观与在南方黑人社群中长大的威尔有着巨大的差异。她不愿意也不可能像传统黑人女性一样，完全依附男人，凡事顺从男人的意愿和安排，由此观之，海尔嘉难以被威尔家族接纳，威尔的家庭伦理观和社会价值观也不会允许海尔嘉进入“他的世界”。因此海尔嘉陷入了进退维谷的伦理两难中，一方面，她难以放弃威尔的第一家庭的身世和社会背景，想通过婚姻获得被他人认可的身份和地位，另一方面她又无法想象自己进入这个古板的家庭中的生活，因为她不愿意失去自由和尊严。在如此的伦理两难中，在理性意志和非理性意志的博弈中，她提醒自己：“除了物质上的安全保障、优越的生活、漂亮的衣服和其他人的羡慕和崇拜……她最渴望的可能是‘幸福’”。在她的理性意识中，纳克索斯满是谎言、虚伪、奴性，是一个残忍、势利的监狱，禁锢着人的自由和思想，与她向往和追求的生活完全相悖。所以她决定终止婚约，做出了离开纳克索斯的伦理选择，去北方寻找自己渴望的自由和幸福。

阿克塞尔·奥尔森是哥本哈根的白人艺术家，他被海尔嘉身上的异域情调吸引，不顾二人的伦理身份和社会地位差距悬殊，向海尔嘉求婚却遭到海尔嘉拒绝。已有的研究认为，海尔嘉拒绝奥尔森求婚是因为害怕触犯跨种族通婚的社会伦理禁忌和道德规范，给自己和下一代造成痛苦。从文学伦理学的角度看，不愿触犯跨族通婚的社会伦理禁忌只是海尔嘉拒绝求婚的表面理由，更深层次的原因在于她理性地意识到，在这桩婚姻中，她无法找到真正属于自己的伦理身份和尊严。表面上看起来，海尔嘉在丹麦彻底摆脱了白人的歧视和黑人种族观念的束缚，得到了自由和幸福，然而从小说的细节描写我们发现，事实上海尔嘉是陷入了另一个伦理身份迷失的困境中。哥本哈根的白人之所以爱慕和欣赏她是因为她的独特，人们喜欢她是把她看作一件待价而沽的商品，而不是当作和他们相同的一类人平等地关注。甚至在求婚时，奥尔森也毫不掩饰对她的轻视：“你把自己卖给出价最高的买主。当然，那个人如果是我，我会很开心。事实上也就是我”。如此看来，在奥尔森眼里，海尔嘉只是可以供人欣赏的、有收藏价值的商品罢了，而奥尔森自己则是愿意出高价的“买主”，这样的婚姻对海尔嘉而言无疑是莫大的羞辱。更让她感到难堪和愤怒的是，奥尔森为她画的一幅肖像得到了收藏家、艺术家和批评家们的一致赞扬，但海尔嘉“坚持认为那画像根本不是她，而是令人反感的充满肉欲的生物，具有她的某些外貌特征而已”。由此看出，在奥尔森和其他丹麦白人的眼中，海尔嘉是一个有非洲女人一般的野性和欲望，外表性感、内心缺乏伦理道德观念的黑人女性。奥尔森对海尔嘉的伦理身份的设定让海尔嘉清楚地意识到，表面上不存在种族歧视的丹麦白人社群中实际上存在另一类种族歧视。在哥本哈根的生活经历和道德体验让海尔嘉对这里的婚姻伦理也有了清晰的认识：她渴望以平等的、精神与肉体相融合的爱情为伦理基础的婚姻在哥本哈根是得不到的，身为混血儿的她只是用来满足丹麦白人猎奇心理的物品而已。她对哥本哈根白人社群的伦理道德规范的醒悟让她做出了重回哈莱姆的伦理选择。

纳克索斯黑人学校的校长罗伯特·安德森是海尔嘉暗恋的对象，在海尔嘉的成长过程中扮演着十分重要的角色。在海尔嘉每一次转折性的伦理判断和伦理选择中，他都起着重要的作用。表面上看来，他尊重爱护海尔嘉，但实际上，他和前文提到的两位男性一样，只把海尔嘉当作是枯燥生活的“装饰品”。他竭力挽留要辞职的海尔嘉，因为他觉得海尔嘉“身上有纳克索斯所需要的东西……是一个淑女，高贵且有教养……身上有优良的基因”。从安德森的话中可以看出，他挽留海尔嘉是因为她的出身和家世高贵，不世故、不虚伪的个性和优良的基因有利于“调节”纳克索斯死气沉沉的氛围，有利于培养出“淑女型”的学生。然而安德森这番话对海尔嘉而言是莫大的讽刺，因为她出生在贫民窟，还是一个受人鄙视的混血儿，从小缺乏父母的关爱。安德森的话让她清醒地看到这所学校和这些人的残忍和虚伪，意识到她根本不属于这个地方。表面上看，离开纳克索斯是海尔嘉冲动中在非理性意志驱使下的选择，但如果回到伦理现场，则不难发现海尔嘉的选择具有维护自己尊严和地位的伦理意义，她是用辞职的方式表达自己的不满，维护自己的尊严。当她从哥本哈根重新返回哈莱姆后，在朋友的晚会上再次遇见了安德森，已为人夫的安德森竟然紧搂着她，给了她一个长长的吻。海尔嘉将这一吻视作安德森的爱的告白，这突如其来的事情让她尴尬而且有些生气，但也令她感到难以置信的喜悦，内心渴望与安德森再次见面。海尔嘉复杂的心理是因她的双重伦理身份和伦理意识导致的。作为从小生活在白人中产阶级社会圈中的混血儿女性，海尔嘉一直用主流社会的传统伦理道德观审视和评判自己，严格制约自己的两性态度，压抑自己的情感，唯恐被人看作是放纵的女人。但她又是受过教育、有先进思想意识和独立追求的新女性，对爱情充满渴望，所以当得到安德森的爱情告白的吻后，海尔嘉内心涌现出难以抑制的爱和性的冲动。但是，海尔嘉和安德森的行为与当时主流社会的传统伦理道德观是格格不入的，在巨大的社会伦理道德压力面前，安德森向海尔嘉解释，他的吻只是一个失误。安德森自私的言行让海尔嘉陷入了伦理困境，一方面，她感到恐惧，她意识到自己疯狂的想法和欲望有悖于当时社会伦理道德规范，让她成为被鄙视的对象，让她之前努力维护的淑女形象顿时化为乌有；另一方面，她又无比的愤怒，因为她清醒地意识到安德森不会为了她而冒险触犯社会伦理道德规范，她不仅无法从安德森身上得到渴望已久的爱情，反倒连原来安德森对她的尊重都随着她的疯狂行为一并失落了，她不过是被安德森玩弄和羞辱的对象，这是她不愿意也不能接受的结果，这让她受到了极大的打击。身份危机和情感危机带给她的切肤之痛促使她从灵魂上反省，寻找自我救赎的途径。

黑人牧师普莱曾特·格林是海尔嘉的丈夫，海尔嘉遇见格林时，她正陷入极度的迷惘和罪恶感之中，朋友的疏离、爱情梦破灭，尤其是尊严的丧失让她感到无比的痛苦和耻辱，“……她心烦意乱、焦虑不安、无法自持”。陷入伦理困境的她歇斯底里地冲进了狂风暴雨中，在绝望和无助中走进了街边的教堂，向上帝忏悔，祈求上帝的同情和救赎。正是在牧师格林的祷告声中，她感觉找回了自我，心灵得到了救赎，于是她决定抛却以往的生活，嫁给格林。表面上来看，嫁给格林是海尔嘉在非理性意志驱使下做出的选择，但事实上，海尔嘉的伦理选择反映出她对自己过往经历的伦理判断和对现实的伦理认识，她已清醒地意识到："纯粹的物质，于她而言，是不能满足的，过去是这样，现在亦如此。她还需要些另外的东西"。她想获得心灵的救赎、寻找安定和永久的幸福。她认为嫁给格林是拯救自己脱离罪恶感和痛苦的机会，"她要抓住这个机会……这对她来说将有莫大帮助"。她的伦理意识和伦理选择导致了她伦理身份的转换，她从一个深受白人中产阶级伦理道德观和生活方式影响的单身女性变成了皈依上帝、接受黑人传统伦理价值观的黑人牧师的妻子。这一变化造成了她的生活方式和思维模式的巨大改变，"她热切地接受一切，包括贫穷的凄凉的气氛。计划着……投身于提升同胞们的活动中去。""她……兴高采烈地忙活着各种粗陋的家务劳动：做饭、洗碗、扫地、擦灰、缝补和织补等等。""渐渐地，海尔嘉认为自己过分讲究、炫耀卖弄、带有偏见、穿着俗丽"。海尔嘉的伦理选择反映出她已重新认识自己与黑人的关系，伦理身份的改变是她重新回归黑人族群的象征，反映出她已抱定接受现实、按照黑人族群的伦理价值观念和行为方式生活的决心，她相信在侍奉上帝和贫苦黑人中获得的乐趣是先前所有羞辱和失望的补偿。但随着日子一天天过去，不安和焦虑又像从前一样开始困扰海尔嘉，在有了三个孩子后，她绝望地发现生活中只剩下为丈夫生养后代这一件事情，她仍然没有找到自我认同的伦理身份，而年复一年生儿育女的生活让她羸弱而且疲惫不堪，她无法再用宗教来慰藉自己的痛苦和失落，她厌恶且想逃离这种压抑潦倒的生活，重新找寻自尊和自由。可是她不忍心让自己的孩子失去完整的家庭，无奈之下，只能任由自己的身体和灵魂像流沙一般陷入无法自拔的绝望和恐惧中。

美国学者查尔斯·拉森（Charles Larson）曾经评价说："海尔嘉·克兰是现今为止美国小说中展示最充分也是最令人信服的黑人女性。"非裔美国学者艾伦·洛克（Alain Locke）赞扬拉森的小说能够"用新的视角表现当代的问题"。拉森通过对黑白混血儿海尔嘉的成长历程的细致描写，通过讲述海尔嘉从美国南方纳克索斯迁移到北方哈莱姆，然后去欧洲，又重新回到哈莱姆，最后在美国南方小镇生活的游历过程，通过描写她在寻找自我认同的伦理身份过程中遭遇的伦理困惑和内心的孤独感和焦躁不安，让读者了解了哈莱姆文艺复兴时期美国混血儿女性的生活状况、面临的伦理困境以及伦理诉求。批评家杜波依斯（W. E. B. Du Bois）曾指出，混血儿“总是感觉到他的双重性：一个美国人（指白人组成的美国人），一个黑人，两个灵魂，两种思想，两种不和谐的抗争；一个黑色躯体中的两种敌对的思想，只是凭借顽强的力量才使它没被撕裂”。这说明白人世界的伦理价值观与黑人文化的伦理道德标准之间无法调和的矛盾是混血儿伦理悲剧的根源。

文学伦理学批评强调文学及其批评的社会责任，强调文学的教诲功能，并以此作为批评的基础。文学伦理学批评家指出：“文学的根本目的不在于为人类提供娱乐，而在于……为人类的自我完善提供道德经验”。从血缘伦理上看，海尔嘉拥有黑人和白人两种血缘属性，但是却不能被这两个族群接纳，她自身也不能完全融入这两个世界，她既不想限制于黑人社群的小天地，又无法在白人社群里自由驰骋，这背后究竟蕴含了什么伦理内涵？混血儿女性被黑白两个世界视而不见的伦理困境和以种族主义为内核的美国社会伦理机制之间有何联系？黑白混血儿女性怎样能够获得自由和尊严？拉森以海尔嘉在寻找自我认同的伦理身份过程中的伦理判断和伦理选择为思想脉络，引领读者回到历史现场，对当时的伦理现象及其背后的伦理内涵进行剖析和挖掘，向读者揭示其中蕴含的道德警示和伦理教诲。

第二节　文学伦理学批评视域下海尔嘉·克兰悲剧命运的原因

《流沙》是美国哈莱姆文艺复兴时期的作家内勒·拉森的作品。拉森的这一作品自1929年出版以来就受到众多批评家和读者的兴趣，引起了广泛关注。国外学者沃尔顿和凯瑟琳·谢泊德·海登都认为这是一部关于女主人公内心生活与内心斗争的小说，而南森·哈金斯和克劳迪娅则联系种族主义与女性主义谈了海尔嘉·克兰作为一个黑白混血儿在当下社会内部和现实的生存现状。也有从主人公的性格方面着手进行文本分析的。国内学者研究主要集中在以《流沙》为对象，探索哈莱姆文艺复兴时期的黑人女性的身份认同以及种族意识上，也有对《流沙》主人公形象和写作手法的研究。近年来，随着比较文学在中国的繁荣，一些硕士论文对《流沙》的研究渐渐多起来。有把它和音乐、历史联系起来，分析当下的社会状况和文化特征的，有从女性主义批评理论的角度分析非裔美国女性的身份认同的。这些国内外研究成果从女性主义、种族主义、社会阶级和社会文化的角度切入来分析《流沙》，对国内认识和理解哈莱姆文艺复兴及内勒·拉森及其作品有很大帮助。从文学伦理学的角度切入也有值得探索的价值，故笔者试从伦理学的角度来分析文本，探索海尔嘉·克兰伦理身份的变化与其伦理追求之间的相关性，用文学伦理学批评原理分析其做出错误的伦理选择导致悲剧的原因。

在哈莱姆文艺复兴时期，在白人世界和黑人世界之间主张种族隔离和反隔离的对峙气氛空前紧张。种族隔离政策对内勒·拉森产生了很大的影响。内勒·拉森作为一名黑白混血的女性作家，1929 年创作的《流沙》中塑造的黑白混血女性形象是新黑人女性形象的典型代表。她的创作在种族歧视和性别歧视双重压迫下展开，故拉森在塑造人物形象时，使得作品带有了浓厚的自传色彩。《流沙》讲述了女主人公海尔嘉·克兰离开黑人聚居区纳克索斯，去白人世界寻找幸福。她辗转于芝加哥、纽约、哥本哈根这几个地方，但她最终都没能过上理想的幸福生活。最后，她来到黑人牧区，皈依宗教，把自己的一切托付给上帝。她嫁给黑人牧师，为人妻母，沦为男人泄欲的工具和繁衍后代的机器，海尔嘉·克兰的悲惨结局值得我们深思。从文学伦理学的角度，探寻海尔嘉·克兰在各种因素相互作用下所做出的伦理选择，以及在新伦理身份下其现实与历史处境，追寻她辗转于几个城市之间伦理意识的觉醒与迷失的过程，分析影响她做出伦理选择逐步走向悲剧的关键人物，着力挖掘《流沙》带给我们的伦理教诲具有相当的现实意义。

一、 伦理身份的转变

《流沙》讲述的是主人公海尔嘉·克兰伦理追求的故事。随着海尔嘉·克兰伦理选择的不同，她的伦理身份也发生了相应的变化。把海尔嘉·

克兰的漫游看成是一条伦理链，她每一次的伦理选择则可以看成一个伦理结，她在伦理觉醒后做出的伦理选择是推动情节发展的因素。各种主客观条件的相互作用促使她做出了伦理选择，而伦理选择后伦理身份的变化则是她伦理追求的结果。海尔嘉·克兰每一次伦理身份的变化就是一个伦理结的形成，伦理身份的转变也推动这个伦理链条向前发展。在美国当下的种族伦理体系下，海尔嘉·克兰的伦理选择导致的悲剧不仅是她个人梦想的破灭，也是美国整个中产阶级黑人女性群体无法逃避的悲哀与无奈。

海尔嘉·克兰的形象不同于以往被塑造成“黑保姆”和“荒淫无度的荡妇”的黑人女性形象。她是一位受过高等教育的单身黑人女性，她的伦理意识从蒙昧的状态中觉醒，是哈莱姆文艺复兴时期“新黑人”的典型人物。但当下的伦理现实却和海尔嘉·克兰觉醒的伦理意识有一定差距。在一次白人牧师的演讲中，白人牧师夸奖纳克索斯这种臣服于白人统治下的状态很好，言外之意是要黑人不要反抗这种被压迫的状态，这让海尔嘉·克兰觉得学校“这个巨大的团体，不再是学校了，它长成了一个大机器，现在展示在一个黑色的地带，表彰白人的慷慨以及驳斥黑人的无能”。这样的伦理秩序让她感到恶心。对于伦理意识觉醒了的海尔嘉·克兰而言，这里的伦理环境和教育制度深深压抑了黑人的独立性和人性中的美。于是她离开这里去了她的出生地芝加哥。在芝加哥她找不到工作，她带着被驱逐的悲哀跟随白人妇女罗斯夫人去了纽约，在纽约、哥本哈根继而又回到纽约后，她都没有找到自己想要的生活。她每到一个城市都满怀希望，但无一不是带着逃离的心态离开了所有的城市。对美国的黑人来说，逃离似乎是他们的宿命，这是历史遗留问题，随着工业革命的开展，罪恶的黑奴贸易把黑人从非洲带到了美洲，而在美国，随着经济大萧条时代的到来，南方的黑人为了生活随着移民大潮来到北方。美洲人看不起非洲人，在美国如纳克索斯大学一样，白人处处统治着黑人。文学伦理学认为：客观的伦理环境或历史环境是理解、阐释和评价文学的基础，文学的现实价值就是历史价值的新发现。文本中的历史伦理条件是黑人不被白人世界所容纳，而客观的伦理现实是随着黑人生活质量的改善、文化程度的提高，黑人的整体素质已经提高到一个新阶段。但是社会伦理现实和大部分人的伦理意识还停留在美国南北战争时期。而对于部分受过新思潮影响有教养的黑人如海尔嘉·克兰等伦理意识觉醒的年轻人来说，他们需要跨越的是伦理意识觉醒和伦理环境未改变之间的鸿沟。故作为一名单身的黑人女性，她逃离每一个城市都是由于想要融入白人世界触犯当时黑人不被白人世界接纳的伦理禁忌的结果。

以单身黑人女性为伦理身份的海尔嘉·克兰在五个城市间的漫游后，还是没有在现实的伦理环境中找到幸福。重回哈莱姆黑人聚居地，海尔嘉·克兰心里发生了微妙的变化，由想逃离黑人世界变成为接纳，“她发现周围有着几百甚至上千的黑眼睛、棕皮肤的人们，那是她的种族。”她感到很兴奋，因为她在这个伦理环境下，她好像找到了归属感。但她从欧洲回来之后，觉得“她的生命分配给了两块土地。在欧洲享受着身体的自由，在美国享受着灵魂的释放”。此刻的她，灵和肉是分离的，她想努力使自己灵肉合一。在一次酒会上，安德森想要吻她，“一种隐藏良久、半明不白的渴望涌上心头，还夹杂着突然出现的一个梦。海尔嘉·克兰用自己的手臂向上环住他的脖子。”所以此时不知道是安德森吻了海尔嘉·克兰还是海尔嘉·克兰吻了安德森，但很清楚的一点是，海尔嘉·克兰在那短短的几秒钟内，欲望得到了释放。很明显，此刻的海尔嘉·克兰对这个吻寄予了太大的希望，也赋予了它太多的意义，她的理智和感官都把这个吻当作释放爱情和欲望的出口，但安德森却礼貌又冷酷地拒绝了她。在经历几个城市的漫游之后，海尔嘉·克兰身心俱疲，她的理性意志处于崩溃边缘，在一个下雨天无意中走进一间教堂，她看到了许多的人在唱歌和哭泣，那么多痛苦的灵魂在主的安抚下得到安宁。她也跟着大家毫不压抑地大哭了一场，好像所有的痛苦都得到了释放，她肩负的理想以及黑人身份给她带来的困扰都被万能的上帝一手揽过了。她感觉“一切都变得真实起来。她奇迹般地变得冷静了。生活似乎还在延展，甚至变得简单了。”此刻的海尔嘉·克兰成了一个虔诚的基督徒。文学伦理学批评的目的是通过伦理的解释去发现文学客观存在的伦理价值，寻找文学作品描写的生活事实的真相。海尔嘉·克兰想融入白人世界压抑了自己的本能和欲望，但触犯白人禁忌的她失败了，继融入白人世界失败后，她又失去了误以为得到的爱情。海尔嘉·克兰一路追寻都没有结果，此刻有一个看起来无比强大的神来拯救她，处于崩溃边缘的她毫不犹豫地选择了它。海尔嘉·克兰以为选择上帝就能得到幸福，但成为基督徒的她依旧没有找到精神的皈依。因为事实上她信仰的上帝是白人的上帝，白人的上帝是以白人伦理观来约束黑人，带有狭隘性和欺骗性，海尔嘉·克兰固然得不到幸福。

从教堂回来，牧师送海尔嘉·克兰回家，海尔嘉·克兰的心绪飘然不定，在这个能言善辩的牧师半真半假的话中，海尔嘉·克兰内心经过激烈斗争，成为基督徒的海尔嘉·克兰最后嫁给了这个牧师。和海尔嘉·克兰在婚姻上有关系的人有三位，一位是有过婚约的万勒，一位是向她求过婚的画家奥尔森，一位就是她的丈夫格林。海尔嘉·克兰和万勒有婚约是因为作为一名没有社会背景、没有家庭、没有亲人的黑人女性，她想要利用万勒来充实自己的社会背景，但她最终离开了。画家向她求婚，她拒绝了，因为她清楚地知道，画家是把她当作一个充满异域情调、具有野性气质的女郎来消费，这不是她想要的，更加不愿意触犯当时的伦理禁忌，去跟一个白人结婚。最后她和黑人牧师走进婚姻的殿堂，为人妻母，但也没有如愿得到幸福。她选择和黑人牧师结婚，符合当时的伦理现实，但她并没有因为伦理选择后伦理身份和伦理地位的改变而使自己的伦理困境得到解除。一方面，在性欲的解放上，她选择婚姻这个合法的途径，最后获得一个合理的社会地位来释放自己的性欲，但却步入了一个更为悲惨的命运，沦为了男人泄欲的工具和繁殖后代的机器，让自己的灵魂和肉体彻底地陷入了更深的泥沼中。但如果不选择婚姻这条道路，她要么违背伦理禁忌释放自己的性欲，要么就一直压抑着自己的性欲。这是不合理的伦理环境加诸黑人女性身上的伦理束缚。

在文学批评中，文学伦理学批评注重对人物伦理身份的分析。文学伦理学批评认为，在阅读文学作品的过程中，我们会发现几乎所有伦理问题的产生往往都同伦理身份相关。海尔嘉·克兰伦理身份经过单身黑人女性、基督徒和妻子这三个伦理身份的变化，她做出的每一个选择，不仅是推动了情节的发展，更重要的是这些选择是哈莱姆文艺复兴时期大多数受过教育的黑人女性困境的写照。她们受过教育，伦理意识觉醒了，想进入高贵的白人世界，但于当下种族歧视和种族隔离的伦理现实而言是不可能的，更加不敢触犯禁忌去和白人结婚。在信仰发生危机的时候，选择看似万能的上帝，再和黑人结婚，在当下的伦理秩序来看，以合理的途径来释放自己的本能和欲望，一步一步走上悲剧的结局。其实，拉森是借海尔嘉·克兰悲惨处境来引起公众的注意，黑人文化已经发展起来了，而当下伦理现实和黑白种族之间的伦理禁忌限制了他们，由于种族、性别和阶级的局限，这些在夹缝中生存的黑白混血儿结局却很悲惨。拉森在此发出呐喊，呼吁大家关注被边缘化的新黑人女性。

二、影响海尔嘉·克兰伦理选择的男性

早期研究表明，海尔嘉·克兰是一个缺乏的人。她缺乏社会背景，缺乏健全的政治意识，缺乏一个清晰可行的目标。更重要的是，在她的成长过程中，父亲是缺席的。由佛洛依德的“厄勒克特拉情结”可知，海尔嘉·克兰在自己成长的这条伦理链上，影响她做出伦理选择从而成为伦理结的主要人物有三个男性。分别是纳克索斯大学的校长安德森、哥本哈根的画家奥德森和她的黑人牧师丈夫格林。

安德森可以说在海尔嘉·克兰成长道路上扮演了一个重要的角色，在海尔嘉·克兰理性意志和非理性意志的交锋中，他都产生过重要的影响。第一次对她的影响是在海尔嘉·克兰准备离开纳克索斯去他办公室辞职的时候，校长安德森极力说服她留下来，而海尔嘉·克兰也被安德森的一席话所感动，“那种想要为他人服务的冲动再一次涌上心头，不过现下不是为她的人民服务，而是为眼下这个那么诚恳地谈论着他的工作、他的计划和他的希望的人服务”，她想重新成为学校的一部分，为自己要离开感到后悔，甚至决定“不仅会留下来待到今年六月，明年还会回来”。而安德森继续夸海尔嘉·克兰是一位有尊严和教养的淑女，使在芝加哥贫民窟出生的海尔嘉·克兰觉得受到了侮辱，以为安德森讽刺她没有尊严没有教养，她非常愤怒，因为伦理意识刚刚觉醒的海尔嘉·克兰内心十分脆弱，她决定离开并不是因为她没有校长说的那种奉献精神，而是在谈话中她感到校长扭曲了她的人格。海尔嘉·克兰第二次回到纽约和安德森在一次酒会上重逢时，安德森吻了自我意识在膨胀中的海尔嘉·克兰，海尔嘉·克兰因为那一吻而深陷爱情中，但安德森却说自己当时被激情所主宰，并非出于理性。处在每个阶段的海尔嘉·克兰自我意识非常的强烈，伦理意识

上也非常敏感，她觉得自己是黑人，但同样有高贵的思想和淑女的品行，并不是因为自己身上的白人血统而使自己高贵。所以他在纳克索斯大学没有给她介绍信的情况下还是离开了。而在她觉得自己获得了安德森的爱情继而幻灭之后，她内心的一份坚守已然崩溃。这不仅是白人世界对自己的拒绝，更是在人格上否定她，她的自尊心受到了打击，所以后来她转变了之前的态度，做了一个重大的选择。

在哥本哈根，影响她做出回国决定的非画家奥尔森莫属了。在哥本哈根的上流茶会上，海尔嘉·克兰被当作一个稀有的孔雀来吸引大家的眼光，画家也是其中被吸引的一个。原本去丹麦寻找幸福的海尔嘉·克兰被光怪陆离的现实所吸引，伦理意识也渐渐迷失。画家以挑剔的眼光审视海尔嘉·克兰，因为异域情调和姣好的面容，画家被海尔嘉·克兰迷住了，所以画家向她求婚，她感受到了画家仅仅把她当作一个特别的性感的黑人女郎来对待。在芝加哥，因为她只是一个黑人女性，不是上流社会的女郎，所以她被一些男性当作妓女来对待，此时她身处上流社会，一样被当作商品来消费，和那些马戏团要杂技的黑人一样，并没有受到尊重，如果跟画家结婚，她永远都只可能被当作一个装饰品来呈现在世人的面前。画家也很坦诚地说："你有非洲女人令人兴奋冲动的本性，除此之外，我的小可爱，恐怕你有一个妓女的灵魂。你把你自己卖给出价最高的人。我当然高兴那个人是我。事实上，那个人就是我。"虽然海尔嘉·克兰暂时迷失了健康的伦理观念，但她深知自己嫁给画家奥尔森不会幸福，所以很坚决地拒绝了画家的求婚。因为拒绝了画家的求婚，姨父责怪海尔嘉·克兰说如果在有成百上千的黑白混血儿的美国，海尔嘉·克兰就不那么珍贵了。说到底，还是因为她特殊的黑皮肤会给自己的家庭带来荣耀才这样劝说海尔嘉·克兰的，因为不能很好地和姨母家相处了，所以在接到安妮的结婚请柬时，她离开了丹麦。

在海尔嘉·克兰成长的伦理链中最重要的一个伦理结就是黑人牧师的出现给她带来的影响。因为她的出现，海尔嘉·克兰的伦理身份有了质的改变。出于对自尊的要求和对满足性冲动的要求，她想作一名真正的黑人女性来实现自己对幸福的期盼。在这个节点上遇到黑人牧师，让海尔嘉·克兰误以为这就是她自我救赎的途径。从当时的社会背景来看，黑人和白人通婚还算是伦理禁忌，不被黑白两个世界所接受。和她有过婚约的万勒、向她求过婚的画家奥尔森、误以为给自己爱情的安德森都是社会的上层阶级，而此时的黑人代表广大的贫苦黑人民众，是下层阶级的代表，从当下的伦理现实来看，海尔嘉·克兰觉得和黑人牧师结婚会过上自己一直追寻的幸福生活。早在白人画家向她求婚的时候，她就坚定地说自己不会和白人结婚，因为海尔嘉·克兰从内心深处不想违背伦理禁忌。况且从自身努力之后仍旧不被白人社会接受的现实情况来看，她也不想自己的后代过着和自己一样的生活。种族和地域在时间和空间上束缚着她。曾经在身体和地域之间的关系与社会隶属关系中，她为了融入白人世界做过努力和妥协，最终回到了黑人的土地上，在她这条伦理发展链条上黑人牧师出现得刚刚好。如《圣经》中说的那样，来自泥土又归于泥土一样，最后回到了属于自己的伦理环境中。但是她遇到的黑人牧师，传递的却是白人信奉的教义。因此她归顺的上帝是白人的上帝，说服她成为一名基督徒的牧师也具有欺骗性。可以说黑人牧师是在海尔嘉·克兰极度悲伤的时候趁虚而入。由于海尔嘉·克兰性格软弱容易妥协的一面，每当她觉得很苦的时候，黑人牧师就拿上帝来压她，所以，她的理性意志在被黑人牧师一天天传递教义的过程中消磨殆尽。

在现实伦理环境中，海尔嘉·克兰通过处理自己与他人、自己与社会的关系来调适自己，使自己和这个伦理现实保持一致，让自己生活在可被接受的伦理秩序中，但她遇到的影响她做出伦理选择的人都没有给她带来积极的影响。浙江大学聂珍钊教授指出："一旦人身上失去了人性因子，自由意志没有了引导和约束，就会造成灵肉背离。肉体一旦失去灵魂，就会失去人的本质，只留下没有灵魂的人的空壳。"海尔嘉·克兰身上的人性因子没有很好地受到理性意志的指导、约束和控制，使其兽性因子违背了当下的伦理环境。海尔嘉·克兰本是一个有理想有追求的青年，因为错误的伦理选择而导致的悲剧结局令人唏嘘。

三、 伦理启示及现实意义

《流沙》深刻地描绘了美国 20 世纪 20 到 30 年代间黑人社会和黑人社

会的伦理禁忌，以黑人女性海尔嘉·克兰为代表，中产阶级的黑人女性的自由本能和原始欲望得到了充分体现。“正是在作家对人的自由本能和原始欲望的揭示中，我们看到了自由本能和原始欲望对于人的命运的影响。”文学伦理学批评认为：文学的任务就是描写这种伦理秩序的变化及其变化所引发的道德问题和导致的结果，为人类的文明进步提供经验和教诲。为了避免悲剧的发生，在现实中，我们还需要在主观和客观上做出努力。主观上，我们应该克服意识形态上的偏见，克服性格上的缺陷，培养坚定的性格。客观上，应该把“人人平等”落到实处，完善教育制度、法律制度等等。

主观上，海尔嘉·克兰在性格方面有很大的缺陷，她没有坚定的自我，在很多事情上犹豫不决，容易被别人影响。“她承认自己是黑人，但不容许别人轻视她；她致力于诱惑别人，但不敢让自己陷入一段浪漫的感情中；她反对别人将她当做妓女来消费，又没法完全做一名淑女。”在跟校长辞职的时候，她打定主意要离开了，却因为校长的一席话有所动摇；在丹麦姨妈家的时候，她明明对衣服的材质、剪裁和颜色有独到的品位，但为了迎合姨妈她妥协了。在遇到黑人牧师时，她明明知道自己不爱黑人牧师，但在他的奉承下半推半就地答应了黑人牧师的求婚。

同时，黑人内部也有很多对白人加诸自身的伦理的墨守。除了需要改变个人性格上的缺陷之外，客观上的种族歧视与性别歧视也需要改进。传统的道德规范根深蒂固地影响着南方的黑人，他们融进血液里的“黑人没有白人高贵”的道德观促使海尔嘉·克兰对明亮的色泽如黄色、绿色、红色的喜爱，并认为是个性和美丽的象征，就昭示着她对个性和美丽的需求。她讨厌黑人中“这些人一面高喊着种族、种族意识、种族骄傲，又一面压抑着它最美好的昭示，例如对那色彩的喜爱，对那爵士舞曲的喜爱，对那纯洁的、发自内心的笑声的喜爱。和谐、朝气、朴素，所有这些所谓的精神之美的构成要素，他们都要将其毁灭。”海尔嘉·克兰作为一名受过教育、有良好修养的黑人女性，不仅处于白人世界的边缘，也处于黑人世界的边缘。就像骆洪教授说到的边缘人的困境：一方面，种族歧视使得他们难以为主流文化所接受，而且在白人控制的社会里还到处受排斥；另一方面，他们又对黑人社区里许多僵化、教条的思想、习俗产生不满。

黑人的生活本来就受到了许多限制，而黑人社区又为黑人设立了许多禁区，一旦超越，将被视为对种族的背叛。甚至与白人正常的交往也会受到黑人同胞的非议。努力的海尔嘉·克兰始终是不幸的，在她所在的任何一个地方，都是一个外来者的身份，她是那个伦理环境中的“他者”。不仅在白人世界中得不到尊重，在黑人世界里，她同样不受欢迎。在白人族群中，她要遵守白人的伦理道德，但白人却不会承认她是自己种族的一部分。在黑人族群中，她始终也是不被接受的。海尔嘉·克兰和牧师结婚后，想尽自己的努力来改变这里贫穷落后的面貌，自告奋勇地帮助他们改善居住环境、卫生条件等等，但“他们互相之间讨论着，‘那个傲慢自负的、爱瞎管事的北方佬’，‘可怜的牧师’，在他们看来，‘跟年轻姑娘克莱门泰因·理查兹过的话，会生活得更好’”。她努力地奉献自己可以奉献的爱心，但并没有被这里的人接受，这里的人把她看作一个“爱管闲事的北方佬”，她始终没有融入自己所处的环境。

《流沙》这部作品给了时代一个信号，那就是中产阶级受过教育的新一代黑人妇女已经觉醒了，她们和同时代的中产阶级白人女性一样，有抱负有追求，也为自己的理想生活在奋斗着。虽然，她们有的最终都没有实现自己的人生理想，但黑人妇女的自我意识已经觉醒。从文学伦理学的角度来看，拉森的作品已经为人类的进步提供了经验和教诲。海尔嘉·克兰努力追寻的过程，其实也反映了觉醒的美国黑人努力想要融入美国主流社会的强烈愿望。因为非裔美国人毕竟也是美国人，在美国的文化土壤中成长起来，有着对美国的文化认同。就如休斯在《大海》中写道：“我只是一个美国黑人。虽然我爱非洲的外表，非洲的节奏，但我不是非洲人，我是芝加哥人，堪萨斯人，百老汇人，哈莱姆人。”这里有黑人饱受白人的欺凌和辛酸，也有渴望得到认同的期望。但现实却是在《流沙》的开篇中，拉森引用休斯的诗歌：

我的老爸死在漂亮的大房子，
我的老妈死于低矮的棚屋，
我不知道我将在何处了却此生，
因为我既不是白人亦不是黑人。

在现实的伦理环境中，黑白混血儿面对的却是进退两难的窘境。海尔嘉·克兰最后对自己伦理身份的选择，有自己主观上的判断失误，但造成这种结果的很大一部分原因，却是当时失序的伦理环境。故拉森的《流沙》即使在当今社会，也能带给我们很多启迪，指引人类完善自己的伦理秩序，促进人类的进步。

第五章　文学伦理学批评观照下的文学经典重构

第一节　《时间边缘的女人》中康妮的伦理身份与伦理选择

美国生态女性主义作家玛吉·皮尔西（Marge Piercy）的代表作《时间边缘的女人》（*Woman on the Edge of Time*）自1976年问世以来引起了国内外广大批评家的关注。美国学者金姆·特雷纳（Kim Trainor）在其作品中探索了该小说中关于女性乌托邦社会里人类的想象力与人类文明繁荣之间的关系，学者马伦·斯·巴尔（Marleen S. Barr）就文本描述的乌托邦题材与文本涉及的性别问题做了讨论。国内学者从多个视角对该文本加以解读，例如，对父权制的解构、对女性身份重塑的问题进行分析，或以该作品科幻及乌托邦的双重主题为参照进行解读，或从生态伦理等视角剖析文本。这些已有的研究成果对我们理解《时间边缘的女人》具有重要的启示作用。但是迄今为止，国内外学界还没有人采用文学伦理学批评方法来解读该文本，故笔者从文学伦理学批评的视角，通过分析20世纪70年代美国社会的伦理环境，展现女主人公康妮因自身伦理身份陷入的伦理困境，由此揭示人类面临伦理身份丧失时的迷茫、伦理选择的不易以及走出伦理困境的艰难。

一、伦理身份的丧失：从正常女性到精神病患者

浙江大学聂珍钊教授指出："在文学文本中，所有伦理问题的产生往往都是同伦理身份相关。伦理身份有多种分类，如以血亲为基础的身份、以伦理关系为基础的身份、以道德规范为基础的身份、以集体和社会关系为基础的身份、以从事的职业为基础的身份等"。《时间边缘的女人》的主人公康妮是一个肥胖、离异、失去儿女监护权且有精神病史的墨西哥裔中年女性。在 20 世纪 70 年代美国现实伦理环境中，女性的伦理身份被定位为贤妻良母，生活的重心放在生儿育女、操持家务上。康妮因喂药失当而被法律剥夺了孩子的监护权，女儿被社会福利院收养，而她自己被关进精神病院。康妮是一名知识女性，她的伦理意识已经觉醒，觉醒的伦理意识要求其作为一个独立的个体，当有相应的社会伦理身份与地位，但现实伦理体制对这类身份的女性产生了束缚。康妮成家后，其伦理身份从一个妻子和母亲变成了一个精神病患者。表面上看，皮尔西是在描述康妮的家庭矛盾纷争，事实上，我们可以在其中窥见康妮的家庭伦理身份丧失的过程：一个完整的家庭破裂之后，她首先丧失了妻子这一家庭伦理身份；然后在争取女儿的抚养权过程中，她又失去了作为母亲这一家庭的伦理身份。康妮这种生存状态的出现并非偶然，在此，皮尔西把康妮作为美国中年知识女性的缩影，以此揭示 20 世纪 70 年代的美国社会伦理秩序的失调：受过良好教育的女性在社会中的地位逐渐突显，但以男性为中心的社会伦理秩序并没有改变。可以看出，皮尔西在小说中描绘康妮家庭伦理的丧失是借此呼吁社会重视女性的家庭伦理地位。

家庭伦理身份丧失之后，康妮的社会伦理身份也遭受危机。康妮为了保护被男友杰拉多逼迫堕胎的侄女多莉，用酒瓶打伤了杰拉多，因为康妮有精神病史，所以她被侄女诬陷后又被杰拉多送进精神病院。在人类的原始时代，人们相互之间形成互帮互助的伦理关系，在建立稳定的伦理秩序后，随着人类文明的发展，伦理环境不断变迁，最初人与人之间平等、尊重、互爱的关系被打破，逐渐被异化成二元对立的结构。康妮多次主动维护女性的权利但均未成功，在继丧失家庭伦理身份之后，她又丧失了正常

女性的社会伦理身份，沦为一个精神病患者。皮尔西以此暗示读者，以男性为中心的二元社会伦理体系异化了女性的伦理身份，拥有独立意识的康妮在社会中遭到强权的打压，这是作者塑造康妮这一形象的原因：女性伦理意识的觉醒与现实伦理秩序之间产生了伦理悖论。在文本中我们可以清晰地看到处于弱势地位的康妮家庭伦理身份与社会伦理身份的双重危机。皮尔西对康妮生活现状的描写是对 20 世纪 70 年代美国社会的伦理秩序和伦理体制的批判，父权制社会二元对立的思维模式不仅消弭了社会伦理对女性的人文关怀，而且异化了正常的人类社会的伦理道德标准。

康妮在精神病院见到了一个来自未来的女人露西恩特，康妮无意中发现她们两人可以互相穿越进入对方的世界。露西恩特生活的世界是一个乌托邦社会，那里两性和谐共存，人与自然和谐相处。为了拯救女性在现实伦理环境中遭遇的困难，作者皮尔西建构了一个女性乌托邦社会与现实社会形成鲜明对照。皮尔西对康妮生活现状的描写是对 20 世纪 70 年代美国畸形发展的社会伦理体制的批判。作者旨意不在于描述康妮的感情状态与家庭生活，而是借助其感情和家庭的生活轨迹来折射对社会伦理、家庭伦理的思考，为女性获得社会伦理地位而呐喊。作者对男女两性伦理问题的思考潜藏于康妮的家庭与感情危机之下，在这充满危机与冲突的伦理环境中，康妮伦理身份的丧失以及在这一伦理困境中伦理选择的艰难得以突显。

二、伦理环境的置换：从乌托邦到反乌托邦

在乌托邦科幻小说《时间边缘的女人》的叙述中，作者对现实的批判以及对当时主人公面临的伦理困境的描述是为下文展开情节做铺垫的。康妮在一次偶然中发现，除了乌托邦世界，还存在一个与之相对立的反乌托邦世界，那个世界里，男权极盛，女性的生命如蝼蚁一般轻贱。美国科幻理论家达科·苏恩文（Darko Sunwin）曾指出：“对于虚构事迹的事实性报道所产生的效果是对抗一套常规体系——包含着呈现新的标准体系的观点或世界景观。”文学伦理学批评学者认为，每一个伦理环境中都有相应的伦理秩序和伦理道德标准，在不同的伦理环境中，不同伦理身份的人会

做出各自的伦理选择。小说中的乌托邦社会和反乌托邦社会都有其相应的伦理规则与秩序，在乌托邦和反乌托邦世界的形成与解构过程中，读者能充分体会到康妮的伦理身份确认以及伦理选择的不易。康妮在经历了乌托邦世界和反乌托邦世界两个彼此对立的社会伦理秩序后，她的伦理意识的变化反映其内心情感变化的复杂性，从中突显以康妮为代表的人类对未来世界的理解以及所做出伦理选择的价值取向。

康妮在精神病院中穿越到未来的马特波伊西特市，在这个乌托邦社会里，男女两性和谐相处，女性的伦理身份与社会伦理地位得以确立，而且每个人都要参加社会劳动，固化的社会角色与职业分工被消弭。以卢西恩特为例，她是植物遗传研究学者，但她不仅要做体力劳动，自己去提取实验资源，也要做遗传学方面的研究。基于性别差异的社会劳动分工的消弥使得生活与工作一体化，社会日常工作男女两性都可以完成，男性也具有了女性的社会角色，参与到婴儿的哺乳当中。康妮很好奇是否乌托邦社会里每个人都会愿意按照这样的伦理秩序生活，卢西恩特告诉康妮，作为乌托邦社会的一员，人们享受社会赋予他们自由的同时，他们也要承担相应的社会责任，为了维护社会伦理秩序，人们会欣然地承担责任。履行相应的义务是这个伦理环境下社会成员的伦理选择。文学伦理学批评指出："人的身份是一个人在社会中存在的标识，人需要承担身份所赋予的责任与义务。"乌托邦社会建立了完善的社会伦理机制，在乌托邦社会中，成员自觉遵循社会伦理秩序，维护社会的和谐稳定。乌托邦社会中女性与男性社会地位平等，男性与女性享受共同的权利，履行相同的义务。小说中的这种男女社会地位平等的理想状态反映了皮尔西对当时美国社会以男性话语为中心的现状的质疑与不满。文学伦理学批评认为"文学是特定历史阶段伦理观念和道德生活的独特表达形式，文学在本质上是伦理的艺术"。平等和谐的社会伦理秩序是在乌托邦世界的大环境下形成的，乌托邦式的绝对平等的社会状态和家庭伦理秩序是对当时美国社会家庭伦理秩序的解构。《时间边缘的女人》这一女性主义乌托邦小说是皮尔西提出的富有建设性的未来社会的蓝图，它的终极目标是建立一个全新的平等自由的社会，确立新的伦理秩序，消灭性别差异，实现人与自然的和谐发展。美国学者玛琳·巴和尼克拉斯·史密斯（Marleen Barr & Nicholas Smith）

在《妇女与乌托邦》(*Women and Utopia: Critical Interpretations*)中写道:"重构人类文化是乌托邦主义和女性主义写作的共同目标。"乌托邦社会的构建是作者表达其人文关怀的一个节点:两性关系是人类的基本关系,从人与历史的发展角度来考虑女性的价值和生存状态,男女两性的和谐不仅推动了历史的进步,也代表着人类文明的发展程度。

小说对乌托邦世界的描绘为当时的社会设置了一个理想化的伦理价值标准,但是过于理想主义的描绘难以激起人们对现实社会进行反思与批判,故皮尔西设置一个与之完全相对立的反乌托邦社会,提醒人们去担负关怀人类终极命运的历史使命。反乌托邦世界是一个被异化的世界,在那个社会里,男人的理性被欲望吞噬,兽性因子压倒了人性因子,他们的行为举止丧失了伦理意识,而女人也同样受到非理性意志的控制,她们借助整容维持身材和样貌,牺牲肉体和男性签订"合约"以获取男性的供养,这是女人活下去的唯一方式。那里的女人像"漫画里的女性形象:腰细,乳房硕大,肚子虽然很平,臀部却大得吓人,而且曲线也很夸张。由于她的胸部和臀部实在太大,她简直没法走动,每走几步大腿都会严重地颤动"。在反乌托邦世界里,不仅人的理性意志无法控制非理性意志,女性更是完全丧失人格和尊严,人类陷入一个粗暴野蛮的伦理语境中。皮尔西在小说中采用陌生化的夸张手法旨在揭示反乌托邦社会里伦理价值标准的荒谬性。反乌托邦社会里的人类丧失理性意识、伦理意识和善恶观念,在这个伦理环境中,正常的伦理秩序和道德价值观完全崩塌。浙江大学聂珍钊教授指出:"人类伦理选择的实质就是做人还是做兽,而做人还是做兽的前提是人类需要认识自己,即认识究竟是什么将人兽区分开来。"由此观之,小说对未来的畅想,包含着深刻的伦理意义,也是为人类自身的发展敲警钟。皮尔西对乌托邦世界和反乌托邦世界的描画,是希望人类能以此为鉴,在理性的指导下做出正确的伦理选择,因为反乌托邦社会里怪诞离奇的故事情节"绝不是对历史、绘画和神话中的恐怖和沉思,它的力量在于它的预见性思考"。这个预见性思考既是作者的思考,也是读者的思考,是科学的思考,更是整个人类的思考。作者通过描写一个比现代社会更加残酷、等级分化更加严重的社会,预测可能出现的社会发展趋势,是为了提醒人们,人类自身所处的时代发展决定着人类社会的走向。

在当时的伦理环境中，伦理意识觉醒的康妮被定位为精神病患者，她穿越乌托邦和反乌托邦是对“人性、责任和现在成为科学知识体系的一种道德上的探索”。康妮在现实生活中丧失伦理身份，逼迫她重新进行身份确认，由此她遭遇双重伦理选择。康妮穿越两个世界象征人类在现实世界中面临的两种可能的选择，其面临的伦理危机象征着整个人类面临的伦理困境，通过突显康妮的伦理困境来警示现实世界中的人们，她面临的伦理选择正是人类已经和即将面对的伦理危机，这也是作者创作该小说的意义所在。作者通过描述两种伦理秩序完全相反的社会以及对这两个社会的解构，以此暗示人类伦理选择的两种途径，乌托邦世界是皮尔西对女性受压迫现状的反抗以及争取自由平等的诉求，反乌托邦世界是皮尔西让受压迫的女性弱势群体发出的呐喊，是皮尔西对现实世界发出的警示。

三、 伦理选择的不易： 人性的失落与回归

《时间边缘的女人》描述了乌托邦社会和反乌托邦社会两种社会生态系统：乌托邦式的和谐世界，人与人互爱互助，受到尊敬，享受自由；另一种反乌托邦社会里，等级森严，男女地位悬殊，男性禁锢在社会阶层里，女性束缚在男性极权的阴影下。小说刻画了两个完全对立的世界图景，通过反乌托邦社会里人性的失落和乌托邦社会里人性的回归，来警示当时二元对立的现实社会应该做出相应的改变以拯救人类文明，让人性得以回归。反乌托邦世界可以看成是人类的自由意志控制了理性意志，人类走向野蛮与粗暴的世界。其中人性的失落表现在女性和穷人在社会中毫无立足之地，弱肉强食；乌托邦象征着人类的理性意志，人性的回归表现在人们用强烈的伦理自觉去履行社会职责。作者借康妮穿越时空的特殊伦理身份对未来进行大胆的畅想，是希望人类在自身人性因子与兽性因子的较量下，通过理性意志的指导，在人性的失落与回归之间做出正确的伦理选择。

在反乌托邦社会里，社会秩序与道德规范是占有社会资源的男性为限制女性和弱者而建立的。除了男女两性差异悬殊之外，这个社会里阶级等级森严，所有人的大脑中都植入了含有自己等级和身份的芯片，因此要逾

越自己的等级属性是不可能的事。反乌托邦社会的描述以及弱势群体遭受的苦难向我们展示一种讽刺、劝诫和教诲的力量。人类经过伦理选择由蒙昧逐渐走向了文明，且经过第三次科学选择积累了丰富的物质财富，但人类精神财富如反乌托邦社会中描述的一样日渐贫瘠，人性得不到彰显，女性和穷人完全没有人的存在感可言。《时间边缘的女人》中作者描写乌托邦社会和反乌托邦社会意在表明人类身上存在两种不同的因子，乌托邦社会代表的人性因子即人的理性，反乌托邦社会代表的兽性因子即人的原欲。如果人类发展成反乌托邦社会的模样，任由自由意志主导社会的发展，老弱病残毫无立锥之地，人性的关怀得不到彰显，最后人类只能走向毁灭。

乌托邦世界是康妮备受摧残后出现的世界，她一开始对乌托邦社会现象表现出排斥，但逐渐适应之后，找到了自己的定位。作者构建这样一个理想主义社会，其意图是希望人类在求美和求真的愿望下做出理性的选择。在乌托邦世界里，人们的意志由人性因子控制，能分辨善恶，共同承担社会责任，且女性从生育权中解脱出来，男女两性共同哺育儿女。皮尔西认为“这是一场长期的革命，当我们打破了所有旧秩序时，我们最终要放弃的是生殖权。只要女性还在受生理的束缚，就永远不会与男人平等。让男人也尝试着做母亲，他们才会变得更为人性、体贴和温柔”。这是激进的女性主义观点，进一步看，这也是对当时美国社会伦理体系的颠覆。在乌托邦社会伦理体制，使男女两性都参与生育后代的活动，除了生育外，参军、从政等也都不分男女，社会全体人员都没有了等级概念的束缚，社会等级观念的解构是乌托邦社会的一大特点，也是作者构建乌托邦社会用以呼唤人性回归的一个切入点。

值得一提的是，生态伦理观在小说中也得到了体现。皮尔西注重大自然和生态环境的描写，将自然生态的发展融合到精神生态发展中。随着工业文明的发展，“人定胜天”的观念使得大自然在工业文明下满目疮痍，人类战胜自然成为文明战胜无序的象征，但自然灾难使人类丧失了赖以生存的家园，如果不加以管理，人类必将走向自我毁灭。在乌托邦社会中，人们亲近自然，同时也和自然保持距离，注重环保和资源的再生，居民对不可再生的自然资源在保持着敬畏之心的同时还有着强烈的责任感。小说中，“树”“森林”“河水”等意象反复被提及，这些意象都具有象征意义，象征旺盛的生命力，象征欣欣向荣的自然世界。比如康妮从精神病院逃出来，就把自己藏在森林里，松树、橡树把她包围，在康妮这次逃亡行动中，康妮的命运和大自然紧紧联系在一起，如果没有自然的庇护，她将寸步难行，自然像母亲一样给她安慰与力量。小说中另一个场景，是一名叫萨福的老人去世的场景，老人躺在帐篷里，希望自己能够在河边去世，是希望自己的生命能够与大自然重新归为一体。人们在自然中得到生存的资源，同时也在自然中体验生命、回归自我。

文学伦理学批评认为，文学作品中描写人的理性意志和自由意志的交锋与转换，其目的都是为了突出理性意志怎样抑制和引导自由意志，让人做一个有道德的人。在《时间边缘的女人》中，皮尔西描写反乌托邦是暗示着人类不当的伦理选择后，人类可能遭遇的结果。乌托邦世界的描述是作者为了探讨人类如何用理性意志来控制自由意志，最终让人类走向健康发展的道路。因文学具有重建功能，对反乌托邦世界的描述，是作者借这一悲剧来“引起人的怜悯与恐惧，来使这种情感得到陶冶”。人类以善恶为基础的前提下进行了第二次伦理选择，确认了人之为人的本质。在科技迅速发展的工业文明时代，工业革命的弊端逐渐显露。美国的社会、政治、经济和文化受到巨大的影响，现实对人性善良一面的摧毁使文学家们都向往一个没有压迫和剥削的理性正义的乌托邦社会。作者描述乌托邦和反乌托邦社会，以此象征人类理性意志和自由意志的较量与转换，其目的是为了突出理性意志是怎样抑制和引导人类自由意志，希望人类创建一个有序的伦理世界。

皮尔西在《时间边缘的女人》中塑造了康妮这一可以穿越时空的人物形象，借此形象表达了作者对20世纪70年代美国妇女的同情，对当时社会伦理的批判。同时，作者又以康妮的形象作为人类的象征，她的精神病患者的伦理身份是对当时病态社会的暗喻，而她面临的伦理困境以及进行的伦理选择，都是20世纪70年代的人类社会所面临的危机。在人类面临伦理困境进行伦理选择过程中，作者构建了乌托邦社会和反乌托邦社会，以井然有序的乌托邦社会象征人类在理性意志下选择的结果，以杂乱无章的反乌托邦社会象征人类在自由意志选择下的结局。在自由意志与理性意志的伦理冲突中，决定了人类的伦理选择在社会历史和个人发展中的价值。康妮的伦理困境象征了人类的伦理困境，她的伦理选择也代表了人类的历史的选择。文学伦理学批评强调文学的教诲作用，即以文学为载体，理性分析人类所处的历史阶段和伦理环境，辨析人类不同行为所引起的结果，从而引导人们做出相应的伦理选择。因此从伦理的角度，发掘不同时代、不同类型的文学作品的伦理价值、建构自然和谐的人伦理想，对盲目自信的人类来说具有伦理的警示意义。从这个意义上来看，《时间边缘的女人》给我们带来了伦理的思考并给予伦理的启迪，引领人们做出正确的伦理选择。

第二节 《洛丽塔》的文学伦理学解读

俄裔美国作家弗拉基米尔·纳博科夫的《洛丽塔》是其流传最广也是争议最大的作品。之所以争议不断，是因为它讲述的是一个中年男人与一位未成年少女的畸形之恋。在当时的社会环境看来，这是一部不道德的小说，甚至是一部反美学的小说。所以最初在美国曾被禁止出版，一年后才在海外法国，由巴黎奥林匹亚出版社出版。直到1958年，才在美国本土出版，一经出版，立即成为畅销书，更是被英国评为“二战后影响世界的一百部书”之一。许多大学教授、文学评论家热衷于这部作品，从各种角度、不同的视野探讨研究，形成新的文学批评热潮，使得《洛丽塔》这一作品更加开放和饱满。2004年，浙江大学聂珍钊教授在南昌外国文学会议上提出了中国原创性文学批评理论——文学伦理学。“21世纪初在我国迅速发展起来的文学伦理学批评，就是在西方多种批评方法相互碰撞并借鉴吸收伦理学方法的基础上形成的一种新的用于研究文学的批评方法。文学伦理学批评的出现在西方批评话语中增加了我们自己的声音，为我们的文学研究方法提供了新的选择，尤其是它对文学伦理价值的关注，更使这一方法显露出新的魅力。”聂珍钊教授力图通过这一独特理论的建构，向国际文艺理论界传达中国的学术声音，改变当今西方文艺理论主导中国文艺批评的局面，展现中国的学术创新能力。至此以后，中国批评界逐渐开始使用文学伦理学进行文艺批评，对不同的文学文本进行分析和探讨。笔者便将从文学伦理学这一批评视角，探讨《洛丽塔》中伦理环境、伦理意识、伦理禁忌、伦理悲剧等文学伦理问题，分析《洛丽塔》中伦理现象及其产生原因，从而得出与一般的道德批评不同的价值判断，展现《洛丽塔》内在的独特情感张力。

一、 伦理环境之形成

纳博科夫出生于俄国圣彼得堡一个富裕而显赫的贵族家庭，但由于沙皇时期国内革命的影响，纳博科夫一家在他18岁时就离开了俄国，从此开始了20年的流亡生涯。纳博科夫先后去过英国、德国、法国、美国，背井离乡，颠沛流离的经历使得纳博科夫一直有着文化上的困惑和身份的焦虑，无论是有意识的还是无意识的，在他的作品中都会有所显现。《洛丽塔》中的亨伯特就是一个从巴黎移民到美国的教授，而且是一个混血儿。"我的父亲很文雅且平易，他是个种族杂烩：瑞士籍、法国、奥地利混血，血脉里还有少许多瑙河的气质。"自然地，作为混血的移民知识分子，亨伯特感到不同的文化在自己体内冲撞，也困惑于自己身份的归属。他的母亲死于一次意外的雷击，那时亨伯特3岁。虽然童年的亨伯特生活富裕，但母亲的死亡使他在成长中缺失了一部分情感。母亲死后，亨伯特这样说道："我记忆中童年的太阳已经从记忆的洞穴和幽谷上沉落"。著名精神分析学家弗洛伊德关于童年的记忆有着这样的言论：童年记忆与成年期的有意识的记忆全然不同，它们不是被固定在经验着的那个时候，而是在后来得以重复，而且在童年已经过去了的后来时刻才被引发出来。在它们被篡改和被杜撰的过程中，实现着为此后的趋势服务。亨伯特这些童年的经历对他之后思想和行为都有着十分重要的影响，在后来的岁月中逐渐显现。

13岁时，亨伯特遇见了自己的初恋——阿娜贝尔。年少萌动，两个青春期的小孩就此坠入爱河，体味着魔法般的梦幻世界。但好景不长，四个月后，阿娜贝尔永远地离开了少年亨伯特，他们的爱情画上了悲惨的句号。阿娜贝尔是亨伯特少年时期的初恋情人，是他第一次情感大悸动，这段记忆深深地留在亨伯特的心里，在多年以后仍然不断追忆和幻想这段情感。女友的突然离世，使得少年亨伯特的内心备受打击，一生都无法释怀。“我是一个健壮的少年，我活了下来；但毒素却在伤口，伤口永远裂着，”这种毒素一直存留在亨伯特的体内，并且不断强化、生长，最后连他自己也无法摆脱这种伦理意识的混乱。成年后的亨伯特也曾不停地追问自己：“是否在那个遥远的夏天的光辉中，我生命的罅隙就已经开始；或者对那孩子的过度欲望只是我与生俱来的奇癖的首次显示？当我努力分析自己的欲念、动机、行为和一切时，我便沉湎于一种追溯往事的幻想。”“我相信了，就某种魔法和命运而言，洛丽塔是阿娜贝尔的继续。”可以说，母亲和阿娜贝尔的死亡，令亨伯特悲恸不已，这给他造成了极大的心理创伤，使得亨伯特在之后的爱情中，用时间概念代替空间概念，对女孩的情结永远停留在 9 到 14 岁的漂亮女孩之间，这是《洛丽塔》伦理叙事中的一个伦理结。文学伦理学认为，“通过对文学文本中伦理结的生成过程进行描述，对生成或预设的伦理结进行解构，从而接近文学文本、理解文本和批评文本”，我们通过对这一伦理结的分析与解构，了解了亨伯特的童年经历，掌握其最初的伦理生成状况，也就能够对之后亨伯特所作出的伦理行为有着更为深刻的理解和批判。

二、 伦理意识之争斗

亨伯特在产生乱伦意识之前，还是一个耽于幻想的诗人，不断寻找着安娜贝尔一样的性感少女，填补那未曾得到满足的欲望。他跟社会上的成年女子保持着所谓的正常关系，但并没有因此而感到幸福和满足，相反的是憔悴不堪，万分痛苦。他对身边的每一个“小仙女”都怀着一颗热烈的欲望之火，近乎疯狂，不过他没有伸出自己罪恶的双手，因为成年后的亨伯特已经有了较为清晰的伦理意识，明白与少女发生关系是社会所不允许。他为此感到羞怯、恐惧，“精神分析学家用伪解放论和伪性本能讨好我”，他后来结婚，也是为了缓解这种“不道德”的伦理意识所带来的痛苦和恐惧，“即使不能涤除我可耻的危险欲望，至少也许能帮我将它们控制在平和状态”，此时此刻的亨伯特，希望通过外在的环境和内在的反省来调整自己的伦理意识，使之回归到正常的社会秩序之中，表现了亨伯特作为人的自我控制和理性思维斗争。文学伦理学认为，“斯芬克斯因子是由两部分组成的——人性因子与兽性因子。这两种因子有机地组合在一起，其中人性因子是高级因子，兽性因子是低级因子，不过前者能够控制后者，从而使人成为具有伦理意识的人”。

直到遇见洛丽塔，亨伯特才彻底将自己的幻想从安娜贝尔转移到洛丽塔身上，并逐渐开始步入伦理禁忌之中不可自拔。为了得到洛丽塔，并且永久和她在一起，亨伯特同夏洛特结婚，成为洛丽塔的父亲。在之后的生活中，亨伯特时刻关注洛丽塔的一举一动，一颦一笑，欣赏她美丽的胴体，观察她不羁的言行，接着在日常生活中爱抚她、拥抱她，做出一连串隐蔽的小动作。新的快乐感充溢着他的内心，但同时他也为自己感到可怜，他不得不费尽全力地控制和压抑自己内心深处那热烈、疯狂的情欲，以此来保住12岁洛丽塔的纯洁。作为一个有着伦理意识的成年人，亨伯特知道自己这些想法是不道德的，肮脏的，不被世俗所允许的。于是他不断自我反省，试图用理性战胜感性，他担心自己如果任由这种意识发展下去，兽性因子便会战胜人性因子，最终突破伦理禁忌，走向乱伦。为此，亨伯特被伦理的疑惑和恐惧所缠绕，陷入了无法脱身的伦理困境。作为一个有知识有文化的现代大学教授，亨伯特清醒认识到被欲望驱使最终将会产生什么样的后果，自己又将面对怎样不堪的局面，但他对洛丽塔的爱恋又让他一步步陷落，沉沦在情欲之中，个人的生命本能和社会秩序之间形成了强烈的不可调和的冲突，内心深处伦理意识的斗争也越来越激烈，故事将要朝着不可挽回的局面发展。

三、 伦理禁忌之突破

在亨伯特逐渐陷入情欲之中，想要进一步占有洛丽塔时，他突然意识到一个伦理问题：即夏洛特阻碍了他和洛丽塔的结合，而解决这个问题的最好办法是让夏洛特消失。但亨伯特并未付诸实践，他知道那是犯罪，只是在潜意识中谋划了一切而已，是一场“想象式犯罪”。但让他意想不到的是，夏洛特无意中发现了自己的日记，知道了他不为人知的秘密。夏洛特因此痛哭一场，发疯似地冲出家门，在过马路时被车撞死。这是《洛丽塔》故事情节的一个重要转折点，也是作者极其巧妙的一个设计。亨伯特与夏洛特的结合，使得他与洛丽塔有了伦理关系，而夏洛特的意外死亡则是排除了一切现实阻碍，使得亨伯特有了最大可能与洛丽塔结合，同时使得亨伯特不用践行自己的“想象犯罪”，背负法律责任和道义谴责。

按一般的逻辑来说，既然一切障碍都已经排除，那么亨伯特即将有着令人兴奋的前景，去享受无穷无尽的快乐，但事实上并非如此。新的伦理困惑和恐惧扑面而来：他该如何定义自己与洛丽塔的关系？虽然他可以为此“摆脱”与洛丽塔的父女关系，但他依然不能和洛丽塔名正言顺地在一起。以当时的社会文明和伦理环境来说，向一个12岁的少女求婚是被看作“不伦”，是不被社会所接受的。为此，亨伯特甚至翻阅相关的法律条文和书籍，期望在法律允许的婚姻框架中确定自己的可能。在带着洛丽塔出走的路上，亨伯特企图通过安眠药让洛丽塔沉睡，以便自己能近距离欣赏洛丽塔，更加自由地感受美丽的小仙女。此时的亨伯特还没有占有她的想法，“趁黑夜对那个已经完全麻醉的小裸体进行秘密行动而不侵占她的贞洁，抑制和尊崇仍然是我的箴言。”亨伯特对洛丽塔并不是普通意义上性的欲望和占有，而是对自己幻想中美感的追求，是对狂热的欲念的着魔。最后是“她诱惑了我”，玩了一出“小孩子的游戏”。无论是评论家所说的“古老的欧洲强奸了年轻的美国”，还是“年轻的美国诱惑了古老的欧洲”，亨伯特最终迈开了那一步，突破了伦理的禁忌，和洛丽塔开始了“不伦之恋”。

在这一场性经历之后，他们慢慢确立了情人关系，然后开始了他们的全美旅行。亨伯特之所以要带着洛丽塔到处旅行，是因为亨伯特的伦理意识告诉他，这是一场乱伦，是不道德，不被社会所接受，他的内心有着很深的负罪感，并且为此感到焦虑和恐惧。他不得不辗转各地的汽车旅店，编织不同的谎言，掩盖发生在自己身上的伦理真相，企图通过不断的旅行来逃避这一切。倘若安定下来进入社会生活，承担自己的社会角色，他便会坐立难安，心神不宁，有着绝望般的恐惧，所以他宁愿开始流亡生活也不愿意回到正常社会生活中去。亨伯特企图在二人世界中确立自己的情人身份——这样一种没有忤逆道德的伦理身份，来抵抗乱伦禁忌的批判，社会道德的责难。

四、伦理悲剧之毁灭

随着洛丽塔年龄的增长，洛丽塔开始厌倦他们的流浪生活以及两人的不伦关系，她开始悄悄攒钱，并计划逃跑。由于道德的责难使得亨伯特对洛丽塔有着很深的依赖，与洛丽塔的不伦关系是他逃避社会的港湾，所以洛丽塔的出逃对亨伯特来说无疑是致命的打击，使他本来就不稳定的安全感一下子荡然无存。他便开始疯狂地寻找，过上了一段新的漫游生活。三年后，他收到洛丽塔的求助信，此时的洛丽塔已为人妻，形容枯槁，面容憔悴，是一个苍白臃肿的妇人，生活潦倒凄惨，再也不是那个美丽动人、梦幻绚丽的小仙女了，但他依然爱她。“你知道我爱她，那是一见钟情的爱，是矢志不渝的爱，是刻骨铭心的爱。”同时他了解到当年是流氓剧作家奎尔蒂诱拐了洛丽塔，并且让她拍摄色情电影，在利用玩弄之后，离开了洛丽塔。被抛弃的洛丽塔后来嫁给了朴实的狄克，生活凄苦。知道这一切的亨伯特五味杂陈，梦中诗意的消亡和情人凄惨的遭遇一起袭来，他不知道自己此时该以何种身份面对这个局面，是继父还是情人？伦理身份的困境让他感到无所适从。他本来想要杀死狄克的，却又没有动手，是因为他感到年轻朴实的狄克带给洛丽塔正常的快乐生活，他没有妒忌，还慷慨地给了嫁妆。此时的亨伯特以父亲的身份出现，履行着一个父亲的职责，他希望帮助洛丽塔，并希望她过得快乐幸福。之后他寻找奎尔蒂，并枪杀了他，此时的亨伯特是以情人的身份出现，他杀死的是自己的情敌。枪杀奎尔蒂之后，亨伯特感到“舒服”“懒洋洋”，这是因为他终于摆脱了困扰自己许久的伦理困境，不再为此而饱受折磨和痛苦。奎尔蒂在书中一直是以一种神秘的身份出现，直到最后才道出了他的身份和行径。这是象征着另一个亨伯特，是黑暗、堕落的自己，书中亨伯特一直把他当作势均力敌的情人佐证了这一点。“这场闹剧实际上是亨伯特对自己的决斗，是他在正视了洛丽塔已为人妇的现实而消灭自己非正常的、黑暗一面的行为”这也就是说，奎尔蒂是亨伯特黑暗形象的一个化身，是那个与洛丽塔发生乱伦关系逃离现实社会的人，是饱受伦理困惑和道德恐惧的灵魂。亨伯特枪杀的实际上是自己罪恶的一面、黑暗的一面和自己痛恨的一面，这是他对自己的理性裁决和最后审判，这也就是为什么最后亨伯特选择让奎尔蒂来宣读死亡审判书的原因所在。其实从一开始，亨伯特的伦理意识和伦理处境就暗含着毁灭，他一步步走入伦理的旋涡中不能自拔，最后，这场伦理悲剧以生命的代价凄惨收场。

乱伦一直以来都是文学作品表现的一个主题，许多作家都曾以此来创作自己的文学作品，如索福克勒斯的悲剧《俄狄浦斯王》中俄狄浦斯王弑父娶母，最后惨遭天谴；福楼拜著名小说《包法利夫人》中爱玛婚后出轨，同赖昂、罗道弗尔通奸，《金瓶梅》中潘金莲与西门庆通奸，并合谋毒死自己的丈夫武大郎。这些作品都表现了人物内心伦理意识的混乱与挣扎，最终因触犯伦理禁忌而导致了人物的悲剧命运。纳博科夫却有所不同，他试图在人类生命本能与伦理道德底线之间，寻求一种别样的美感，一种审美的福祉，而不是简单的道德批判。纳博科夫在《洛丽塔》的后记中曾经说道："对我来说，虚构作品的存在理由仅仅是提供我直率地称之为审美狂乐的感觉，这是一种在某地、以某种方式同为艺术（好奇、温柔、仁慈、心醉神迷）主宰的生存状态相连的感觉。"在他看来，《洛丽塔》不是一部色情小说，更不是一部道德小说，他也无意于此，他所要表现的是一种诗意精神，性不过是艺术的附属物。严歌苓曾评论道："他（纳博科夫）写了这样一种非常不道德的一个成年男子的最诚实的对于少女的一片黑暗的诗意"。我们从文本中可以看到，亨伯特对洛丽塔肉体的占有其实并没有多大兴趣，他的情欲是童年的移情，而且随着故事的发展，他对洛丽塔的爱始终真挚热烈。面对苍白凄苦的洛丽塔，他给了她嫁妆，告诉她好好生活，他在审判席上的小说，要等到洛丽塔死后才能出版。正如他引用的那句诗行：人性中道德感是义务，我们必须向灵魂付出美感。正是亨伯特这种黑暗的诗意带给读者不一样的阅读体验，让我们有了更多有关审美的思考，也让我们重新去定义后现代的伦理价值和道德批判。

第三节　文学伦理学批评视域下《晃来晃去的人》

《晃来晃去的人》是索尔·贝娄的第一部长篇小说，其笔调沉郁、结构严谨，与他20世纪50年代诙谐幽默、结构松散的流浪汉小说形成鲜明对比。该书叙述了犹太青年约瑟夫从待业到参军的过程，描述了现代人在二战大环境下的彷徨、迷茫、选择、困境与自我突破。国外学者主要是对贝娄作品的整体分析和对该小说的评论，探讨的主题大多是约瑟夫和现代世界之间的冲突以及导致的其心理问题。国内学者主要集中于比较研究，从存在主义、女性主义、文化归属、主题研究、现代性与后现代性、流浪意象、圣经原型研究以及文体分析进行研究。已有的国内外研究对进一步研究大有助益。目前尚未有学者从文学伦理学角度解读该小说，故笔者从文学伦理学的角度切入，尝试还原约瑟夫所处的纷繁复杂的伦理环境，分析约瑟夫做出伦理选择并导致伦理身份的转换，阐释他陷入伦理两难困境的原因，以及对其最终突破这一伦理困境做出评价。将约瑟夫对伦理困境的突破看作体现作者立场的载体：一方面，体现了贝娄对现代人所处的空虚、孤独的时代进行的反思；另一方面，体现了贝娄追求道德与人性的伦理观。

一、 二战时期的伦理环境

二战颠覆了人们的价值观念，更冲击了传统的道德标准，精神危机、信仰崩溃成为战时和战后美国社会的普遍现象。约瑟夫身处这样的社会环境，使得他无法从社会上看到希望与未来，也无法从工作和日常生活中找寻到个人价值。约瑟夫对当时社会做出的判断是“崇尚硬汉精神的时代”，做出参军选择，这符合硬汉精神，但他在日记中大力批判硬汉精神。行动与思想背道而驰，恰恰展现了约瑟夫这一人物形象的复杂性和矛盾性。他的实际行动与伦理判断不符，他希望逃离喧嚣混乱的外部世界，但他却应召入伍，伦理判断和选择的矛盾性恰恰印证了当时人们精神世界的空虚与混乱。不能对约瑟夫自身的矛盾性做出“简单的好坏和善恶的评价，应进入当时的历史现场，对其判断和选择做出评价”。

由于战时状态和经济萧条，胡佛政府的自由放任政策已被具有宏观调控能力的罗斯福新政取代，经济与政治都反映出了美国希望重归秩序、摆脱混乱状况的迫切愿望，但国家干预和国家资本的积累并没有提高人民物质生活水平。约瑟夫岳父卧病在床，但无钱请陪护；裁缝范采尔的衣服涨价，原本免费的钉扣子服务变成了有偿服务，且约瑟夫侄女艾塔误以为他偷钱，甚至因为此事他动手打了艾塔，暗示了社会经济的变化必然导致伦理关系的变化，二战使原本和谐的人际关系变得紧张。人与人之间最基本的信任与和善消失，只剩自私自利、保全自我，原本正常的伦理关系发生了扭曲，本应一致的伦理判断与伦理选择出现了不符的情况。“社会矛盾更加尖锐，人与人、人与社会、人与自然和人与自我的关系受到强烈的扭曲和异化……导致人们对旧有宗教信仰的怀疑，对科学真理追求的动摇，以及对传统价值观念的抛弃。”战时美国处于信仰危机、观念混乱的“非理性”思潮之中，整个社会处于精神危机的状态，现实社会中的混乱体现在小说中的伦理世界，约瑟夫辞职后等待入伍的无序生活和一团乱麻的内心世界与现实世界形成呼应。经济危机和二战给人们带来的是无序、混乱、不知何去何从，正确与错误的界限变得模糊，使人们陷入两难的境地。

由此可见，政治、经济、文化共同作用于当时的美国社会，由于当时黑白颠倒、道德缺失的环境，人们陷入伦理两难的困境之中，让人不知何去何从，导致约瑟夫滔滔不绝地在日记中抒发他的苦闷与空虚，这可以看作是约瑟夫以独特的方式表达自己的态度。

二、 伦理选择与伦理身份之转换

约瑟夫由待业到参军的人生经历中，离群索居与参军是两个最为重要的伦理选择，他做出的每一个伦理选择都是进行自我选择和自我身份的确认。“伦理选择行动就是自我选择的行动，每一个人每时每刻都在进行自我选择，并通过自己的选择进行自我身份确认。伦理身份决定伦理选择，伦理选择也能建构伦理身份。”《晃来晃去的人》是关于主人公约瑟夫伦理追求的故事，伴随他的每一次自我选择，相应建构出不同的伦理身份。如果将约瑟夫待业到参军的过程看作一条伦理线，那么他的每一次具体的伦理选择行动和对应的伦理身份的转换是推动情节发展的关键因素。

“待业”是约瑟夫自我禁锢的第一步。身份从职业者变为无业游民，这可以看作约瑟夫社会伦理身份的转变，在等待参军的5个月中没有收入来源，只得依靠妻子。在二战期间美国现实的伦理环境中，男性的伦理身份被定位为勇敢坚毅，拥有拼命精神，为了愿望和理想不懈追求。他依靠妻子的行为与当时的伦理环境不符，加之其身份不明无法兑换支票，他的身份无法在社会上得到确认，这两点促使了他做出封闭自我、不与外界交往的伦理选择。这体现了约瑟夫的精神追求，他希望摆脱纷繁复杂的社会来追求心灵的自由。然而，当妻子建议他利用这一时间，进行阅读创作，重拾中断的哲学研究时，他不知如何利用自由。他宁愿“兀自坐在房间里，期待着一日之内微小的转变”。当时的社会环境与约瑟夫浮躁的内心形成呼应，且他一味追求绝对的自由，使他处于“自由的枷锁”之中，坠入虚无困顿之中。聂珍钊教授在区别萨特的“自由选择”与文学伦理学批评的“伦理选择”时指出“我们在理解自由时往往带有片面倾向，即把自由理解为绝对自由……事实上，即使这种在当今生活中最为重要的自由，也不是绝对自由，而是有一定前提的自由，任何自由都是以不自由为前提的，是不自由中的自由……做一个有道德的人是以牺牲某些自由为代价的”。约瑟夫的自我禁锢，看似逃离了纷扰世事，但透过他的日记我们可以窥探到他的状态是“意志消沉”“一天天堕落下去”，“贮存无穷的烦恼，满腔的怨恨。它就像各种酸一样腐蚀着我慷慨善良的天赋”，处于虚无与困顿的泥潭之中。约瑟夫希望通过寻求“绝对自由”的方式保持自己的道德与理想，但他认为将自己封闭起来思考人类命运是浪费生命。他反复质疑伦理选择与伦理身份改换的正确性，认为“这个世纪恰像车轮一样转下去，我也将随之转到车轮底下，化为虚无”。约瑟夫追求的是文明与道德，但是他选择的方式是追求“绝对自由”，随着文明的不断发展，人类受到的约束越来越多，人类能做的不是“为所欲为”而是“有所不为”，约瑟夫追求的“绝对自由”显然违背了人类社会发展的规律，导致他陷入伦理两难之中。

疏离亲友是约瑟夫禁锢自我的第二步，具体体现在与友人的争执、与亲人的决裂两方面。由于切断了“人与人、人与社会以及人与自然之间形成的被接受和认可的伦理关系”，他无缘无故与彭斯的争执使得麦伦十分尴尬，他在日记中写到：“我总觉得他们‘抛弃’了我……但我又想，也许问题并不是那样严重，并不是朋友们有意抛弃我，那只不过是我的感觉而已，真是庸人自扰”。他的多疑、易怒、孤僻是他切断与周围人的伦理关系的后果之一。尔后，他愈发丧失了社交的乐趣，“很久以来，晚会，任何晚会都不曾给我带来什么乐趣”，他认为参加晚会“无异于互相摧残彼此心灵深处的上帝，使大家在复仇与创伤中悲鸣”，认为晚会损害人的高尚情操，他宁愿封闭自我，整日无所事事，也不愿意参加晚会结交朋友。由此可见，封闭自我会造成人际关系紧张，影响人与人之间的和谐交往，从侧面反映出约瑟夫这一选择的错误性。因敏感多疑和艾塔对他的误解做出了对侄女大打出手的冲动行为。约瑟夫与艾塔十分相像“不限于全家人都能看出的明显的相似之处。我们的眼睛像绝了，嘴巴也是，甚至耳朵的形状也一模一样……还有别的相似之处……这就是我们的敌意之所在”。他做出与世界断绝关系的伦理选择，而艾塔恰恰与世界联结，外表的相似性使约瑟夫将自己投射到了艾塔的身上，他对艾塔无名的怒火和对她大打出手的冲动行为反映了他在潜意识中痛打了本应处于社会中的自己，他试图将自己以血亲为基础的伦理身份撕裂，使自己成为孑然一身的“绝对自由”追求者。

从约瑟夫疏离亲友的过程可以窥见他社会与家庭伦理身份的逐步丧失：自我禁锢后，平衡的人际关系被打破，他丧失了原本可以与别人和谐相处的社会伦理身份；然后在疏离亲人的过程中，他又失去了作为大家庭一分子的家庭伦理身份。人是社会关系的总和，当约瑟夫做出出世离群的伦理选择，切断了与周围人的联系时，他的伦理身份也变得飘忽不定，从而导致空虚感、孤独感更加显著。约瑟夫原本希望通过自我禁锢的伦理选择、构建离群索居的伦理身份来摆脱空虚孤独的困境、获得精神解脱，他依旧处于伦理两难的困境之中。

三、 伦理两难之浮现

约瑟夫自我禁锢的伦理选择与离群索居的伦理身份使他陷入了伦理两难之中，无论是“离群”还是“合群”都难以做到。“伦理两难由两个道德命题构成……一旦选择者在二者之间做出一项选择，就会导致另一项违背伦理，即违背普遍道德原则。”他认为通过远离社会的选择能保留内心的纯洁与道德感，但一起事故揭示了他以及同时代人的真实处境，“我们躺着，脸上压着千钧之力，但还在努力作最后一次呼吸，这呼吸声就像重踩之下砾石的摩擦声一样”，无论自我禁锢还是参军融入社会，都是时代的牺牲品。寄希望于脱离社会获得内心平静的约瑟夫得知同学福曼战死后，产生一股内疚感并在日记中写到“我宁可在战争中死去，也不愿分享它得来的利益……我与其当一名受益者，还不如当一名受害者”。当时的伦理环境使人们“养成杀戮的习惯，对受害者难得表现出些许怜悯，并不是同战争一起来的，战争开始前我们就已经准备好了，只是战争使它更加明显罢了。我们看到残害生命时并不畏缩；假如受害者是我们，而不是那些被杀的人，那他们同样也不会为我们难过”。约瑟夫意识到无论是加害者、受害者还是像他一样的旁观者都会被时代裹挟着前进。

约瑟夫自我禁锢的伦理选择与内心的道德产生了冲突，他认为战争给杀戮者与被害者带来的是死亡和伤害，而自己离群索居的行为与参与战争、成为杀人机器无异。他甚至希望通过与自己想象中的“替身精灵”争论摆脱如此的伦理困境。约瑟夫希望通过自我禁锢的伦理选择得到解脱，但却仍旧处于伦理两难的泥沼之中。一方面，因为离群索居意味着避免融入当时道德败坏、颠倒是非的社会环境，并且免于成为残忍的、毫无人性的杀戮的机器，保持纯洁性和独立性。而且约瑟夫琐琐碎碎记日记的行为与当时社会流行的“打掉牙往肚子里咽”的硬汉作风格格不入，这已经表明了约瑟夫拒绝顺从社会主流的态度。但离群索居也意味着软弱无能、冷漠无情、独自苟活，一辈子要受到良心与道德上的谴责，而且更重要的是陷入了追求“绝对自由”的虚无状态。另一方面，参军符合当时普遍的道德原则，他内心崇高的道德感不允许他做离群索居的旁观者，而且参军可以重构他的人际关系网，使他不再孤独麻木。但参军同时意味着违背自己的纯洁性与独立性、被军纪所约束、成为真正的杀人机器。如此的伦理两难让约瑟夫焦虑沮丧，带着无尽的烦恼和怨恨度过每一天。

四、 伦理两难之突破

希望通过逃离社会从而获得自由的约瑟夫陷入了伦理两难之中，在沮丧与焦虑中，他把自己的处境与他在纽约当画家的朋友约翰·珀尔的处境进行了对比，对于珀尔来说纽约“尽管有灾难，有谎言，有道德败坏，还有憎恨和洒落到每颗心灵的谬误及悲哀的屑粒，但他仍能洁身自好，我行我素……他跟人类最好的部分联系起来了……他永远不会茕茕孑立，被弃置一旁。他拥有一个团体”。反观约瑟夫，他对自己的评价是：“而我只有这个六面体的盒子……我待在这个房间里，与世隔绝，不堪信任。对我来说，面对的不是一个开放的世界，而是一个封闭的、无望的监狱。我的视线被四堵墙截住，未来的一切都被隔绝了。只有过去，带着寒伧和无知不时向我袭来。有些人似乎明确知道他们的机会之所在；他们冲破牢狱，越过整个西伯利亚去追索这些机会，而一间房子却囚禁了我”。珀尔显然是约瑟夫在现实生活中的理想结构，因为他有宝贵的想象力与对生活的向往，他能出淤泥而不染而且自珍自爱，他既没有超越人性，也不缺乏人性，能保持宝贵的人性不向社会妥协但同时又能融入集体与社会。约瑟夫与“替身精灵”辩论时，提出了他的最高理想结构“求得自我的解放。我们奋斗终身以求自我解放，或者，当我们似乎在专一地、甚至是在拼命地保存自己时，我们倒宁肯抛弃自己。在许多时候，我们是在不知不觉之中抛弃自己。有许多时候，我们的思想不够纯洁，我们对外界不甚了了，我们在转向内心，作茧自缚，因此，那时候我们真正需要的是停止这种我行我素、碌碌无为、专为自己的生活”。

约瑟夫突破伦理两难也体现在与妻子的关系转变之上。与其和“替身精灵”辩论的正面交锋不同，与妻子之间产生裂痕并修复，是突破伦理两难的隐含表现。约瑟夫在去往吉蒂住处时对环境的感受是“有的只是一片泥沼和穿过泥沼的令人绝望的呼叫声；没有房屋，有的只是使人感到荒凉、萧索的树木；没有电线，有的只是藤蔓弯弯曲曲的长茎”，与约瑟夫彻底切断与吉蒂联系后所见到的景色“雾散雨霁……现在却现出一条清洁的街道，还有在猛烈摆动的树木。风在乱云中挖开一个洞，几颗星星从中露了出来”，有一种拨开云雾见月明之感。可见他意识到打破正常的婚姻伦理关系违背道德，坚守住了内心的底线。同时，他也获得了精神上的解脱，婚姻危机的解除与空虚内心的填补相呼应。

表面上看，约瑟夫浪费生命，追求虚无缥缈的“绝对精神”，是“生活的复杂性在人物性格中的体现。在否定中感到孤独，企图以追求什么来解脱自己的孤独感，就是‘反英雄’们有续有断的思维循环圈……追求本身就被赋予了时代意义的内涵”。约瑟夫不断追求的过程就存在一定的价值。在小说的结尾，他做出了尽快参军的决定。他将这一行为看作投降、放弃对自我的管理、放弃自由。但贝娄通过描写约瑟夫拒绝吉蒂暗示想要重归于好的短笺、发现周围环境的美、看待世界的眼光不再消极，暗示了伦理困境通过参军这一伦理选择而突破。自主选择参军印证了约瑟夫所秉承的寻求自由、对自我负责的理念，这是人尊严之所在，同时也印证了人类社会不断发展后，人类的自由度越来越低，“绝对自由”是不可能存在的。约瑟夫参军的决定证明了他的理性意识已经高度觉醒，他懂得了“做一个有道德的人是以牺牲某些自由为代价的”。

约瑟夫待业在家时的精神状态表现出“晃来晃去”（Dangling）的伦理身份危机。Dangling一词有“悬挂、摇摆不定”之意，书中出现的几次约瑟夫思想判断与实际选择的摇摆不定可以看出，书名《晃来晃去的人》展现的就是约瑟夫自我矛盾、无法确定伦理身份的困境。同时，“晃来晃去”（Dangling）也展现了一代人的生存境况与混乱虚无的思想状况，而这恰恰是20世纪美国文学伦理环境下作品表达的主旨。约瑟夫的思想深刻、情感细腻，喜欢刻苦思考，追求绝对自由，内心强烈的道德感与社会环境格格不入。他既是一个“晃来晃去的人”，又是一个非理性时代的“受害者”。这部小说展示了主人公艰难的伦理选择，由一开始困顿虚无，追求虚幻的“绝对自由”，尔后经过一番痛苦的挣扎，明白了他所追求的“绝对自由”并不存在，绝对自由反而是虚无的代名词，最后做出参军的决定。参军并不是投入军纪管束的军队，而是贝娄希望通过约瑟夫参军的结局证明现代人有能力通过挫折和失败的生活，为真理、自由、道德和智慧而奋斗。贝娄通过描写约瑟夫由待业到参军这一段简短的人生历程来表达现代人的生活现状和精神困境，呼吁人们找到有道德的自我，重新审视人类存在的意义，他本质上是肯定的人性的。以约瑟夫为代表的一群人像斗士一样将自己投身于更加文明的社会建设之中，激励了世人对人性因子和道德的追求，让现代人类不再追求虚无的“绝对自由”而是“不自由的自由”。

下篇

文学经典重构的多维视域

第六章 文化批评观照下的文学经典重构

第一节 《J. 阿尔弗雷德·普鲁弗洛克的情歌》中的文化焦虑

《J. 阿尔弗雷德·普鲁弗洛克的情歌》（*The Love Song of J. Alfred Prufrock* 以下简称为《情歌》）是艾略特（T. S Eliot）的早期杰作，被誉为“英美现代派诗歌的奠基之作”。全诗共 131 行，讲述了中年知识分子普鲁弗洛克试图求爱却最终放弃的经历。艾略特曾表示，在创作诗歌时“通过这位灰暗的人物表现了他自己的某种心情”。该诗创作于 1911 年，西方世界正处于第二次工业革命与一战前的交汇时期。工业化与城镇化进程的不断加快造成了严重的工业污染，同时也拉开了社会贫富差距，导致社会矛盾日益突出，人际关系支离破碎。面对这种社会状况，艾略特备感焦虑，借《情歌》暗讽现代人的挫败感与无能，并反思该现象产生的原因。

国内的学者对于《情歌》的研究涵盖了诗歌的主题、人物形象、艺术特征等多方面，对其主题的研究集中在诗歌所体现的“荒原意识”上，即 20 世纪现代人精神家园的废弛。鲜少有人关注诗中折射的艾略特对当时社会各个维度的文化焦虑。焦虑在英文中是“anxiety”，来源于拉丁文的“anxietas”，根据《大英百科全书》（*Encyclopædia Britannica*）的解释，焦虑是“一种恐惧、忧虑、紧张的感觉，是对表面上无害的情况的反应，或者是主观的、内在情绪冲突的产物”。而文化焦虑，则指的是关于文化、身在文化以及与文化如影随形的一种心理状态，包括惶惑、愤懑、忧虑、焦躁等，并且伴有想发泄情感和重建某种理想乌托邦的冲动。美国心理学家斯皮尔伯格（Charles Donald Spielberger）认为，“在20世纪，焦虑已经成为一个中心问题和现代生活的主题”。艾略特借普鲁弗洛克之口，揭示了现代人在动荡不安、秩序混乱的社会中，陷入迷茫惶惑的普遍心理状态，表达了他对第二次工业革命影响下日益恶化的城市环境、精神空虚的西方社会、以及现代人异化的文化焦虑。可见，文化焦虑是当时西方知识分子中常见的一种心理现象，它“不仅仅是神经疾病的中心问题，并且理解焦虑对于人类行为综合理论的发展也必不可少”。因此，理解《情歌》中不同维度的文化焦虑对于把握艾略特的思想至关重要。

鉴于此，笔者探讨《情歌》中蕴含的艾略特对环境、社会、人这三个维度的文化焦虑，呈现出该诗更深层次的文化与社会主题，同时反思了当代社会人类的行为对社会环境的影响。

一、对环境恶化的焦虑

19世纪末至20世纪初的西方各国正值第二次工业革命，科技和经济都有了跨越式的发展，但严重的环境污染问题也随之而来。美国的历史学家斯塔夫利阿诺斯（Leften Stavros Stavrianos）在其著作《全球通史》中指出，“工业革命还引起世界社会前所未有的城市化”。美国社会哲学家刘易斯·芒福德（Lewis Mumford）认为“几乎每一个大的首都城市变成了大的工业中心；新的城市综合体里的主要组成部分是工厂、铁路和贫民窟”。在第二次工业革命中，工厂和铁路的普及使人们的衣食住行获得了极大的便利，但同时也造成了严重的环境问题：空气污染日益严重，城镇街区肮脏不堪。

《情歌》中的城市意象并没有明确的地理名称，但英美新批评派的代表人物克林斯·布鲁克斯（Cleanth Brooks）指出：“《情歌》主要不是关于个人和个别城市的苦境，而是关于一个时代和西方文明的苦境”。如此看来，艾略特笔下的城市没有确定的所指，而是泛指具有共性的西方现代大都市，是各大城市的缩影。因此，诗中反映的环境恶化问题是现代化背景下西方大都市共同面对的困境，这也正是艾略特第一个维度的文化焦虑——对西方现代城市环境恶化的焦虑。

诗歌开篇即描述了破败混乱的城市图景，尖刻地讽刺了工业化造成的环境问题给城市面貌带来的恶劣影响。艾略特借用一些城市意象对眼前的混乱景象进行了细致入微的刻画："冷落的街""便宜旅店"以及"满地锯末和牡蛎壳的饭馆"。这些场景说明机械化发展造成了城镇的肮脏与污染，诗中肮脏不堪的街道是工业城镇的缩影。机械化生产造成的固体污染物随处可见，大街小巷堆满垃圾，使得街道越发冷清，人烟稀少。工业文明的入侵破坏了原本宁静平和的乡村生活，取而代之的是嘈杂脏乱的城镇生活。"工业城镇上的住房都有某种共同的特点。一个街区挨着一个街区，排列的都是一个模样；街道上也全是一个样子，单调而沉闷；胡同也全是阴沉沉的，到处是垃圾。"工业化进程加快，很大程度上改变了城镇面貌，工业住房排列拥挤，生活垃圾任意堆放，城镇居民的生活环境质量下降。

诗中最能体现空气污染的意象是"黄色的雾"，弥漫在城市中的"黄色的雾"指代第二次工业革命造成的大面积空气污染。"黄色的雾在玻璃窗上擦着它的背脊，黄色的雾在玻璃窗上擦着它的口络。"艾略特用比拟的手法，将"黄色的雾"比作成一只慵懒的猫，这只"雾猫"活跃在城市的大街小巷，将空气污染带到城市的各个角落。大规模的工业化生产造成了严重的空气污染，这是当时诸多西方工业城市共同面临的环境问题。以"雾都"伦敦为例，18世纪开始，英国借助工业革命迅速发展，煤炭广泛应用，导致环境的进一步恶化，"雾已经成了难闻的黄褐色臭气，狄更斯在《荒凉山庄》里对此也有过描述"。至19世纪，英国进入工业急速发展期，伦敦工厂所产生的废气造成污染加重，而至20世纪，伦敦已成为一座黑黄色的工业之都，由此可见，当时西方城市的空气污染问题甚是严重。"任烟囱里跌下的灰落在它背上，从台阶上滑下，忽地又跃起"，"烟囱"这一意象再次点明诗歌创作的时间是第二次工业革命时期，并强调工业化造成的空气污染问题。林立的烟囱改变了城市景观，也污染了城市的空气。空气中充满着氯气、阿摩尼亚、一氧化碳、硫酸、氟、甲烷和其他大约200多种的致癌物质，这些致命的物质无时无刻都在消磨着居民的生命力，增加了气管炎和肺炎的发病率，造成大量人口死亡。此处也呼应了诗歌开篇，“当暮色蔓延在天际，像病人上了乙醚，躺在手术台上”，艾略特将空气污染严重的城市夜晚比作急需手术的病人，尖刻地讽刺了空气污染问题造成城市居民身体素质日趋恶化，致使整个城市毫无生机。这只“雾猫”在城市里来回游荡，穿梭在林立的烟囱之中，将有害气体散布在整座城市。紧接着它“围着房子踅一圈，然后呼呼入睡”。“睡”这一动词是“死亡”的隐喻，此刻“黄色雾猫”悄然入睡，暗含城市因严重的空气污染而失去生机活力，逐渐变成一座死城之意。

在批判工业化造成严重环境污染的同时，艾略特在诗歌中借“海仙女”这一意象表达了对于美好和谐生态环境的向往与渴望。“海仙女”出现在诗歌的最后一节，代表绿色健康的生态环境。“我们在大海的房间里逗留，那里的海仙女佩戴红的、棕的海草花饰”，在普鲁弗洛克的意识活动里，他与佩戴着海草花饰的海仙女一同在海底世界嬉戏游玩，和谐相处。“海仙女”“海草”“大海的房间”这些代表自然生态的意象展现出健康宁静的海洋生态环境，它们与诗歌开篇描述的黄雾弥漫、肮脏不堪的城市街道形成了鲜明的对比。普鲁弗洛克与海仙女在大海里尽情游乐，流连忘返，而“一旦人的声音惊醒我们，我们就淹死”。“人的声音”指一切由人参与的活动，此处尤指工业化的大规模生产活动。健康和谐的生态环境一旦被人类的活动污染，则很难恢复其原本的样貌，“淹死”一词意在说明工业化污染造成的严重后果。面对严重的工业污染，艾略特曾感叹道：“建立在私人利益原则和破坏公共原则之上的社会组织，由于毫无节制地实行工业化，正在导致人性的扭曲和自然资源的匮乏，而我们大多数的物质进步则是一种使若干代后人将要付出惨重代价的进步”。

无论是工业化产物“黄色的雾”还是与普鲁弗洛克一同玩闹的“海仙女”都折射出艾略特对于环境恶化的焦虑。飞速发展的工业化与城市化很大程度上改变了人们的生活方式，与此同时也加剧了环境问题和社会矛盾。

二、 对西方社会精神荒原的忧虑

19 世纪中后期，无论是在自然科学领域，还是在人文科学领域，新兴理论的出现极大地冲击了传统的宗教信仰和价值观念。达尔文的进化论挑战了人们对于“上帝造人”神话的固有认识，尼采宣称“上帝死了”试图以自然主义与美学的概念取代宗教传统。总之，“在两个世纪交替的时期，由于社会环境的变化，人们的思想观念和价值观念也处在新旧交替的阶段”。许多人因此变得迷茫、不知所措，西方社会逐步陷入一种精神荒原的状态。

艾略特目睹并感受了西方人精神的空虚和世界的荒原状态，并在《情歌》中对此现象进行了描述与批判。他选用但丁《神曲》中的一段内容作为题记，该段是《神曲》中正在地狱受刑的伯爵基多向但丁坦白自己身份时的叙述：“如果我认为我的答复是说给那些将回转人世的人听，这股火焰将不再颤抖，但如果我听到的话是真的，既然没人活着离开这深渊，我可以回答你，不用担心流言。”但丁认为犯下罪孽的人要在地狱中受刑，而缺少信仰、精神空虚的现代人在艾略特的眼中也是“罪人”，需要受到惩罚。“火焰”与“深渊”的意象代表刑罚的地狱烈火给人带来痛苦与折磨，暗示普鲁弗洛克所处的20世纪西方社会也正如地狱一般令人煎熬。

在诗歌的第一节，艾略特描述了沿途的景色：日近黄昏，暮霭沉沉，街道冷清，将“把你带向一个不知所措的问题”，引出主人公普鲁弗洛克所处的境地，以及由此反映的社会问题。此处令人“不知所措的问题”，与莎士比亚悲剧《哈姆雷特》中的生死之问形成互文。丹麦王子哈姆雷特在得知父亲死亡的真正原因后，对报仇一事挣扎犹豫，并试图自杀，提出“生存还是毁灭”这一问题。而普鲁弗洛克面临的问题是：是否向女士开口求爱？在他接下来的意识活动中，他多次试图提出这一问题，他不断地问自己：“我敢吗?”“我敢吗?”“我敢不敢扰乱这个宇宙?”“所以我又怎样能推测?”在诗歌的最后，普鲁弗洛克经过内心的斗争终于做出放弃求爱的决定：“不，我不是哈姆雷特王子，生下来就不是，我只是个侍从爵士”。虽然哈姆雷特作为莎士比亚笔下的悲剧英雄人物，在几番犹豫斗争之后，最终完成了为父亲报仇的使命；但是普鲁弗洛克并不想成为这样的英雄人物，于是他选择放弃自己的追求，继续过着碌碌无为的生活。事实上，这首诗关注的并不是普鲁弗洛克的爱情，而是借他求爱一事，揭露当时社会的一种普遍状态——生态家园和精神家园衰败，人们精神空虚，信仰缺失，无所事事。著名诗人查良铮（穆旦）先生认为，“普鲁弗洛克对生活失去信念，丧失对生活意义的信心，失去对任何事物的创造力是一种病态的表现，而他不过是种普遍存在的社会病态的象征”。由此可见，普鲁弗洛克是当时社会中的一个典型人物，他试图在碌碌无为的状态中采取些有意义的行动，却又缺少意志力与热情。这不仅是他一个人的问题，更是由他所代表的一代人普遍的精神困境，而当时的西方社会也成了哈姆雷特口中的“一座人间地狱”。在文化崩坏、信仰混乱的时代，到底应该如何生存？是“默然忍受命运的暴虐的毒箭，或是挺身反抗人世的无涯的苦难/在奋斗中扫除这一切？”艾略特借助与莎翁作品的互文，通过普鲁弗洛克拒绝认同哈姆雷特，从反面印证了西方社会已到了“非治不可”的地步，说明当前社会急需一个“哈姆雷特”式英雄来拯救，深刻地揭露了当时西方社会陷入精神荒原的局面。

在这首戏剧独白中，艾略特对于社会陷入精神空虚的焦虑不仅隐含在诗歌的内容里，还体现在艺术手法上。他多次使用反复的手法，突出诗中隐藏的焦虑主题。在宴会中，“房间里的女人们来了又走，嘴里谈着米开朗基罗”。这两行诗在全诗中共出现两次，分别出现在第 13、14 行与第 35、36 行。米开朗基罗是意大利文艺复兴时期杰出的雕塑家、建筑师、画家和诗人，与达芬奇和拉斐尔并称“文艺复兴艺术三杰”。此处艾略特反复提到米开朗基罗，一方面意在表达他对于文艺复兴时期文化的赞扬和向往，反衬当时西方社会文化的堕落；同时艾略特在讽刺这些“谈着米开朗基罗”的女人，这些上流社会的女人试图通过这样的方式显示自己的身份地位以及学识，然而这只是她们附庸风雅的手段。现代社会中此类不堪的景象令艾略特十分痛心、忧虑，所以他用《情歌》批判了当时人们假借文化艺术来满足虚荣心的现象，反映出当时的社会处于一片精神荒原之中。

三、 对现代人异化的忧心

20 世纪初的西方世界，科学技术与商品经济快速发展，这很大程度上改变了人的生产与生存方式，同时也加深了个体的异化之感。西方马克思主义理论家艾瑞克·弗洛姆（Erich Fromm）指出：“异化是人同自己疏远的一种体验方式，即人感受不到自己的中心地位，同自己和他人失去创造性的联系，而呈现出冷漠、疏离的商品化关系。”他指出以科学技术快速发展和社会生产力提高为重要特征的现代性，对人的生存方式产生了根本性的影响，其最重要的后果便是促使现代人的个体化，这种个体化进程使现代人面临着一种生存悖论：人在变得更加自由、更富有创造性的同时，失去了原始的安全感，并且其孤独感不断增强，随之而来的不仅仅是人的自我异化，还包括人际关系的异化。艾略特在《情歌》中通过描写普鲁弗洛克求爱的内心体验表达了对人的异化程度加深的焦虑。

普鲁弗洛克在求爱之前的心理斗争是他与自身逐渐疏离的一种表现形式，在此过程中他的自我异化之感逐渐加深，并难以认同其自我价值。在他依然犹豫是否向女士们求爱之时，他喃喃自语：“我已用咖啡匙量出我的生活”。在我们的传统认知语境下，生命无法用餐具来衡量，艾略特却另辟蹊径，从“咖啡匙”的视角出发，给予读者一个全新的角度来窥视人生。普鲁弗洛克的生命或许正如咖啡匙一样微不足道，这让人不禁联想到他日复一日的生活状态：繁琐、无聊、空虚，如此庸碌无为的生活似乎只能用这小小的咖啡匙来衡量。普鲁弗洛克用“咖啡匙量出生活”并“吐出所有日子和习惯的烟蒂”，“烟蒂”一词暗示了普鲁弗洛克的处境：人到中年，无所作为，如燃尽的香烟一样失去了原本的价值。当生活不再是充满创造性的活动，只是一系列僵化、重复的机械活动，“人也就失去了主体价值，沦为异化生存方式的操纵物”。普鲁弗洛克在千篇一律的繁琐生活中逐渐失去了作为人的主体价值，无法感受自我的中心地位，其自我认同感不断降低，自我异化程度随之加深。

弗洛姆在论述人类特有的需求时曾提到：“他拥有理性和想象力，他也意识到了自己的孤独与寂寞、无力与无知以及生死的偶然性。因此，如果他无法找到与他的同胞连接在一起的新的纽带……那么就片刻也不能容忍这种存在状态”。换言之，人如果想要保持精神健全就必须与他人建立各种联系，否则无法消除的孤独感会让人变得焦虑和紧张，以至于内心煎熬痛苦，精神崩溃。普鲁弗洛克正是想通过与女士们建立这种联系，以消除自己内心的孤独煎熬之感。在他迟疑不决，试图向女士们求爱时，普鲁弗洛克自我安慰道“将来总会有时间，总会有时间，准备好一副面容去见你想见的面容，总会有时间去谋杀和创造”，这几行诗与《新约·传道书》中的一段内容形成互文：“对每一件事情都有一个季节，天底下每个日子都有一个时间：有时间去生，有时间去死……”，此处的互文表面上描写普鲁弗洛克的怯懦与迟疑，实际上，“准备好一副面容”“去谋杀和创造”暗讽社交场合中的种种虚伪做作的场景，是诗人对现代社会中虚伪人际关系的讽刺和批判。猜忌与欺瞒代替了信任与真诚，人与人之间已失去诚实的交往，取而代之的是带着假面的社交。这种虚伪的社交活动并没有实际意义，甚至充满假意与危险，人际关系变得支离破碎，人们之间缺乏信任，无法建立起心理情感的纽带，造成人的异化程度不断加深。

艾略特在《论哈姆雷特》一文中指出：“用艺术表达情感的唯一方法是寻找一个‘客观对应物’，换句话说是用一系列客体、情境、一连串事件来表达一种特别的情感，要做到最终形式必然是感觉经验的外部事实一旦出现，便能立刻唤起那种情感。”“客观对应物”的作用是为诗人的情感提供载体，并将其转化为一种象征，把个人情绪转化为普遍情感。在《情歌》中，艾略特以朴质凝练、自然巧妙的语言，独创了一组组看似互不相干、却有着密切内在联系的意象，以此表达他对社会中人际关系虚伪、人的异化程度加深的焦虑。在普鲁弗洛克面对“房间里的女人”时，“那些眼睛用公式化的句子钉住你，当我被公式化了，在钉针下爬，被钉在墙上蠕动挣扎”。诗人用一只被钉住的昆虫暗喻普鲁弗洛克此时的处境：女人们的目光让普鲁弗洛克如坐针毡，痛苦不安。这一形象的比喻影射了社会交往中的普遍现象，复杂虚伪的人际关系压抑着人们，如一根钢钉紧紧地钉着蠕动的昆虫，使之无法摆脱又苦不堪言。此时的“人”与文艺复兴时期追求自由、幸福、个性的“人”截然不同，更与启蒙运动时期追求秩序、古典、理性的“人”大相径庭，取而代之的是现代社会中异化的人。

与“房间里的女人们”形成鲜明对比的是出现在普鲁弗洛克意识流中的“美人鱼”，这一意象在全诗中具有点睛之笔的妙用，在将普鲁弗洛克内心的矛盾与想法表现得淋漓尽致的同时，通过对比讽刺了社会上虚伪异化的人际关系。“我将漫步在海滩上，穿白法兰绒裤子，我听到过美人鱼彼此唱着曲子”。美人鱼在海滩上低吟浅唱，歌声婉转悠扬，她们和谐而又优雅，迷人而又神秘，是普鲁弗洛克理想中的女性形象，代表着他想要追求的爱情和理想的生活，与虚伪的、谈论着米开朗基罗的女人们迥然不同。然而艾略特笔锋一转，写道，“我想她们不会为我歌唱”。此刻的普鲁弗洛克惴惴不安，揣测着美人鱼不会对自己歌唱，因为他是空虚异化的现代人，与善良美好的美人鱼格格不入。他在美人鱼面前是自卑的，但同时也怀揣着对异性的期待以及对诚挚的爱情和社会美好人际关系的渴望。“我看到美人鱼骑波驰向大海，梳着被风吹回的白发般的波浪，当狂风把海水吹得又黑又白”。美人鱼们面对彼此歌唱，并且迎着海上的狂风巨浪，一同骑着波涛驶向大海，无惧无畏，追求着自由，体现出美人鱼勇往直前的魄力和她们之间美好和谐的友情，反衬了当时人际交往的冷漠、虚伪，映射出现代社会中人际关系的异化。

艾略特借助“咖啡匙”“昆虫”和“美人鱼”这些“客观对应物”暗讽现代社会中人的异化现象。他对此忧心忡忡，期望能重建和睦融洽的现代人际关系。

《J. 阿尔弗雷德·普鲁弗洛克的情歌》满载着幻灭与焦虑之感，因其独特的文风和内容，在20世纪初的文坛上独树一帜。艾略特把自己独特的生活经验与主观感受、人生理想与价值取向等理念都融入到普鲁弗洛克这一角色。深入地文本细读，可以发现艾略特不同维度的文化焦虑在《情歌》中得以体现，也有利于挖掘《情歌》为现代社会发展带来的启示。在当今社会发展经济的同时，应以保护绿色和谐的生态环境为前提，重视社会的精神信仰，建立真诚的人际关系。

此外，艾略特在其另一部代表作《荒原》中进一步阐述了他对于当时西方社会的文化焦虑，并在《四个四重奏》中试图提出“重建基督教信仰”这一解决办法。《情歌》作为《荒原》的前奏，对于更准确深刻地理解艾略特的“文化焦虑之源”具有不可小觑的意义，带给我们的启示值得反复挖掘与品味。

第二节　麦克白夫人悲剧性的再解读

《麦克白》是莎士比亚的四大悲剧之一。该剧讲述了位高权重的麦克白将军盲听盲信，一步步走向谋权篡位的深渊，最终酿成不可挽回的悲剧，展现了人性与道德在权欲面前的沦落。在整个事态发展过程中，麦克白夫人通常被视为此次谋反的推动者，批评家称之为“第四个女巫”，德国诗人歌德甚至将其视作“超级女巫”。国内外学者针对麦克白夫人的研究在20世纪八九十年代后蓬勃发展。早期批评家莉-诺埃尔·埃利奥特（Leigh-Noel Elliott）从人物形象入手，斯蒂芬妮·张伯伦（Stephanie Chamberlain）等人从杀婴、自杀、疯癫角度对麦克白夫人进行精神分析解读，为麦克白夫人辩护。目前为止，以往研究主要集中于麦克白夫人的人物形象、性别身份、以及与莎翁笔下其他女性角色的对比，从女性主义、精神分析等视角解读人物，这些研究使得麦克白夫人的形象更加丰满，帮助我们更好把握文本内涵。但迄今为止，从麦克白夫人身上的两性气质入手，探究其人物悲剧色彩的研究较少，故笔者从伍尔夫“雌雄同体”的文学观念来深入分析麦克白夫人的两性特质，挖掘文本背后的社会属性，探究麦克白夫人身上的悲剧色彩。

伍尔夫在《一间自己的房间》中提到了“雌雄同体”这一文学思想，将其正式引入文学批评领域。该思想的提出与西方男性主导的文学传统，19世纪末20世纪初妇女运动的蓬勃发展，性别问题的根深蒂固，以及其个人经历都密切相关。在书中，她明确指出“我们每个人，都受两种力量制约，一种是男性的，一种是女性的……正常的和适意的存在状态是，两人情意相投，和睦地生活在一起。”“雌雄同体”理念的提出是为了驳斥文学创作中流露出的性别意识。基于此，她指出文学创作要遵循“雌雄同体”这一概念，消解创作过程中的单一性别意识，倡导文本内两性的平等沟通与对话。她的“雌雄同体”观念通过倡导男女两性的互为主体性，承认性别差异，倡导和睦相处，从而实现两性气质在主体内的平衡与和谐。在该剧作中，前期的麦克白夫人可以看作是一个雌雄同体式人物，但是她却难逃毁灭的宿命。因此，笔者通过分析她身上所体现的两性特质从融合、矛盾，到最终失衡的过程与原因，联系社会背景以及作者的创作理念，从“雌雄同体”文学观念对麦克白夫人的殒灭进行重新解读，探讨麦克白夫人身上深层次、多维度的悲剧色彩。

一、 行为主体内两性气质的失衡

伍尔夫的“雌雄同体”观念不仅仅意味着“雌性自足”，她强调要消除对立的性别意识，两性的结合才是所能达到的最高境界，正如书中所说“男人与女人的结合，可以带来莫大的满足，造就完美的幸福”。值得注意的是，伍尔夫摒弃了雌雄同体的生物学概念，用精神和思想层面的雌雄同体来指代理想的行为主体。她口中所称“女性化的男人头脑”的莎士比亚是雌雄同体的典型代表。莎翁笔下的诸多人物都具备鲜明的两性特征，包括在此笔者所要探讨的麦克白夫人。

前期的麦克白夫人是一个典型的雌雄同体人物，她身上体现出鲜明的两性特征，且和谐发展。作为一位称职的妻子，麦克白夫人将分内之事安排妥当，为人处世风度优雅，不失礼仪。她敏锐且准确地把握到麦克白信中潜在的称王意图，并且对于麦克白身上犹疑胆怯的性格缺陷十分明了。她的独白和行为细节都体现出了她的女性气质，诸如细腻敏感，妥帖大方，对丈夫的无私奉献等。同时，通过对于麦克白性格的深度剖析，麦克白夫人知道若丈夫所谋之事欲成，她便必须要把她的“精神力量倾注”在麦克白耳中，用她“舌尖的勇气”把阻止麦克白“得到那顶王冠的一切障碍驱扫一空”。她超越常人的镇静与雄才大略将她体内的男性气质展露无遗。从她与麦克白本人的相处以及处理大事的魄力来看，麦克白夫人无疑同时具备了男性气质与女性气质且二者相处融洽，是一个雌雄同体式女性，因此麦克白夫妇在前期互相成就，令人艳羡。

但是在谋划刺杀邓肯时，麦克白夫人发出了渴望成为恶魔本身的请求。“解除我的女性的柔弱……不要让悔恨通过我的心头，不要让天性中的恻隐摇动我的狠毒的决意……进入我的妇人的胸中，把我的乳水当作胆汁吧！”麦克白夫人为了实现丈夫的野心，不惜向恶魔祈祷，抛弃自身的女性特征。在她看来似乎只有完全变为强大的男性，泯灭女性气质，才能有所成就，帮助丈夫圆梦。此后麦克白夫人身上主要由显性的男性气质所主导，成了一个男性化的存在，完成了从雌雄同体到单一化气质的转变。我国学者吕洪灵指出，“双性同体作为一个具有生命力的主体，它的矛盾是内在的”，“双性同体的特征就是它的矛盾性、不确定性、未完成性和对话性。”雌雄同体涵括两性矛盾与两性和谐的双重内涵。因此，双性特征在主体身上便表现为对立统一，两性气质的完美融合则是雌雄同体对话性的充分体现。当麦克白夫人成为单一气质主导的人物时，其体内的矛盾性则会尤为凸显，加剧两性冲突，造成人物悲剧。在剧中，面对麦克白下定决心前的犹疑与胆怯，她请求消除自己的女性气质，发出“一切都包在我身上”的豪言壮语，俨然变成了恶魔本身，完全被男性气质主宰。她一次次地教唆与挑拨脆弱的麦克白，为了谋杀邓肯精于算计，步步为营，并成功嫁祸于两位王子。她的每一次出场，每一句教唆，每一个行为都将剧情一次次推向高潮，加速了两人精神与信仰的毁灭。男性化主导下的麦克白夫人极度自信，麻木嗜血。在这种病态的精神状态下，麦克白夫人帮助麦克白铺平了称王的道路，但也一步步将自己葬送，成为被欲望支配的行尸走肉。

面对极端男性化的麦克白夫人，麦克白加冕后却选择了疏离对待。之前，麦克白夫人身上极端狂热的男性气质极大地加速了麦克白野心的实现，但是称王后，男性化的麦克白夫人似乎失去了利用价值。面对如此疯狂与病态的麦克白夫人，麦克白采用主动疏离这一方式来回应，两人无形中产生的嫌隙似乎成了压垮麦克白夫人的最后一根稻草。从当初的亲昵称谓“我的最亲爱的有福同享的伴侣”到冷漠的“你的病人”，麦克白似乎对其夫人失去了之前的亲密感，感情由浓变淡，两人越走越远。同时，面对她的梦游与重病，麦克白也失去了当初的体贴与关爱，将一切全权交付给侍女和医生，自己继续沉迷于权力游戏。最后听到夫人的死讯，也只是冷漠应对。“她反正要死的，迟早总会有听到这个消息的一天。”麦克白与其夫人之间的对话模式在戏剧前后也形成鲜明对比，在之前对话中，麦克白夫人始终占据主导地位，引导整个事态的发展；但是在刺杀邓肯后，麦克白的话语却占据大量篇幅，麦克白夫人只在极少的场次出现，且言语都十分简短，话轮数量和长度的变化也间接证明麦克白夫人的转变。

在麦克白的疏离下，麦克白夫人之前“标签化的女性气质——懊悔自责和怜悯同情”，从压抑状态中解放出来，并主宰了她自身。麦克白夫人此刻一改她之前由疯狂嗜血的男性特质主导状态，转为女性气质主宰，走向另一个极点，导致极端的女性化。伊迪丝·威廉指出，“她的疯癫是由悔恨引起的悲惨灾难后果，而这悔恨正如她之前所预期的那样难以阻挡。”精神重压之下的麦克白夫人意识变形，疯言呓语，行为怪异，同时她“女性气质中自戕的被动性”也加剧了精神紊乱和疯癫。讽刺的是，对于伊丽莎白时代的人来讲，疯癫与自杀被看作软弱与怯懦的符号，因而带有“女性气质”的意味。”麦克白夫人最终走向自戕的结局似乎也侧面验证了她身上由女性气质主导的痕迹。面对两性气质在体内的矛盾与冲突，麦克白夫人最终由当初的雌雄同体形象慢慢丧失了自我，走向单一化性别主导，成为两性气质矛盾的牺牲品。

二、 父权社会对性别的荒谬规范

在桑德拉·吉尔伯特和苏珊·古芭笔下，“高贵的是麦克白，而麦克白夫人只是一个怪物。”麦克白夫人前期以雌雄同体形象出现，最终却落得疯癫结局。其种种原因除了上文所论述的麦克白夫人由雌雄同体到单一化气质主导的转化外，伊丽莎白时代的社会环境也为麦克白夫人的死亡铺设了悲剧性背景。剧作《麦克白》是莎士比亚根据何塞林等人于1577年编著的《英格兰与苏格兰史纪》改编而成，其中不乏融入伊丽莎白时代的社会特点。因此，将莎士比亚及其作品放置在历史背景中来理解，挖掘文本的社会属性是非常必要的。针对笔者来讲，麦克白夫人从前期的雌雄同体到后期单一化气质主导，当时的社会环境为其设置了种种局限，主要表现在女性对父权价值观的内化与父权社会对性别跨越者的排斥两方面。

虽然文艺复兴时期的人文主义思潮倡导以人为本，解放人性，但当时的欧洲是一个等级森严的社会，男女两性都被限制于严格的等级秩序之内。相比之下，女性所面临的处境更为严峻，在地位上从属于丈夫，经济上被剥夺财产继承权利，法律上没有合理制度保障，伊丽莎白时期丈夫对女性施加暴力仍被视为合法。聚焦《麦克白》一文，麦克白夫人的从属地位主要体现在二人夫妻关系上。麦克白夫妇在开篇所展现出来的是一种和谐正常的夫妻关系，两人互相帮助，彼此成就。但是随着故事不断展开，麦克白夫人身上的两性特征由和谐走向矛盾，她先后被男性气质与女性气质所主导，但是都围绕一个目的——帮助麦克白夺得王位，这是麦克白夫人将父权价值内化的具体表现。美国历史学者玛格丽特·金在论述文艺复兴时期的妇女处境时谈到，“无论是自愿还是被迫，妻子都必须与丈夫之间培养一种关系，这种关系是在互相矛盾的禁令中折中发展的。一方面，人们期望她成为丈夫的伴侣；但是另一方面，她又是丈夫的下属，是丈夫和其他男性权威施加种种限制的对象。”表面来看，麦克白夫人着实成为了与丈夫般配的伴侣，实际上，麦克白夫人完全被妻子这一角色所局限。她为了丈夫自愿牺牲了自己原本完美融洽的两性气质，变成了嗜血的男性化女性和神志不清的疯癫痴妇。作为雌雄同体的麦克白夫人，她身上两性特征的形成与转化完全服务于父权社会的需要，尤其是麦克白称王的需要。当麦克白需要实现弑君称王的愿望时，麦克白夫人便将自己的女性气质解除，化身为残酷嗜血的病态恶魔；当麦克白顺利登上王位，麦克白夫人身上疯狂毒辣的男性气质失去了效用，便由极端的女性气质主导，最终走向疯癫。即使是麦克白夫人失去理智后的疯言疯语，也充斥着对丈夫的维护与爱意。“睡去，睡去；有人在打门哩。来，来，来，来，让我搀着你。事情已经干了就算了。睡去，睡去，睡去。”尽管自己双手沾满了鲜血且被梦魇困扰，但是她依然尽力安抚丈夫脆弱的意志力，以消除他内心强烈的罪恶感。麦克白夫人已经将父权价值观完全内化，将丈夫的野心视为己任，并且全力付出，正如乔治亚娜·齐格勒所言，“莎士比亚的女性角色被认为是符合维多利亚时代女性行为的理想人物，而麦克白夫人是维多利亚时代的好妻子，是一个‘全部野心都为了丈夫’的女性。”

在整个戏剧中，麦克白夫人被冠以无数个称号，包括“我的最亲爱的有福同享的伴侣”，“我的最亲爱的爱人”，“我们的尊贵的主妇”，“好夫人”，但是她却不能拥有自己的名字，只是一位“Lady Macbeth”，这个冠以夫姓的称呼。可以看出，麦克白夫人身上几乎处处都留有父权统治的烙印，她一直被局限于多个男性人物所赋予的名称内，但唯独不是她自己。而且，她的雌雄同体身份只是作为麦克白谋反的一个工具而存在，她后来单一化的性别身份也在完成了自己的使命后走向消亡，她早已在这场权力纷争中丧失了自主性，逐渐被他者化，最终酿成一场死亡悲剧。在人文主义的宣扬下，“男性婚姻理论家以坚定不移的热情倡导与宣扬伴侣主题的婚姻”，可是在现实生活中，尤其是在上流社会，丈夫始终在婚姻中占据主导地位，而妻子作为女性只是一个没有自由意志的属下，是丈夫权威的实施对象，是彻底的服从者。

在莎士比亚笔下，前期的麦克白夫人是两性气质和谐发展的雌雄同体式人物，可是麦克白夫人却并没有保持这种“正常的和适意的存在状态”，相反却逐渐走向毁灭的深渊。学者陈晓兰指出，“社会秩序、家庭的和谐都是建立在明确的性别规定之上的。而性别的相似性、两性的混淆、差异的消失，标志着“自然常理的改变”。因此任何性别跨越者，无论是男人化的女人或者女人化的男人都不被社会所认可与接受。即使是民族英雄圣女贞德依然被社会诟病，因为她成功完成了男性的使命，“但是那些把赌注放在欧洲面前的男人不会容忍这种违反他们想象中的自然秩序的行为”。正如当时社会所规范的那样，他们乐于将女性限制在已有的框架内，如忠贞，善良，顺从等，对于这种男性化的女人却抱有偏见，甚至采取敌对态度。具备了男性气质的麦克白夫人可以被看作是一个性别跨越者，麦克白夫人凭借对环境敏锐的直觉，过人的勇气与毒辣的手段，挑唆麦克白杀死邓肯，并且在丈夫出现纰漏后一次次挺身而出。毫无疑问，麦克白夫人身上体现出明确的男性特质，使她跨越了精神上的性别界定，成为了一个男性化的女人，引导麦克白走向篡位之路，但是这种性别跨越行为在父权社会却令人恐惧和憎恶。对于这种拥有男性特质甚至凌驾于男性之上的女性，父权社会则将其视为恶魔一样的存在，“她已经通过叛逆和阴谋背叛了上帝。……（男人）必须学会将她们过分的骄傲和专制压制到极限。”男性化的女人代表着对于传统无条件顺从的反叛，在父权思想盛行的时代，麦克白夫人被视为约翰·诺克斯口中的“魔鬼式女人”，被社会所排斥与否定，麦克白后期的疏离也正是对父权权威的维护。18世纪著名的评论家与散文家赫士列特写道：“她是一个伟大的坏女人，我们讨厌她，但是我们怕她甚于恨她。”由此可见，两性气质鲜明的麦克白夫人难以被社会认可。她的死亡，不仅仅是一个失败的雌雄同体悲剧，也是一个社会性悲剧。倘若麦克白夫人生于一个两性和谐的社会中，那么她所面临的阻碍与限制似乎会大大减少，麦克白夫人最终的悲剧结局能否转化为喜剧也有待商榷；但是在传统的父权制社会，她身上和谐的两性特质似乎难以维系，因为对跨越性别者而言，如此残酷的现实便先将其毁灭了。

三、对雌雄同体创作观念的反思

麦克白夫人作为一个书本中的静态人物，却创造出了属于她自己的历史，经过时代的洗涤，一直给读者以新的观感。纵观欧洲历史发展，自古希腊罗马时代到中世纪，欧洲社会一直由男性主导。经过女性主义学者几个世纪以来的研究与探索，至今被我们熟知的伟大女性仍然只是少数精英群体，大多数女性在社会的方方面面一直处于劣势，被遮蔽在父权的阴影之下。但是深受父权思想影响的莎士比亚却在几个世纪之前便创造出了许多形象丰富的雌雄同体式女性，他一直在写作中积极探索女性人物以及两性关系，然而通过女扮男装的鲍西娅与薇奥拉等雌雄同体女性的结局幸福圆满，以女性身份承载雌雄同体的麦克白夫人却走向殒灭。从这个角度来看，麦克白夫人身上雌雄同体特征的消亡可以看作是时代局限性下雌雄同体理想人格的一次失败尝试，以及莎士比亚雌雄同体创作理念的一个反面例证。

莎士比亚的创作理念与伊丽莎白一世的统治密不可分。执政四十五载，伊丽莎白带领英国走向新的巅峰，迎来了英国的第一个黄金时代。为了取得支持以及维系统治，伊丽莎白一世呈现出一个雌雄同体式的女性形象，“傲慢地称自己为王子，有着女人的身体和国王的内心。”除此之外，她也极力声称“不以她女性身体特征，而是以她政治体内的男性特征为依据来捍卫自己统治的权威。”伊丽莎白一世终身未婚，以免将自己置于男性配偶的影响之下，同时，也将自身被人指摘的女性性别劣势最小化。因此伊丽莎白时期的诗人、剧作家，以及学者都深受伊丽莎白统治的影响，其中最著名的便是莎士比亚，“在他的喜剧中出现雌雄同体的女主角都具备伊丽莎白女王特点，有着非凡的机敏与高尚。”剧中的雌雄同体人物体现了莎士比亚对于雌雄同体的浪漫设想，他倡导消解传统男女对立的性别模式，追求两性之间的平等与和谐相处，实现两性平衡的完美人格理想。但是麦克白夫人却没有成功维持身上的两性气质平衡，由雌雄同体走向了单一化性别主宰，这从侧面指出在伊丽莎白时代实现雌雄同体的理想是不现实的，浪漫设想失去了现实基础，只能是空想。喜剧中的人物实现雌雄同体需要男性身份的伪装，而悲剧中的麦克白夫人没有这层保护衣，只身挣扎于阻碍重重的社会。尽管文艺复兴时期，雌雄同体的伊丽莎白一世对英国影响深远，可是整个社会依然充斥着对男人化的女性、理智的女性，与打破规则的女性的恐慌与焦虑。麦克白夫人身上的悲剧色彩超越了个人身份，代表着一种性别悲剧，一种社会性悲剧和时代性悲剧。

同时，莎士比亚的雌雄同体创作理念本身也具有时代局限性，在某种程度上，这也深化了麦克白夫人的悲剧色彩。个性突出的雌雄同体人物大多以女性身份出现在莎士比亚的喜剧作品中，但是大部分女性人物仍被排斥在政治、权力、战争等领域内，如奥菲利娅和薇奥拉。在莎士比亚的历史剧中，女性人物的声音几乎完全消失。因此，当“越界”的麦克白夫人在社会所规划的范围之外施展自己的能力时，便受到严厉的惩罚。不难看出，莎士比亚笔下的雌雄同体人物只能活跃于爱情、婚姻、家庭等维度，难以跨越作者为其划分的“势力范围”。此外，莎士比亚时期的戏剧舞台上，女性人物仍旧是由男性演员来扮演，这种通过男扮女装来最终实现雌雄同体的行为似乎本身就具有“深刻的反讽意味”。不管是在当时社会，还是戏剧舞台上，男权中心思想渗透在方方面面。莎士比亚的创作理念的本质也是以维护所谓的自然秩序为出发点，麦克白夫人作为秩序破坏者，其身上和谐的两性气质在后期无法维系，“她身上的男性特征以及权利欲望化作罪恶和可怕的毁灭力量，连同女巫的‘恶作剧’一起，导致了英雄的堕落和国家秩序的混乱。”同时，她身上极端的女性特征则在后期将她拉入悔恨与痛苦的深渊，加速了自己的灭亡。因此，莎士比亚雌雄同体的创作理念在文艺复兴的时代背景下只能是一个浪漫设想。缺乏恰当的社会环境与时代背景，麦克白夫人的雌雄同体形象自然难以维持，莎士比亚的双性同体的理想人格也无法实现。

麦克白夫人最终走向殒灭的悲惨结局不仅仅反映在性别维度、社会维度，也反映在作者的创作理念上。美国学者罗伯特·金布罗谈到，“莎士比亚在《麦克白》中批判了男女两性的毁灭性对立，不断传达该剧作是他对一种更全面、更健康的生活方式的认同，以及他对人类潜在的整体性和雌雄同体的看法。”面对伊丽莎白时期盛行的男女对立趋势，《麦克白》表达了莎士比亚渴求将男性与女性从固有的性别角色中打破的尝试与决心。但是，麦克白夫人的悲剧也侧面反映出莎士比亚的创作理念也不免带有时代的局限性，在当时的社会只能成为浪漫设想。

第七章 跨学科视域下的文学研究

第一节 生态女性主义课程的特点分析及启示

一、 生态女性主义理论及其特点

生态女性主义理论不仅是一种文学批评理论，也是一种哲学，一种看待世界和他人的视角。学术界普遍认为，法国女性主义者弗朗索瓦·德奥博纳是第一个使用“生态女性主义”这个术语的人，这个术语是用以意指女性问题与生态问题的内在关联，并促使人们关注妇女发起生态革命的潜力。生态女性主义是女性主义和激进生态运动相互结合的产物，它被视为一种“生态的女性主义运动”或者“女性主义的生态运动”，我们可以将之理解为“从女性主义的视角来分析环境问题”，或者“用生态学的观点补充完善女性主义”。

生态女性主义流派众多，观点各异，但是不同流派的生态女性主义者都认为压迫女性和掠夺自然以及种族歧视、阶级压迫、异性恋主义等各种压迫形式之间是相互关联的。它涵盖的问题从妇女和环境的健康，到科学、发展和技术，从如何对待动物到和平、反核、反军国主义的行动主义。它是对严重的环境危机和受压迫的人类行动主义的回应。

生态女性主义在结构上是多元主义的。它承认并容纳差异性——人与人之间的差异以及人与非人类自然的差异。虽然生态女性主义否认自然与文化的分离，但是它认为人类是生态群体中的成员，同时又与群体中其他成员有所区别。

生态女性主义认为，随着现代技术的发展，人类在自然中的地位已经成为一个政治的核心问题。资本主义强调自我利益的文化是单一基因的文化，它通过破坏生物系统的平衡来简化地球上的生命，它赋予人类主宰自然界的权力，使非人类自然被简化，这种单一基因的文化使世界成为了一个大工厂，并促进了寡头政治。因此，女性主义者必须为建立一个多样的、复杂的生态系统而努力。生态女性主义重视关系与整体，它不是要抹煞差异性，而是尊重和承认差异性。

生态女性主义是包容主义的。生态女性主义构建了多元性和包容性的空间——各种女性的声音，各种统治的经验，各种文化视野都被纳入生态女性主义的对话之中，并充分地表达它们自身。生态女性主义强调包容性和差异性，它提供了一个框架使我们认识了什么是对待人类和非人类自然的适宜的行为。

生态女性主义积极倡导关怀、爱、友谊、正义和关系中的互惠等伦理价值观念。在这里，相互依赖的关系模式取代了以往的等级制、种族主义、性别歧视、阶级压迫和人类中心的假设，以及男人优于女人，白人优于黑人的假设。生态女性主义坚信自然界中的生命是通过合作、相互照料和爱来维持的，它认为，只有这样，人类才能尊重和保护生命形式的多样性。

生态女性主义乐于对人类做出新的构想：把人类想象为依赖环境的创造者，人类的本质既是精神的和超俗的，也是物质的和世俗的。生态女性主义拒绝抽象的个人主义。人类总是处在历史和社会语境之中，也处在人与人、人类与自然的关系之中。“关系”不是我们自身外在的事物，也不是另外给人类本性添加的特征。它在塑造人之为人的过程中发挥着重要的作用。人类与非人类自然环境的关系也构成了人之为人的一部分。

生态女性主义者指出，在西方文化中，人类与自然的关系被看作是一种二元对立模式，这种观点导致西方社会在对待自然方面存在许多问题，并由此造成了环境危机，也致使人类将自身看作是外在于自然。虽然对二元论的起源以及产生的历史时期存在不同的看法，但生态女性主义都认为自然界遭受破坏的根源在于西方社会中的二元论等级制。

生态女性主义意图消除西方二元论等级制和压迫性的逻辑结构，确立非二元的思维方式和非等级制的价值观念，以激励和弘扬女性独特的天性为基础，重新评价和捍卫被父权制文化贬低的女性和自然的价值。它承认事物自身的价值，尊重和同情自然以及所有的生命，以更广泛的生物中心论代替人类中心主义和工具主义价值观，用互惠的伦理观取代基于权力关系和等级结构的传统伦理观。

它的理论特色既是女性主义的，又是生态学的。一方面它表现出女性主义的伦理观念，尊重差异，倡导多样性，解构二元对立的思维模式；另一方面，它提倡事物之间的相互关联性，主张解放生命，反对压迫，追求整体性。

二、 美国的生态女性主义理论课程的基本内容

美国的生态女性主义课程的教学内容主要有以下几个部分：(1) 生态女性主义的文化与文学。(2) 生态女性主义的渊源。(3) 生态女性主义政治运动。(4) 生态女性主义伦理。(5) 生态女性主义的发展趋势等等。在生态女性主义理论的课堂教学中，教师力图让学生熟悉生态女性主义的主要流派和主要观点，了解生态女性主义政治运动的兴起和发展，辨析生态女性主义的渊源和理论语境，让学生掌握各种分析和解读生态女性主义文学（小说，诗歌，散文等）的方法，并将这些方法运用在具体的文本分析上，让学生理解文化的多样性和差异性特征及其价值和意义。生态女性主义课程的重点在于讲述生态女性主义批评。生态女性主义批评包括借助生态女性主义理论和实践阅读文学文本，并思考以下问题：用生态女性主义视角解读文本，能够看到哪些以前未曾注意到的文学作品中的因素？这个视角能否使文学批评家对文本的传统要素如风格、结构、修辞和叙述、形式和内容有所新发现？生态女性主义视角如何强化我们探讨文本中不同角色的联系与差别——人类与自然之间，文化与自然之间，不同种族、阶级、性别、性特征的人之间的联系与差别？它如何影响人类与自然、

人与人相互之间关系的差异与联系？如果不借助生态女性主义视角，生态批评这种文学批评的最新范式能否继续发展？生态女性主义文学批评对其做出的重要贡献是什么？等等。其中尤其需要强调的是引导学生批判性地分析和解读文本。生态女性主义理论的课程还要探讨生态女性主义批评理论以及实践运动中与当下社会息息相关的各种话题。此外，反思人类对自身的定位以及让学生了解人类对自身的定位将会影响人类对周遭事物的态度和行为，也是这门课程的重要内容。这门课程还会提供一些生态女性主义的经典文本让学生们阅读。通过阅读文本，加上每节课的讨论，学生们会认识到他们自身的文化传统对他们的生活以及思维习惯的重要影响。

美国的生态女性主义课程给学生布置的任务包括：写研究报告、开展课堂讨论以及设计一个用于研究和促进生态女性主义批评发展的项目。事实上，生态女性主义理论除了是一种批评理论，也是一种认知方式，一种解读文本的视角和一种分析社会问题的方法。对于老师而言，开设生态女性主义课程是一个新的挑战，一项新的研究课题。因为生态女性主义课程并非仅仅只是一门文学课程，它还涉及社会学、哲学、伦理学等多个学科领域。它是女性研究的一个新的分支，是一门跨学科的课程。所以仅凭一位老师，难以对生态女性主义的理论和实践运动进行全面和深入地讲评，为了力求准确地讲述生态女性主义的理论和实践运动，这门课程采用了几位教师集体授课的方式。

对于学生而言，通过学习这门课程，他们意识到她（他）们与周遭的自然和社会环境有着必然的千丝万缕的联系，进而也意识到，诸多的社会问题不是彼此孤立，而是相互关联的，这些问题的产生与我们的文化、哲学、价值观念和思维方式等深层因素有着密切的关系。他们了解了生态女性主义者是如何通过生态女性主义理论和政治运动揭示不同事物之间的相互关联性的。与之相关，他们还认识到无论是当下还是今后，她（他）们都有机会和可能让自己的理念付诸于现实。值得一提的是，生态女性主义是一个意义涵盖广泛的概念，具有多重文化视角，迄今为止，学术界对其尚没有一个统一的界定，研究者们使用的术语也各不相同，这无形中增加了教授和学习这门课程的难度。

三、 生态女性主义理论课程的教学方式

生态女性主义课程采用的是几位老师集体授课和课堂对话的教学方式。授课的老师是人文学科领域的研究者，有着各自不同的学术背景。这种授课的方式让学生们认识到不同的研究视野和角度能够得到不同的研究结论。在授课过程中，尤其是在课堂讨论的环节中，老师们的学术背景、对课程的设计和理解上的区别明显地显现出来，学生们发现不同的老师对同一个问题和事物会做出不同的分析和解释。刚开始的时候，学生们都感到有些不安和困惑，因为他们听到老师的回答竟然是："我没有想到你是这样的观点"。事实上，老师们是在利用这个机会告诉学生，在生态女性主义的课堂里，没有惟一的或是绝对正确的答案。

此外，在进行这种激进的批评理论课程的教学时，为了取得好的教学效果，老师们还要在理论观点与实践行为之间找到一种关联，因为教学的主要目的是要让学生掌握一些在现实生活中能够运用的方法和技能，帮助他们在遇到挫折和困难时做出明智的判断和选择。而众所周知，大学期间是形成特定的思维习惯、思维框架的重要时期。事实上，在学习了生态女性主义课程后，学生们开始尝试运用不同的视角分析问题。他们开始意识到自己的观点和行为对改变世界所具有的价值和意义。通过每一次讨论和评述，学生们的思维模式在逐步地发生变化。这种变化后形成的思维框架和习惯将会构筑他们今后的人生经历，改变之前他们看待自己和他人的态度。生态女性主义的理论观点和方法让世界在学生们的眼里变得更加真实。

生态女性主义课程开始时，老师首先介绍生态女性主义的渊源，并要求学生阅读生态女性主义的代表性文本，这些文本涵括了生态女性主义理论和生态女性主义政治运动的各个方面。通过阅读这些文本，学生们开始熟悉许多生态女性主义的代表人物及其主要观点，例如，美国的查伦·斯普瑞特奈克、卡伦·沃伦、卡洛琳·麦茜特、帕特里克·墨菲，澳大利亚的薇尔·普鲁姆德、阿里埃尔·萨勒，印度的范达娜·席瓦等。在生态女性主义这门课上，老师并非是课堂讨论的惟一点评人。生态女性主义批评

理论是一种多元的文化理论，有着众多的流派和理论观点，在课堂讨论时，常常出现观点无法统一的时候，因为对于同一个事物，学生们往往持有不同的观点。所以每一次上课之前，老师们都无法预知学生对生态女性主义的某个观点和理论会有什么样的评论以及会做出什么样的反应。这种不可预见性暗含着这样一种可能性——很多时候，当老师提出问题时，从学生那里得到的回答是“我不知道”。这种经历对学生而言是有益处的，因为他们藉此能了解到老师在遇到这种情形是如何应对的，更重要的是，他们由此意识到知识是不断发展和变化的，即便是老师，也会不断地更新自身的知识结构，通过研读资料获取和消化新的知识。所以，我们应该不断地学习，并且坚持不懈地进行批判性思考和阅读。

四、 生态女性主义理论课程的意义和价值

生态女性主义理论课的意义在于，它不仅影响了学生，也影响了老师们看待和处理事情的方式。在教授生态女性主义理论的过程中，老师们鼓励学生挑战自己，质疑权威，开展批判性地阅读和写作。此外，将生态女性主义理论和批评实践运用于课堂教学中，使学生与学生之间，学生与老师之间或者不同观点持有者之间能够以一种平等的地位相互对话和交流。

生态女性主义课程将影响和改变学生获取知识和看待知识的方式，促使学生养成跨学科的学习、研究方法及视野。这种跨学科的方法拓宽了学生的视野，开阔的视野对于学生们今后的工作和生活而言，具有重要的意义。当学生们走出传统的学科界限的藩篱，他们发现学习过程事实上是一种非线性的、多层面的经历，通过不断地阅读和讨论、质疑和反思，意义被我们建构起来并且不断地发生着变化。生态女性主义课程为学生们提供了一个平台，借助这个平台，学生们能够反观自己参与其他课程学习的过程和经历。通过比照，意识到貌似客观的学科建构背后具有的政治性，意识到知识是建构的，不是纯粹客观的——是为某一特定的政治目标服务的。

生态女性主义课程促使学生们关注重要的社会问题，同时，也让学生更加积极主动地介入社会和环境问题。这种改变开阔了学生的视野，也使

他们和社会的联系变得更加紧密。学生们意识到，如果想要创造一种能够持续发展的社会环境，他们不仅要为自己的行为负责，还要对别人和周遭的自然环境负责。

在参与了生态女性主义的课堂讨论之后，学生们开始运用生态女性主义的视野观察生活中的事物，他们把周遭的自然环境看作是社会生活不可分割的一部分。他们意识到自己和他人都拥有改变世界的力量，他们的行为能够影响他人和社会，他们也意识到自然、文化与社会生活之间是相互影响，彼此联系的。

更为重要的是，学生们不仅了解了生态女性主义是一种哲学、一种社会实践，而且他们还有意识地将生态女性主义思想和价值观运用于生活实践中。生态女性主义倡导的对二元论等级制的批判是认识论上的一个巨大转变，它使学生们意识到，从不同的角度和定位观察并分析事物，得到的结论也会不同。非二元论等级制的思维模式使学生获得了一种自主建构自身的认知的意识。生态女性主义者认为，认知是通过人与人之间的交往而产生的，通过一些实际的具体的认知者之间的互动而产生的。学生们从生态女性主义的这一观点出发，学会了形成自己的观点、相信自己的观点，同时也促使他们在课堂上和日常生活中更加密切地交往和沟通。

学习生态女性主义课程的学生们在谈到自己的收获时，主要有以下几点：首先，他们从生态女性主义的理论观点以及政治运动的分析和讨论中认识到自己与他人、人类与非人类自然是平等的；第二，他们喜欢这种不作评价、自由表达自己观点的上课模式；第三，他们学会了从其他人的想法和观点中学习和进步。尽管生态女性主义的课堂教学还有诸多不足之处，但是不可否认，这门课程的教学内容和教学方法对于学生当前以及未来的生活将会产生重要的影响。

综观美国生态女性主义理论和课程教学的特点，我们可以发现，生态女性主义课程不仅让学生拓展了文本解读的视野（只是仅仅关注女性问题或生态问题的学生所缺少的），更值得一提的是，它引导学生对当下人类的过于积极进取的认知方式进行批判性地反思，比之积极进取的认知和生活方式，他们更愿意去倾听非人类的他者的声音。此外，生态女性主义理论也促使老师与学生之间更加频繁和密切地展开对话，这种教学方式使老师在课堂上所扮演的角色不仅仅是一位授课者，他们同时也是学习者。老师们不仅仅是要把知识传授给学生，更多的时候，老师是在和学生进行平等地交流和对话，通过对话，老师们了解学生和他们的观点。但是这种课堂教学方式，也存在一定的缺陷和不足之处，由于生态女性主义理论本身的庞杂性，以及授课的时间和空间的限制，学生和老师难以对某些问题展开深入地探讨和研究。为了尽可能弥补课堂教学的缺陷，我们认为，不论是学生还是老师，不管是在课堂上还是平时的社会实践中，都需要密切关注各种社会的和生态的危机，坚持开展大量批判性地阅读、写作和讨论。在对话的基础上，共同构建出相互尊重、关爱、和谐、平等的新语境、新文化。

第二节　生态女性主义批评理论与大学生批判性思维培养

一、生态女性主义批评理论及其教学

生态女性主义批评是一种文学和文化批评理论，也是一种哲学，一种看待世界和他人的视角。生态女性主义批评的兴起与当代人类对自然生态和文化生态的双重反思有关，是文化和文学研究领域对自然生态危机以及人类社会和精神危机的出现做出的积极反应。生态女性主义者“从传统的女权主义者关心性别歧视发展到关注全部人类压迫（如种族主义、等级主义、歧视老人和异性恋对同性恋的歧视），最终发展到‘自然主义’（即对自然的穷竭）也是统治逻辑的结果。”生态女性主义批评是对严重的环境危机和人类社会危机的回应。

生态女性主义批评在结构上是多元主义的。它承认并容纳差异性——人与人之间的差异以及人与非人类自然的差异。虽然生态女性主义否认自然与文化分离，但是它认为人类既是生态群体中的成员，同时又与群体中其他成员有所区别。生态女性主义者认为，随着现代技术的发展，人类在

自然中的地位已经成为一个政治的核心问题。资本主义强调自我利益的文化是单一基因的文化，它通过破坏生物系统的平衡来简化地球上的生命，它赋予人类主宰自然界的权力，使非人类自然被简化，这种单一基因的文化使世界成为了一个大工厂，并促进了寡头政治。因此，女性主义者必须为建立一个多样的、复杂的生态系统而努力。生态女性主义重视关系与整体，尊重和承认差异性。

生态女性主义批评是包容性的，各种声音、各种经验、各种文化视野都被纳入生态女性主义的对话之中，并充分地表达其自身。生态女性主义提倡在尊重差异性基础上的平等，因此生态女性主义批评必然是“对话”性的。哲学家墨菲把巴赫金的对话理论与生态女性主义批评结合起来，她认为：“生态女性主义需要一种批评理论，不仅用它来把生态女性主义的基本问题联系起来，而且使其形成一种积极的、发展的、指导实践的批评，成为一种元哲学而非垄断式的政治教条或者抽象的解释工具。这种方法就是对话理论。”

生态女性主义批评具有强烈的现实针对性，它一方面为自然和女性在现实中争取权利，另一方面也更为重要的是，它重新审视西方文化传统的实践，向传统文学史和美学概念提出挑战。生态女性主义批评在文化话语中的渗透已经改变了而且正在改变人们习以为常的父权制二元论思维模式，使传统的妇女观和自然观受到了前所未有的冲击。

生态女性主义批评一方面弘扬关怀、仁爱、正义和关系中的互惠等伦理价值观念，另一方面还强调事物的相互关联性原则，认为人类总是处在历史和社会语境之中，处在人与人、人类与自然的关系之中。“关系”在塑造人之为人的过程中发挥着重要的作用。生态女性主义者指出，在西方文化中，人类与自然的关系被看作是一种二元对立模式，这种观点导致西方社会在对待自然方面存在许多问题，并由此造成了环境危机，也致使人类将自身看作是外在于自然。生态女性主义批评意图消除西方二元论等级制和压迫性的逻辑结构，确立非二元的思维方式和非等级制的价值观念。它承认事物自身的价值，尊重和同情自然以及所有的生命，以更广泛的生物中心论代替人类中心主义和工具主义价值观，用互惠的伦理观取代基于权力关系和等级结构的传统伦理观。生态女性主义批评一方面尊重差异，倡导多样性，解构二元对立的思维模式；另一方面又提倡事物之间的相互关联性，主张解放生命，反对压迫，追求整体性。

生态女性主义批评课堂教学的内容主要包括借助生态女性主义批评理论阅读文本，并思考以下问题：用生态女性主义视角解读文本，能够看到哪些以前未曾注意到的文学作品中的因素？这个视角能否使文学批评家对文本的传统要素如风格、结构、修辞和叙述、形式和内容有所新发现？生态女性主义视角如何强化我们探讨文本中不同角色的联系与差别——人类与自然之间，文化与自然之间，不同种族、阶级、性别、性特征的人之间的联系与差别？它如何影响人类与自然、人与人相互之间关系的差异与联系？如果不借助生态女性主义视角，生态批评这种文学批评的最新范式能否继续发展？生态女性主义文学批评对其做出的重要贡献是什么？等等。此外，生态女性主义批评教学的内容还包括生态女性主义批评的渊源、生态女性主义批评的发展趋势等等。

在生态女性主义批评的课堂教学中，教师们让学生熟悉生态女性主义的主要流派，了解生态女性主义的政治运动，辨析生态女性主义的渊源，其中尤为强调的是引导学生批判性地分析和解读文本，并让学生理解文化的多样性和差异性特征以及它们的价值和意义。生态女性主义批评的教学还要探讨与当下社会和人类生活息息相关的各种话题。此外，反思人类对自身的定位以及让学生了解人类对自身的定位将会影响人类对周遭事物的态度和行为，也是这门课程的重要内容。

生态女性主义批评课堂教学大多采用多位老师集体授课和以讨论为主的教学模式。教学过程中，尤其是在讨论的环节，老师们不同的学术背景、对课程的不同设计以及在理解上的差异性都鲜明地显露出来，学生们认识到不同的老师对相同的问题和现象会做出不同的分析和解释。事实上，老师们是借此让学生明白，在生态女性主义的课堂里，不存在唯一的或是绝对正确的答案。让学生知道问题本身并没有唯一正确的答案，有助于学生对某一问题做深入的探讨和研究，从某种意义上来讲，提问和讨论的目的不在于找出正确的答案，其真正的意义在于让学生经历批判性思维过程。

此外，在进行生态女性主义批评的教学时，为了增强教学效果，老师们力图在理论观点与实践行为之间找到一种关联，因为这一课程的主要目的是让学生掌握一些在现实生活中能够运用的方法和技能，帮助他们在遇到挫折和困难时能够凭借自己的思考和辨析做出明智的判断和选择。

二、 批判性思维及其重要性

“批判性思维”的术语源于西方，从词源上讲，“批判性（的）”（critical）一词源于希腊文 kriticos（辨明或判断的能力）和 kriterion（标准）。《韦伯斯特新世界词典》中，critical 意指通过仔细分析和判断之后做出决定的特性。由此，我们可以将批判性思维简单定义为“利用恰当的标准，经过仔细分析和有依据的判断之后做出决定”。但事实上，学界对批判性思维涵义的界定经历了从最初不尽相同到逐渐形成共识的过程。

“批判性思维”作为一个教育理念，其源头可以追溯到美国哲学家约翰·杜威（John Dewey）提出的反思性思维。杜威指出：“对任何信仰或假设性的知识，按照其所依据的基础和进一步导出的结论，去主动地、持续地和周密地思考，就形成了反思性思维。”换言之，对得出结论的观念在脑中反复考虑，进行反思，对得出结论的依据做出衡量，在具有做出判断的充足理由后，才接受信仰或做出结论的思维过程，就是反思性思维。1962 年，学者罗伯特·恩尼斯（Robert Ennis）在《哈佛教育评论》发表了一篇具有里程碑意义的论文《批判性思维的概念》，此后，批判性思维这一术语在教育界流行起来。恩尼斯对批判性思维的经典定义是“批判性思维是合理的、反思性的思考，着重于决定相信什么或做什么”，亦即为了决定什么可做，什么可信所进行的合理、深入的思考。高级的批判性思维不只需要技能，还应该包括态度、倾向、热情和心理特征在内的情感维度，突出了自我的批判。

1990 年，彼得·范西昂（Peter Facione）教授向美国哲学协会预科哲学委员会提交了一份专家对批判性思维的共识声明，其中的专家包括 46 位批判性思维的教育研究者、心理学家以及哲学家。他们一致认同批判性思维的特点是：有目的的、自律性的判断，通过这种判断会得到针对它所依据的那些证据性、观念性、方法性，标准性或者情境性思考的阐释、分析、评估、推导以及解释……声明中谈及的批判性思维能力包括解析阐述语句、推导结论以及一些我们熟悉的技能，譬如判断前提和推理的可接受性、提出替代解决或假设等。

20世纪80年代，批判性思维研究开始进入我国，并日益引起国内学者的关注。一些学者探讨了批判性思维的内涵、意义以及批判性思维与教育的密切关系。刘儒德把批判性思维定义为“是对所看到的东西的性质、价值、精确性和真实性等方面做出个人的判断”。罗清旭指出，批判性思维是一种个性品质。它包括批判性思维的个性倾向性和个性心理特征两个重要方面。批判性思维的个性倾向性反映个体的批判性精神，批判性思维的个性心理特征反映个体的批判性能力。何云峰提出：“批判性思维主要是质疑、弄清、独立地分析。它的特点主要是要主动地思考：要有独立的分析过程；要积极地批判而不是消极地批判；它是反思性的思维活动；它是全面的审查过程；要有根有据地批判”。文秋芳等人建议将“批判性思维”译为思辨能力，并主张将思辨能力细分为元思辨能力和思辨能力。

尽管国内外学者给批判性思维的界定存在一定的差异，但是我们仍然可以归纳出一些共同点，亦即批判性思维既是一种思维能力和思维方法，又是一种反思性的、审慎的思维态度和品质，批判性思维不仅包括对他人的信念、假设及推理进行诘问和辩驳，也包括对自我的立场、信念和价值观提出质疑和评判。

目前，批判性思维已成为全球教育特别是高等教育研究的一个热点话题。教育者们纷纷指出，批判性思维是创新精神的核心，是从事科学研究的基础。学生批判性思维的培养，应放在高校教育改革的重要位置。我国的高等教育改革也把培养学生的批判性思维作为高校教育的关键目标之一。培养学生批判性思维的重要性主要体现在以下三个方面：首先，它有利于培养学生的创新能力。美国心理学家罗伯特·斯滕伯格指出：“我们不仅认为，同时促进一个人的创造性和批判性思维是可能的，而且还认为如果不这样做还是一种不明智的表现。好的思维就需要同时具有创造性和批判性两种特性，并要求达到平衡。”事实上，想要创新首先需要提出和发现问题，然后仔细分析、认真思考，还需要克服思维定势，创造性地解决问题。如果没有质疑的精神，没有反思的能力，是不可能发现和提出问题的；而要思考和分析问题、提出新的假设，则必须要突破思维定势，而批判性思维正是突破思维定势的关键；当人进行批判性思维的时候，才能对结论和现象进行反思。上述这些过程都离不开批判性思维的应用。

其次，它有助于培养学生的自主学习习惯。长期以来，我国的高等教育未重视学生批判性思维的培养，许多大学生习惯于被动地接受教材和教师给出的结论，缺少挑战和质疑权威的态度，不主动探求知识的起源，没有深入学习和研究的内在动力，这限制了自主学习习惯的形成。要改变这一现状，促进学生养成自主学习的习惯，需要加强对学生批判性思维能力的培养。因为具有了批判性的思维能力，学生们能在学习过程中自主地对他人的意见、观点和结论进行反思，提出并分析问题，得出个人的结论，做到不唯书，不唯师。

最后，它有益于发挥学生的主体性。批判性思维是一种反省性的思维方式，强调反思意识，这与建构主义的学习和教学理论相适应。建构主义是倡导以学生为中心，强调学生对知识的主动探索、主动发现以及对所学知识意义的主动建构，这与批判性思维强调要主动地深入地思考、分析和判断有着异曲同工之妙。因此，重视培养学生的批判性思维是鼓励和倡导学生发挥自身的主体性，也是对建构主义教学理论的响应。

总之，批判性思维有利于学生树立自信心、培养学习的自觉性和形成良好的分析判断能力，这对于学生人格的培养具有重要的作用。有学者甚至指出，学生批判性思维的发展“将决定生活质量……甚至整个世界的未来”。因此，注重批判性思维的培养，是我国教育改革和社会民主发展的迫切需要，也是高等教育的目的所在。

就国内高校而言，目前在教育中培养学生批判性思维的有效路径是把批判性思维的培养与学科教学结合起来，通过常规的课堂教学发展学生的批判性思维，亦即将批判性思维的培养与某种知识内容联系在一起，将思维技能的培养与特定领域的教学相结合。

三、生态女性主义批评理论对大学生批判性思维培养的作用

在生态女性主义批评的课堂教学中，老师们鼓励学生挑战自己的观点，质疑权威，提倡并引导学生开展批判性地阅读和写作，通过这种对抗性的、积极的阅读和写作方式，老师教给学生们的不仅是知识，更重要的是让学生们学会了思考，让他们学习如何客观、理性地鉴别和反思个人和社会经验。此外，生态女性主义批评的多元性、包容性和尊重差异性的特点，有利于让不同观点的持有者以一种平等的地位和心态相互对话和交流。

更为重要的是，在生态女性主义批评课上，学生们不仅懂得了生态女性主义批评是一种哲学、一种社会实践，而且他们还有意识地将生态女性主义批评思想和价值观运用于生活实践中。生态女性主义批评使学生们意识到，从不同的角度和定位观察并分析事物，得到的结论也会不同。生态女性主义提倡非二元论等级制的思维模式使学生获得了一种自主建构自身的认知的意识。生态女性主义者认为，认知是通过人与人之间的交往而产生的，通过一些实际的具体的认知者之间的互动而产生的。学生们从生态女性主义的这一观点出发，学会了形成自己的观点、相信自己的观点，同时也促使他们在课堂上以及日常生活中更加频繁和密切地沟通交流。

在参与生态女性主义批评的课堂讨论后，学生们开始自觉运用生态女性主义的视野思索和反思生活中的现象，他们把周遭的自然视为社会生活不可分割的一部分。他们意识到自己和他人都拥有改变世界的力量，他们自身的行为能够影响他人和社会，他们也意识到自然、文化与社会生活之间是相互影响，彼此联系的。

生态女性主义批评教学引导学生们关注重要的社会问题，同时，也让学生更加积极主动地介入社会和环境问题。这种改变既开阔了学生的视野，也使他们和社会的联系变得更加紧密。学生们意识到，如果想要创造一种能够持续发展的社会环境，他们不仅要为自己的行为负责，还要对别人和周遭的自然环境负责。

生态女性主义批评的教学影响和改变了学生获取知识和看待知识的方式，促使学生养成了跨学科的学习、研究方法。跨学科的学习和研究方法拓宽了学生的视野，开阔的视野对于学生们今后的工作和生活而言，具有重要的意义。当学生们走出传统学科界限的藩篱，他们发现学习过程事实上是一种非线性的、多层面的经历，通过不断地阅读和讨论、质疑和反思，其意义被我们建构起来并且不断地发生着变化。生态女性主义批评课程为学生们提供了一个平台，借助这个平台，学生们能够反观自己参与其他课程学习的过程和经历，通过比照，意识到貌似客观的学科建构背后隐藏的意识形态，意识到知识是建构的，不是纯粹客观的——是为某一特定的意识形态服务的。

更值得一提的是，生态女性主义批评教学影响和改变了学生看待和处理事情的方式。在生态女性主义批评课上，学生们尝试运用不同的视角思考分析问题。他们意识到了自身的观点和行为对改变世界所具有的价值和意义。每经历一次讨论，学生们的思维模式就在逐步发生变化。这种改变后的思维方式和思维习惯促使他们反思并改变之前看待自己和他人的态度，重新构筑起他们以后的人生历程。

学习生态女性主义批评的学生们提及该课程对他们的影响，主要谈到了以下几点：首先，学生从生态女性主义批评的观点以及政治运动的分析和讨论中认识到自己与他人、人类与非人类自然是平等的。第二，以讨论为主的课堂教学模式使学生更乐于充分地表达自己的观点，极大地激发了他们学习的主动性。第三，他们懂得了要尊重和包容其他人的观点和意见，并从其他人的想法和观点中学习和进步。尽管生态女性主义批评教学尚有不完善之处，但是不可否认，这门课程对于学生批判性思维和创新能力的培养产生了并将继续产生重要的影响。

通过以上分析，我们可以发现，生态女性主义批评的教学不仅让学生拓展了文本解读的视野，尤为重要的是，它引导学生对当下人类过于积极进取的认知方式进行批判性的反思。此外，生态女性主义批评教学也促使老师与学生之间频繁和密切地展开对话和交流，在对话和讨论过程中，学生们的批判性思维能力得以加强，因为他们愿意对他人的意见、看法和观点作出评价，得出客观、合理的结论。此外，课堂讨论往往是以问题为开始的，而要提出适当的问题，学生们也必须对已有的结论和事物进行批判性的分析。总而言之，生态女性主义批评教学有助于树立学生的批判意识，养成批判性的习惯，培养学生的批判能力。

第三节　文学的跨语际变异

一

当下比较文学研究进入了跨文明研究阶段，跨越性成为比较文学学者尤其是中国比较文学学者极为关注的学科特质之一。文学变异学研究是文学跨越性研究和文学审美研究的结合。文学变异学是指在比较文学研究中，不仅要研究文学的同质性，也要关注文学在语言、形象、文本和文化等层面上的变异，并进而探究文学变异现象内在的规律性。文学变异学下的语言变异研究主要指文学现象穿越语言的界限，通过翻译而在目的语环境中得到接受的过程，也就是比较文学中的翻译研究。它关心的是文学交流中变异现象是如何通过翻译折射出来的，这种变异又反映了什么问题。

事实上，比较文学自诞生起就与翻译研究有着紧密的联系，因为比较文学的主要研究对象是不同民族、不同国家之间的文学交流、文学关系。而不同民族、不同国家之间的文学要相互接受并产生影响，就需要消除彼此之间的语言障碍，所以翻译毫无疑问起着不可替代的作用。1931 年法国比较文学家梵·第根（Paul Van Teighem）在《比较文学论》的第七章“媒介”中正式谈论了译本和翻译者问题，开启了在比较文学领域里讨论翻译问题的大门。但是，他关注的是译本相对于原文是否“完整”，是否“准确”。译本与“原文之思想和作风的面目，是逼真到什么程度”。他倡导对译本进行实证性研究，并指出要注意译者“序文”的重要价值，要关注译者的传记、文学生活、社会地位等背景资料，以便更好地把握译者的媒介作用。翻译研究被视为比较文学领域内的一个分支，即媒介学或媒介研究。媒介学作为传统影响研究的范畴，“是主要研究不同国家文学之间产生影响联系的方法、途径及其规律的影响研究。”“媒介学方面的研究，同流传学、渊源学的研究一样，都是需要艰巨细致的考证与辨析、深入全面的探究和分析，方能求得有‘事实联系’并令人信服的结论与认识。”但实际上翻译和一般的媒介之间存在着较大的区别。翻译作为不同语言和不同文化之间的交流活动，在交流的过程中，由于语言、时间、空间、文化等的差异，其传递的信息会不可避免地发生改变。所以，译文相对于原文，不仅在语言形式上，而且在语言内容上也会表现出变异，而文学翻译的创造性特点正反映在这种变异上。古罗马人说：“翻译是叛逆”，正是对这种变异不可避免性的深刻认识。所以，关注文学翻译中的变异现象，发掘其背后隐藏的深层原因，对比较文学学者而言是极具研究价值的工作。然而传统的翻译研究囿于语言本体论的藩篱之中，将视角专注于语言与文本，视翻译过程中的变异现象为错误和毛病，尽量加以排除。传统的比较文学学科理论也未对文学变异现象的研究价值予以充分关注和做出合理解释。

全球化时代为比较文学研究创造了一种新的语境，在新的语境下，把翻译研究仍归于媒介学——传统影响研究的范畴，运用实证性、科学性的方法考辨文学传播的事实，描绘文学影响实际发生的路线图。这种研究既无法揭示推动文学传播和发展的动力机制，也不利于文学翻译研究的发展、深化和扩充。因此，翻译研究必须突破传统的媒介学范式，建构新的比较文学学科理论体系。基于对比较文学中出现的理论困境的思考，比较文学学者曹顺庆教授提出了比较文学变异学这一新的研究范式。该范式从跨文化的视角，将变异和文学性作为其学科支点，通过研究不同国家之间文学现象交流的变异状态，以及研究没有事实关系的文学现象之间在同一个范畴上存在的文学表达上的变异，探究并揭示出文学事实是如何在流动过程中发生变异以及产生这种变异现象的内在规律性。在当前全球化的语境下，翻译研究亟待超越传统的研究范式，从更广阔的背景上去探讨和分析，而文学变异学下的翻译研究正体现了这一研究特征和走向。它从传统的实证性研究走向了比较文学视野下的文化/文学研究，是对法国学派的实证性研究的重大发展。它在译本变异事实的基础上进行文化差异的深入分析。它着力关注的不是原文本与译本之间的“同”，而是“异”。不是突显它们之间的“同源性”，而是强调“差异性”，由此为跨文明交往中很多难以解释的现象提供了学理依据。

二

综观古今中外文学翻译和翻译文学的历史，跨语际变异现象并不罕见，诸如日本的加藤弘之的翻译，中国的严复的翻译，西方《圣经》的不同变译本等，这些跨语际的变异均对人类文明的进程起到了有力的推进作用。如果我们仍局限于对翻译进行传统的纯粹语言层面上的研究，势必无法对这种现象做出合理的、辩证的解释。在西方二十世纪后期，后现代主义文化思潮兴起并很快波及全世界。后现代文化语境下产生了众多的文学理论，诸如哲学阐释学、解构主义、女性主义和后殖民理论等，哲学阐释学和解构主义颠覆了传统翻译研究的"作者中心论"和"原文文本中心论"，为翻译的变异研究提供了学理依据。女性主义和后殖民理论则突显了翻译变异现象背后的深刻的文化内涵，它们把文学本身的研究与社会、历史、政治、伦理等外部因素重新结合起来，给文学翻译研究注入了新的生机。在后现代文学理论的影响下，翻译研究从过去那种字比句次的简单对照中解放了出来，而把探索之路转向了文字背后更为核心的问题。文学批评家、翻译研究者采取不同的文化批评模式从各种角度探讨翻译问题，对文学语言之外的更多的因素进行讨论，譬如意识形态、赞助行为、经济条件、政治制度、社会习俗、翻译目的等都被纳入到翻译的互动因素之中。

英国比较文学学者、著名翻译理论家苏珊·巴斯奈特（Susan Bassnett）将翻译研究视为是比较文学的一个分支，在她与美国翻译理论家勒弗维尔共同主编的《翻译研究》丛书的序言中，她强调："翻译自然是重写原作。所有的重写，无论其出发点如何，都会反映出某种意识形态和诗学理论，以致操纵文学，使它在特定的社会里以特定的方式发挥功效。重写就是操纵……从积极的方面看，有助于一种文学和一个社会的进化。"这意味着，翻译是一个不可避免的变异过程。这一变异的过程贯穿了翻译的生产、流通以及接受的每一个环节。我国学者王克非指出："从翻译文化史角度看，译本的忠实程度与该译本在文化沟通上的作用之大小并无绝对的正比例关系"，"有时，从不准确的译本，或再造性质的译述中，可以发现一些具有文化意义的东西”。他认为，在中外翻译史上，不忠实或不够忠实于原文的译作屡见不鲜，对于历史上的翻译事实，我们不应仅仅关注其翻译质量的高低，更要看到它在文化交流上发生的作用和影响。考察西方翻译史上古罗马人对古希腊文化的翻译时，学者们发现，古罗马人在翻译希腊文化时，对其进行了大量添加、删减、甚至于改写。在罗马人看来，希腊文化是他们的俘虏，罗马人有权力随心所欲地对待、处置和占用它。西塞罗（Cicero）是西方文学史上举足轻重的人物，也是罗马帝国时期重要的翻译家。西塞罗在他的《论最优秀的雄辩家》中提到，他曾经翻译过雅典的最为著名的演说家的辩论，他说：“我不是作为一个翻译者，而是作为一个演说家来翻译它们的，我保存了同样的思想和形式，或者如人们所言，保存了原文思想的‘轮廓’，而在语言上使用的是符合我们自己用法的表达方式。在这一过程中，我觉得字当句对是没有必要的，我保留了大致的风格和语言的力量。因为我认为我没有必要像数硬币那样一个一个点给读者看，而是应该按重量一并交付给他们。我的劳动成果将是这样的：我们罗马人将因此知道从那些自诩为希腊学者的人们那里求得什么思想，而这些思想又应该受到何种语言规范的制约。”由此可见，西塞罗在翻译作品中加入了自己的思想，他将自己的灵魂注入原作的肌体，使古老的作品焕发出新的生机。尽管西塞罗的翻译不符合传统译论的忠实的标准，但是通过这种变异，希腊人的哲学思想被罗马人接受并传播开来，给罗马乃至整个欧洲引入了不少哲学词汇，为西方哲学的发展做出了重要贡献。

类似的文学变异现象在古罗马的翻译史上屡见不鲜。罗马最早的翻译家里维乌斯·安德罗尼柯（Livius Andronicus）是以教授拉丁语和希腊语为生，在教育活动中，由于找不到可用来教授拉丁语的书籍，他不得不自己把荷马的史诗《奥德赛》翻译成拉丁文，这是第一部被译成拉丁语的文学作品。安德罗尼柯在用拉丁文翻译《奥德赛》时，对希腊神学的名字不采用音译，而是用类似的罗马神的名字取代原名，例如，将希腊的宙斯译成罗马人所信奉的主神朱庇特，将希腊的克洛诺斯译成罗马人所信奉的农神萨图恩，将希腊的赫尔墨斯译成罗马人的信使墨丘利，将希腊的缪斯译成卡墨娜。安德罗尼柯的翻译明显是一种有意而为之的跨语际变异，但就是这种变异在当时促进了罗马文化同希腊文化的融合，在某种意义上起到丰富罗马神的性格乃至丰富罗马文化的积极作用。用传统翻译标准来衡量安德罗尼柯的翻译，《奥德赛》的拉丁文翻译是粗糙的、不忠实于原文的。但其实他的译作的贡献不在翻译本身，而在于他第一个把古代希腊诗介绍给罗马社会，使罗马社会了解并接受古希腊文化，从而促进了罗马文化的发展。

在《翻译的再现》一文中，英国学者西奥·赫曼斯（Theo Hermans）从文化的角度对等值或透明的翻译标准提出了质疑。他认为，翻译涉及的绝非单纯的源文本，译者从来就不会“仅仅翻译”，译作不可能做到透明，其中必然添加了额外的东西。在翻译史上的各个阶段，读者都可以看到众多的修订本、无数的复译本和超时代的现存译本，通过这些文本，翻译史向我们提供了文化自我评定作品的第一手证据。在西方文学史上，最能体现跨语际变异现象的例子是《圣经》的多个变译本。公元前3世纪由古希腊犹太人翻译的《七十子本旧约》（the Septuagint），大约在六个世纪后仍拥有巨大的权威。它是所有神学和解经学玄想的基石，它取代了希伯来文本而成为后期罗马帝国基督徒广泛使用的拉丁文译本的源头。公元4世纪时，罗马宗教界的学者杰罗姆（St. Jerome）不满意《七十子本旧约》的直译死译的译法，他对照希伯来原本用拉丁文重新翻译了《旧约》和《新约》，称之为《通俗拉丁文本圣经》（Editio vulgata）。他在《新约》的拉丁文译本序言中说：“当人们拿起这个译本时，发现里面的东西和过去的不一样，无论他有无学问，有谁不立即大骂，骂我是渎圣之徒，竟敢对古籍进行增补、删改和修正呢?”事情的发展果然如杰罗姆预料的那样，译本问世后，他一生都受到来自各方面的无情抨击。例如，罗马帝国末期的基督教神学家奥古斯丁（St. Augustine）在403年致杰罗姆的一封信中就指责他的译本将会引发许多问题。尽管如此，杰罗姆的拉丁文译本还是被教会普遍采用，但是在各个刚刚建立的“蛮族”国家，一般人不懂拉丁语，为了使平民百姓看懂《圣经》，就必须用各个国家自己的语言来翻译《圣经》。因此，从四世纪末开始，《圣经》的民族语翻译开始出现。十六世纪，德国宗教改革运动的领袖和翻译家马丁·路德用德语翻译了《圣经》，它是对民族语言发展造成巨大影响的第一部翻译作品，在西方翻译史上具有极其重要的意义。为了使那些不懂希伯来语和希腊语、也不懂拉丁语、文化水平低的读者能用德语看懂《圣经》，路德采用了特殊的方法翻译圣经。例如他在翻译《罗马人书》第3章第28节时，在译文中采用了德语“allein”一词，这句话“allein durch den Glauben”意味“只能凭借信仰”，结果引起了路德的敌人的反对。他们攻击路德给《圣经》增加了内容。但路德说，尽管《圣经》原文没有这个词，但在译文中增加进来完全合乎原文的神学含义，因此很有必要如此翻译。从上述分析我们可以看出，由于时代的需要，语言特征的差异，读者对象的不同等因素，翻译的作品不可能同原作所反映的文化背景和作品的涵意完全相等，或多或少会有差异。因此，古往今来，在翻译活动中，译者对原文进行添加、删减、重组、甚至于改写的现象一直存在，任何一部翻译作品的产生和接受都不是在真空里完成的，任何一种翻译行为也都不可能脱离相关的社会语境而实现。译者并非是绝对中立的，他所处时代的政治、历史、经济、文化等因素对其翻译立场、策略、动机和能力都具有重大的影响。

三

英国翻译理论家G. 斯坦纳（George Steiner）在他的翻译论著《通天塔之后》中提出：翻译即是解释。也就是说，翻译实质上是一个理解和阐释的过程。现代阐释学将时间和历史引入文本阐释之中，关注个人所处的特定的时代氛围和历史文化传统。其代表人物伽达默尔（Gadamer）认为，“说到底，一切理解都是自我理解”。而理解总是摆脱不了“主观的偏见”。“偏见并非是不正确的或错误的，并非不可避免地歪曲真理。事实上，我们存在的历史包含着词义上所说的偏见。偏见就是我们对世界开放的倾向性，它是我们经验任何事物的条件——我们遇到的东西通过它们向我们诉说些什么?”伽氏指出，偏见本身可以看作是人们创造力的表现，它展示出理解者的主观能动性和创造性。对文本的阐释不可能出现读者的理解与文本原意完全吻合的情况。他还认为，理解从根本上说是理解者与理解对象之间的对话过程。文本的意义是读者与文本对话的过程中达到“视野融合”之后生成的。所以，文本的意义是一种动态生成物，不是静止的、绝对客观的，而是多元的、无限的、不断更新的。这些观点极大地启发了翻译研究。传统翻译研究中人们百思不得其解的“译文与原文何以不能对等”等问题在这里就从阐释学的角度轻松化解了。现代阐释学对“偏见”的积极态度，促使翻译研究承认并关注翻译过程中的变异现象，进而发掘变异现象背后的深层原因。

解构主义以消解性为主要特征，批判和颠覆了结构主义关于结构和意义等重要概念，从根本上动摇了“忠实”原则的基础。罗兰·巴特（Roland Barthes）认为文本就象一个洋葱头，由许多层构成，里面没有核心……唯有一层层剥下去。这意味着文本没有唯一的、一成不变的意义，因此读者可以对文本作出多种解释，译者可以制造出多种译文。文本的意义不是由文本自身决定的，而是由译文决定的。在解构主义思想的影响下，韦努蒂在《重新思考翻译》的前言里指出：“译文是永远不可能‘忠实’于原文的，多少总是有点‘自由’发挥。它的本体从来不确定，总是存在对原文的增减。它也从来不可能是透明的表述，而只能是一种诠释的转化，把外语文本里的多义与歧义显露出来，又带入同样多面、同样分歧的意义。”解构主义者高呼“作者死了”，随着作者的死去，读者被解构主义赋予了前所未有的阐释权。而作为原文文本的第一读者的译者，也因此得以摆脱“仆人”的地位，获得构建原作意义的自由，译者变成了与作者一样的创作主体，与作者平起平坐，建立了译者自己的权威性。解构主义的实质是“存异”，而不是“求同”。解构主义视域内的翻译研究为我们探究文学变异的原因打开了一扇窗口。

在西方名目众多、层出不穷的文学理论中，法国思想家米歇尔·福柯（Michel Foucault）的“权力话语”理论给翻译研究带来了极大的启示。“由于它的著作的跨学科性质，每一种学术性学科……都能从他那里得到某种启发。”在福柯眼里，权力是一种控制力和支配力。这其中有有形的权力，如政治机构、法律条文；也有无形的权力，如意识形态、道德伦理、文化传统与习俗、思想、宗教的影响，这些都可以视为权力，它们是一种对人们思想行为的控制力、支配力。它们形成一个动态的权力关系的网络，任何人都不能独立于这个网络而存在。福柯的“话语”内涵早已不是单纯意义上的语言学概念。“话语既可以是权力的工具，也可以是权力的结果。”也就是说，话语是权力的表现形式，所有权力都是通过“话语”

来实现的。话语不仅是施展权力的工具，同时也是掌握权力的关键，权力与话语不可分割。福柯相信，一个社会中的各个层面都有特定的“权力话语”，它如同一个缜密的网，控制、驾驭着人们的思维和活动。翻译作为人文活动的一个方面，自然也摆脱不了权力话语的制约，也被权力话语所建构。对于译者而言，他本人的知识连同他的话语（译作）也必然受到“当下”的权力话语的操控和制约，这种操控是无意识的，它渗透在译者的理解、阐释乃至译文的形成过程中，因而翻译活动势必留有“权力话语”的烙印。

后现代女性主义学者运用福柯的话语理论，将它与女性主义的政治目标进行了结合。作为女性主义的衍生物，女性主义翻译理论也具有鲜明的政治性。女性主义翻译理论将性别和翻译联系起来，提倡让语言替女人说话以突出女性主体身份和女性意识。在翻译实践中，女性主义者公开地干预文本，使语言发生变异，使文本陌生化。她们大胆尝试使用新的词语、新的拼写、新的语法结构、新的意向和比喻、以及一些“文字游戏”，旨在超越父权语言的陈规，突出女性的身份特点和人们对女性的习惯认识。女性主义者通过翻译“矫正”或“干预”语言，以“使女性在语言中显现，从而让世人看见和听见女人”。例如阿伍德对丽兹·高文（Lise Gauvin）的《她人的信》（*Letters d' une autre*）所做的女性主义化的翻译。作者在她的文本里使用的是全称阳性词，译者给予了“纠正”，在译文借用法语形式的地方予以避免，在原作热衷于使用“Quebecois”的所有地方，译作一律替之以“Quebecois-e-s”。阿伍德在她的前言里解释说：“我的翻译实践是一种让语言为女性说话的政治活动，如果一部翻译作品有我的书名，就说明我已采用了一切翻译手段让语言女性化。”这种翻译无疑具有鲜明的政治目的。

作为文化理论的一支，后殖民理论直接来源于福柯的理论。后殖民理论以其意识形态性和文化政治批评性突破了纯文本形式研究的局限性，为翻译研究提供了更为广阔的文化视域。它揭示出译文变异现象背后两种文化之间的权力斗争和权力运作，指出翻译活动是研究和揭露文化霸权的最为有效的途径，也是颠覆霸权、建立文化间平等对话关系最为积极的手段。美国马萨诸塞大学比较文学系的玛丽亚·铁木志科教授是从事后殖民翻译研究的学者，她通过对早期英译爱尔兰文学作品的研究，发现了翻译在爱尔兰民族文化的复兴和爱尔兰的政治独立过程中所扮演的重要角色。她在研究中发现，爱尔兰文学中的一个传说人物 Cu Chulainn 本来算不上什么英雄：他浑身长满了虱子，在战场上莽撞、盲勇，有时甚至为了女人而开小差。但是经过爱尔兰译者的翻译，他被描述成一位民族英雄，其目的不为别的，就是为了鼓舞爱尔兰人民的斗志。铁木志科利用这个例子有力地证明：翻译与意识形态、政治斗争等因素密切相连，它被当作殖民地人民反殖民斗争中的重要武器。

从后殖民视角来看，在强势文化对弱势文化的文本进行翻译的活动中，翻译的过程成为了一场权力之争，强势文化以征服者的姿态施展他们的权力，随心所欲地对待、处置弱势文化中的文本。例如，在古罗马人看来，翻译并不仅仅是简单的技术层面的问题，它所牵扯到的是控制与征服。罗马人陶醉于希腊文化，但他们并没有拜倒在希腊文化的脚下，他们是以征服者的身份来面对希腊文化的。因此，罗马人在翻译的过程中，把历史上在他们看来无关紧要的东西毫不犹豫地用当代罗马相应的东西取而代之，或悉数略去，他们甚至把先于基督教的一些文学作品通过翻译改头换面。德国著名的文学批评家赫尔德（Johann Gottfried von Herder）也曾指出法国人在翻译中表现出来的类似于罗马人对待沦落后的希腊文化的态度："荷马一定要作为一个俘虏、身穿法国风格的服装进入法国，否则他会让法国人看了不顺眼；一定得剃掉他那令人尊敬的胡须，脱掉他那简朴的装束；他一定得学会法国人的举手投足的方式，而每当他那农民的自尊显露出来时，他们就把他当作一个野人来嘲笑。"

强势文化在把弱势文化的文本翻译到西方的时候，归化的翻译方法是占主导地位的翻译策略。但是，如果对弱势文化中的翻译文学进行考察的话，我们会发现有一些文化上处于弱势的国家，如爱尔兰，也会采用极端归化的手法，来保护自己的文化，特别是自己的语言。因为英国长期的殖民统治，爱尔兰文化几乎一度被英国文化所同化，爱尔兰语也曾到了灭绝的边缘，很少有人使用，有逐渐被人们遗忘的危险。学者们在翻译中故意使用地道的爱尔兰语，使人们在阅读文学作品的时候熟悉自己的民族语言，久而久之，就起到了挽救民族语的作用。由此可见，翻译中的变异不仅可以颠覆西方文化的霸权地位，而且也可以壮大处于弱势地位的第三世界文化。因此我们可以说，翻译远远不是一种简单的语言转换过程，其中存在着许许多多的中介，我们应更多地关注在新的语境下原文究竟怎样被引用、挪用、引用和占有，从而产生了新的事物。在后殖民理论观照下，翻译被认为是带有鲜明的政治色彩的活动。通过翻译，引入了新兴的思想，既能冲击乃至颠覆译语文化语境中现行的权力架构及意识形态，又能协助在接受文化中建立新的社会秩序，对政治、文化等方面的上层建筑造成重大影响。

四

迄今为止，我们运用变异学理论对翻译中的变异现象进行的研究还很不够。其实，如果我们把变异现象与因为译者能力不足或粗制滥造而导致的错译区分开来，把变异现象作为一个既成事实，作为一种文化现象看待，就不难发现，研究变异现象确有其独特的、甚至令人意想不到的意义。

综观西方翻译史，文学翻译中的变异对跨文化交流做出巨大贡献的例子俯拾即是。例如，16 世纪下半叶，英国著名的翻译家托马斯·诺思（Thoms North）翻译了《希腊、罗马名人比较列传》（《名人传》），这是整个伊丽莎白时期最著名的英文译作。这部杰出的译作不是译自希腊语原作，而是译自阿米欧的法语译本，但诺思的风格与法译本中阿米欧的风格大相径庭，他不仅在词汇方面对法译本做了改动，而且对其精神实质也有所修改。像阿米欧的法译本一样，诺思的英译本也是在普鲁塔克原作题材的基础上创作的另一优秀作品。诺思笔下的《名人传》成了诺思自己的《名人传》。诺思的译作的语言朴素而流畅，优雅而地道，如果不阅读书中的情节，读者很可能会把他的英文译作当作英文的原著。诺思的译作得到了莎士比亚的赞扬。莎士比亚在创作希腊、罗马悲剧时，都取材于这一译本，并几乎原封不动地借用了译本中的语言。这可说是翻译中的变异对文学创作的一大贡献。

18 世纪，法国的拉普拉斯（Laplace）翻译出版了一部名为《英国戏剧》的译作，该书是莎士比亚的部分戏剧，这是第一本莎士比亚戏剧的法译本。在这部译作中，拉普拉斯对引人入胜的段落字随句摹，全文译出，对不甚吸引人的地方则只加以综述；译文多数时候使用散文体，有时插用诗句。虽然这种翻译在严格意义上来说只能叫它“编译”，但是这种变异在当时却满足了读者的需要。这是莎士比亚与法国读者的首次见面。在拉普拉斯之后，另一位介绍莎士比亚的翻译家是让·弗朗索瓦·迪西（Jean-Francois Ducis）。他以拉普拉斯的译本为样板，通过别人的合作，翻译了莎士比亚的《哈姆雷特》等名剧。他的目的是要把莎士比亚戏剧翻译成为“世界上最优秀的”（亦即法国的）戏剧系统，使之符合法国戏剧界的风尚。他的译作对原著进行了大量修改。经过他的删改歪曲，法国的莎士比亚戏剧变得面目全非了。《哈姆雷特》中的二十三个人物减成了八个，鬼魂变成了一场梦，奥菲利娅的疯癫被抛弃了，只有犯有乱伦罪的国王克劳狄斯和王后未被赦免，以死告终。至于那几个掘墓人，他们粗鲁、下贱、不能登大雅之堂，因而也被删去了。这种变异虽然说不上是标准的翻译，但却很合乎当时法国戏剧观众的口味。

19 世纪俄国著名诗人普希金在翻译法国诗人帕尔尼的诗歌时，对原作进行压缩、更动、改写，把帕尔尼平庸的即兴诗歌变异成赞美青春生机的动人颂歌，而且文笔流畅、自然，大大提升了原诗的美感和艺术价值。普希金在其翻译的作品中，创造性地运用了俄罗斯的活的语言，使其达到高度完美的境界。大作家屠格涅夫曾赞扬说：“毫无疑问，他（普希金）创立了我们的诗的语言和我们的文学语言，只有他的天才所修筑的道路，才是我们和我们的后代应当走的道路。”

另外，在新的民族文学形式出现的时候，翻译会被视为扭转权威的历史关系的途径。例如，拉封丹（Lafontaine）的《寓言》在 19 世纪被翻译为海地的克里奥尔式法语（creole）；莎士比亚在 20 世纪披上了魁北克英国化了的城市俚语那大咧咧的风格外衣。这种对高雅的写作形式的戏仿变成了文化调整的工具。读者受到激发，被迫去衡量传统的高雅语言与文学语言的新生形式之间的差距。巴西的现代主义作家利用翻译中的创造性的变异来实现他们的政治目的。如巴西的坎波斯兄弟（Campos）引入翻译中的“摄食”理论以及由此而实行的翻译实践，彰显了巴西人自己的“多元文化”，据斥原来作为欧洲文化的“附庸”角色，向世界证明了自己的“文化身份”。女性主义者戈达尔德（Godard）认为，“女性主义译者坚持维护她那根本性的差异、她那无穷尽的再阅读和改写的快乐，把自己对操纵文本的标记昭示天下。”女性主义译者利用变异的手法实施语言变革，以超越父权语言的规范，凸现出女性的身份特点，干预和改写了男权文本从而消除其中包含的厌女思想（misogyny）。

在当代文化语境下，翻译是在充满碰撞与张力的文化关系网络中发生的行为，不同文化/文学之间的碰撞必然会发生冲突，从而使变异成为必然。因此，传统的忠实观念应当重新加以诠释。我们不仅要关注原文与译本在语言层面上的转换，还应更多地关注作为行为的翻译过程背后隐含的权力及政治的交锋，以及其中必然涉及的权力与反抗之间的互动。在比较文学研究中，在变异学的视域下重新认识翻译中的变异现象，可以为翻译研究提供新的理论武器和视角，同时也有助于比较文学反思和重新定位学科的目标，有助于发掘文学新质的生成机制以及探讨文学发展的动力问题，是对比较文学学科理论体系重新构建的有益推动和新的尝试，对比较文学的发展具有重要意义。

参考文献

一、中文文献

［1］阿多诺、霍克海默著，洪佩郁、蔺月峰译．启蒙的辩证法［M］．重庆：重庆出版社，1990．

［2］爱德华·W．赛义德著，谢少波、韩刚等译．赛义德自选集［M］．北京：中国社会科学出版社，1999．

［3］艾略特著，裘小龙译．四个四重奏［M］．南京：译林出版社，2017．

［4］艾略特著，卞之琳译．传统与个人才能：艾略特文集·论文［M］．上海：上海译文出版社，2012．

［5］艾略特著，杨民生、陈常锦译．基督教与文化［M］．成都：四川人民出版社，1989．

［6］安乐哲．和而不同：比较哲学与中西会通［M］．北京：北京大学出版社，2002．

［7］巴赫金著，晓河等译．论行为哲学［M］．见《巴赫金全集》（第一卷）［C］．石家庄：河北教育出版社，1998．

［8］巴赫金著，白春仁、顾亚铃译．陀思妥耶夫斯基诗学问题［M］．北京：三联书店，1988．

［9］巴赫金著，张杰、樊锦鑫译．弗洛伊德主义批判［M］．北京：中国文联出版公司，1987．

［10］苏红军，柏棣．西方后学语境中的女权主义［M］．桂林：广西师范大学出版社，2006．

［11］布罗茨基著，蒋路、孙玮译．俄国文学史（上卷）［M］．北京：作家出版社，1957．

[12] 曹顺庆. 比较文学学 [M]. 成都：四川大学出版社，2005.

[13] 曹颖哲. 疏离・迷失・毁灭：《掘墓人的女儿》的异化现象解读 [J]. 黑龙江社会科学，2020 (3).

[14] 查伦・斯普瑞特奈克著，秦熹清译. 生态女权主义建设性的重大贡献 [J]. 国外社会科学，1997 (6).

[15] 陈才忆. 艾略特的传统秩序与基督教拯救观 [J]. 四川外语学院学报，2001 (21).

[16] 陈鼓应. 老子注译及评介 [J]. 北京：中华书局，1984.

[17] 陈晓兰. 女性主义批评与莎士比亚研究 [J]. 国外文学，1995 (4).

[18] 达科・苏恩文著，丁素萍、李靖民等译. 科幻小说变形记 [M]. 安徽：安徽文艺出版社，2011.

[19] 董小英. 再登巴比伦塔 [M]. 北京：三联书店，1994.

[20] 多诺万著，赵育春译. 女权主义的知识分子传统 [M]. 南京：江苏人民出版社，2003.

[21] 梵・第根著，戴望舒译. 比较文学论 [M]. 台北：台湾商务印书馆，1995.

[22] 弗吉尼亚・伍尔夫著，贾辉丰译. 一间自己的房间 [M]. 北京：人民文学出版社，2003.

[23] 弗洛姆著，孙恺祥译. 健全的社会 [M]. 上海：上海译文出版社，2011.

[24] 何云峰，金顺尧. 论批判性思维和创造性思维及其相互关系 [J]. 中共浙江省委党校学报，1998 (5).

[25] 胡伶俐. 论约翰・邓恩对托马斯・艾略特创作的影响 [J]. 湖南师范大学社会科学学报，2017 (2).

[26] 黄卫峰著. 美国黑白混血现象研究 [M]. 苏州：苏州大学出版社，2014.

[27] 贾丁斯著，林官明等译. 环境伦理学 [M]. 北京：北京大学出版社，2002.

[28] 卡洛琳・麦茜特著，吴国盛译. 自然之死 [M]. 长春：吉林人民出版社，1999.

[29] 卡逊著，吕瑞兰译. 寂静的春天 [M]. 北京：科学出版社，1979.
[30] 伽达默尔著，夏镇平、宋建平译. 哲学解释学 [M]. 上海：上海译文出版社，1998.
[31] 江怡. 理性与启蒙 [M]. 北京：东方出版社，2004.
[32] 利奥波德著，侯文蕙译. 沙乡年鉴 [M]. 长春：吉林人民出版社，1997.
[33] 雷毅. 深层生态学思想研究 [M]. 北京：清华大学出版社，2001.
[34] 刘儒德. 批判性思维及其教学 [J]. 高等师范教育研究，1996 (4).
[35] 骆洪. 身份建构中的双重话语——谈美国黑人女作家的创作思想和作品主题 [J]. 云南师范大学学报，2015 (4).
[36] 罗伯特·J. 斯滕伯格著，施建农译. 创造力手册 [M]. 北京：北京理工大学出版社，2004.
[37] 罗清旭. 批判性思维的结构、培养模式及其存在的问题 [J]. 广西民族学院学报，2001 (3).
[38] 吕洪灵. 双性同体的重新认识：批评·理论·方法 [J]. 南京师大学报（社会科学版），2003 (3).
[39] 麦茜特著，吴国盛译. 自然之死 [M]. 长春：吉林人民出版社，1999.
[40] 曼海姆著，黎鸣、李书崇译. 意识形态与乌托邦 [M]. 北京：商务印书馆，2014.
[41] 芒福德著，倪文彦、宋俊岭译. 城市发展史——起源、演变和前景 [M]. 北京：中国建筑工业出版社，1989.
[42] 纳博科夫著，于晓丹译. 洛丽塔 [M]. 长春：时代文艺出版社，2000.
[43] 聂珍钊. 文学伦理学批评导论 [M]. 北京：人民文学出版社，2014.
[44] 聂珍钊. 文学伦理学批评与人性概念的辨析 [J]. 名作欣赏，2020 (19).
[45] 聂珍钊. 文学伦理学批评：论文学的基本功能与核心价值 [J]. 外国文学研究，2014 (4).
[46] 聂珍钊. 文学伦理学批评：伦理选择和斯芬克斯因子 [J]. 外国文学研究，2011 (6).
[47] 聂珍钊. 文学伦理学批评：基本理论与术语 [J]. 外国文学研究，2010 (1).
[48] 聂珍钊. 文学伦理学批评与道德批评 [J]. 外国文学研究，2006 (2).

[49] 诺希克著，柳铭心译. 学会批判性思维 [M]. 北京：中国轻工业出版社，2005.
[50] 莎士比亚著，朱生豪译. 莎士比亚喜剧集 [M]. 北京：中国言实出版社，2015.
[51] 莎士比亚著，朱生豪译. 麦克白 [M]. 秦皇岛：燕山大学出版社，2018.
[52] 沈建翌. 人应当怎样生存下去——美国当代“反英雄”形象浅析 [J]. 外国文学研究，1980 (4).
[53] 史华兹. 古代中国的思想世界 [M]. 南京：江苏人民出版社，2004.
[54] 斯普瑞特奈克著，秦喜清译. 生态女权主义建设性的重大贡献 [J]. 国外社会科学，1997 (6).
[55] 斯塔夫利阿诺斯著，吴象婴译. 全球通史 [M]. 北京：北京大学出版，2003.
[56] 孙景尧. 简明比较文学 [M]. 北京：中国青年出版社，2003.
[57] 谭载喜. 西方翻译简史 [M]. 北京：商务印书馆，1991.
[58] 王克非. 翻译文化史论 [M]. 上海：上海外语教育出版社，1997.
[59] 王丽丽. 分裂的自我——论 J. 阿尔弗雷德·普鲁弗洛克的情歌 [J]. 外国文学研究，2000 (1).
[60] 王文. 从《杰·阿尔弗雷德·普鲁弗洛克的情歌》看艾略特的艺术思想 [J]. 外国文学研究，1994 (2).
[61] 王政，杜芳琴. 社会性别研究选译 [M]. 北京：三联书店，1998.
[62] 韦清琦. 方兴未艾的绿色文学研究——生态批评 [J]. 外国文学，2002 (3).
[63] 文秋芳. 构建我国外语类大学生思辨能力量具的理论框架 [J]. 外语界，2009 (1).
[64] 沃斯特著，侯文蕙译. 自然的经济体系：生态思想史 [M]. 北京：商务印书馆，1999.
[65] 许宝强，袁伟. 语言与翻译的政治 [M]. 北京：中央编译出版社，2001.
[66] 谢天振著. 翻译的理论建构与文化透视 [M]. 上海：上海外语教育出版社，2000.

[67] 徐卉著. 走向后现代与后殖民 [M]. 北京：社会科学出版社，1996.

[68] 袁素华. 试论伍尔夫的“雌雄同体”观 [J]. 外国文学评论，2007 (1).

[69] 曾繁仁. 生态存在论美学论稿 [M]. 长春：吉林人民出版社，2003.

[70] 张冲. 莎士比亚专题研究 [M]. 上海：上海外语教育出版社，2004.

[71] 赵晶.《荒原》中的社会转型焦虑 [J]. 外国文学，2017 (3).

[72] 周亭亭，王江. 社会转型与身体焦虑——评《普鲁弗洛克的情歌》[J]. 解放军外国语学院学报，2013 (5).

[73] 周宪著. 20 世纪西方美学 [M]. 南京：南京大学出版社，1999.

[74] 朱立元，张德兴. 西方美学通史（第七卷）[M]. 上海：上海文艺出版社，1999.

[75] 左金梅. 千亩农庄的生态女权主义思想 [J]. 外国文学评论，2004 (3).

[76] 马克思恩格斯选集（第四卷）[M]. 北京：人民出版社，1995.

二、外文文献

[1] Anderson, Lorraine. *American Nature Writers* Vol.2.Charles Scribner's Sons, 1996.

[2] Arneil, Barbara. *Politics and Feminism*.Oxford: Blackwell, 1999.

[3] Bassnett, Susan & Andre Lefevere. *Translation, History and Culture*. London, Cassell, 1990.

[4] Bauer, Dale M. *Feminist Dialogics: A Theory of Failed Community*. Albany: State University of New York Press, 1988.

[5] Berzon, Judith R. *Neither White Nor Black: The Mulatto Character in American Fiction*.New York: New York University Press, 1978.

[6] Bigwood, Carol. *Earth Muse: Feminism, Nature, and Art*.Philadelphia: Temple University Press, 1993.

[7] Bigwood, Carol, "Renaturalizing the Body(with the help of Merleau-Ponty)" in*Hypitia*, Vol.6, no.3.1999.

[8] Bookchin, Murray. "Defending the Earth", in Lori Gruen & Dale Jamieson, eds. *Reflecting on Nature: Readings in Environmental Philos-*

ophy.New York: Oxford University Press, 1994.

[9] Brooks, C.*Approaches to teaching Eliot's Poetry and Plays*.New York: The Modern Language Association of America, 1988.

[10] Brooks, Paul.*The House of Life: Rachel Carson at work, with Selections from Her Writings, Published and Unpublished*.Boston: Houghton Mifflin, 1972.

[11] Brown, A."A metaphorical analysis of 'The Love Song of J.Alfred Prufrock' by T.S.Eliot" in *Accounting Forum*(1), 2018.

[12] Buckingham, Susan."Ecofeminism in the 21st Century" in *The Geographic Journal*, 2004(2).

[13] Buell, Lawrence."The Ecocritical Insurgency" in*New Literary History* (30).1999.

[14] Butler, Judith.*Bodies That Matter: On the Discursive Limits of "Sex"*.New York: Routledge, 1993.

[15] Carson, Rachel.*The Edge of the Sea*.Boston, Houghton Mifflin Company, 1955.

[16] Carson, Rachel.*The Sea Around Us*.New York: Oxford.1989.

[17] Carson, Rachel.*Silent Spring*.Boston, Houghton Mifflin Company, 1994.

[18] Carson, Rachel.*Under the Sea-Wind*. New York: Penguin, 1996.

[19] Castle, Gregory.*The Blackwell Guide to Literary Theory*.UK&USA: Blackwell Publishing Ltd.2007.

[20] Cheney, Jim."Postdodern Environmental Ethics: Ethics as Bioregional Narrative" in *Environmental Ethics* 11(2).(Summer)1989.

[21] Cheney, Jim."Eco-feminism and Deep Ecology" in *Environmental Ethics* 9(2).1987.

[22] Cracroft, Richard H.*Dictionary of Literary Biography, Volume 206: Twentiety-Century American Western Writers*, First Series. Brigham Young University.Gale Group, 1999.

[23] Davis, Thadious M.*Nella Larsen Novelist of the Harlem Renaissance: A Woman's Life Unveiled*.Baton Rouge: Louisiana State UP, 1994.

[24] D'Eaubonne, Francoise."The Time for Ecofeminism" in Carolyn

Merchant.ed.*Ecology*.New Jersey: Humanities Press, 1994.

[25] Dewey, John.*How We Think*. D.C.Heath & Co., 1910.

[26] Eisler, Riane."The Gaia Tradition and the Partnership Future: An Ecofeminist Manifesto" in Irene Diamond and Gloria Orenstein.eds. *Reweaving the World: The Emergence of Ecofeminism*.San Francisco: Sierra Club Books, 1990.

[27] Elam, Diane.*Feminism and Deconstruction: Ms.En Abyme*.New York: Routledge, 1994.

[28] Eliot, T.S.*Prufrock and Other Observations*.London: The Egoist, Ltd., 1917.

[29] Ennis, Robert."Critical Thinking: A Stream Lined Conception" in *Teaching Philosophy*, 1991.

[30] Facione, Peter A.*Critical Thinking: A Statement of Expert Consensus for Purposes of Educational Assessment and Instruction*.California Academic Press, 1990

[31] Flotow, Luise von.*Translation and Gender-Translating in the Era of Feminism*.Manchester: St Jerome Publishing, 1997.

[32] Freud S.*A General Introduction to Psychoanalysis*.Trans G.Stanley Hall.New York: Liveright, 1920.

[33] Gaard, Greta and Patrick D.Murphy.eds.*Ecofeminist Literary Criticism: Theory, Interpretation, Pedagogy*.Urbana and Chicago: University of Illinois Press, 1998.

[34] Gartner, Carol B.*Rachel Carson*.Frederick New York: Ungar Publishing.1983.

[35] Gilbert, Sandra M.and Susan Gubar.*The Madwoman in the Attic: The Woman Writer and the Nineteenth-Century Literary Imagination*.New Haven: Yale University Press, 2000.

[36] Greta Gaard."Ecofeminism and Wilderness" in*Environmental Ethics* 19(Spring), 1997.

[37] Griffin, Susan.*Made from this Earth: an Anthology of Writings*.New

York: Harper & Row, 1982.

[38] Griffin, Susan. *Woman and Nature: The Roaring Inside Her*. New York: Harper and Row, 1978.

[39] Halsell, Grace. *Black / White Sex*. New York: William Morrow & Company, Inc., 1972.

[40] Hazlitt W. *Characters of Shakespeare's Plays*. New York: Cambridge University Press, 2009.

[41] Hunt, Earl B. *Will We Be Smart Enough*? New York: Russell Sage Foundation, 1995.

[42] Kemp, Theresa. D. *Women in the Age of Shakespeare*. New York: Greenwood Press, 2010.

[43] Kimbrough, Robert. "Macbeth: The Prisoner of Gender" in *Shakespeare Studies*, 1983(33).

[44] King, Margaret L. *Women of the Renaissance*. Chicago: The University of Chicago Press, 1991.

[45] King, Ynestra. "The Ecology of Feminism and the Feminism of Ecology" in Judith Plant. ed. *Healing the Wounds: The Promise of Ecofeminism*. New Society Publishers, Santa Cruz, 1989.

[46] King, Ynestra. "Feminism and the Revolt of Nature" in Carolyn Merchant. ed. *Ecology*. New Jersey: Humanities Press, 1994.

[47] Kingsolver, Barbara. "Knowing Our Place" in *Small Wonder*. New York: HarperColllins, 2002.

[48] Kircher, Cassandra. "Rethinking Dichotomies in Terry Tempest Williams's Refuge", in Greta Gaard and Patrick D. Murphy. eds. *Ecofeminist Literary Criticism: Theory, Interpretation, Pedagogy*. Urbana and Chicago: University of Illinois Press, 1998.

[49] Larson, Charles. *The Complete Fiction of Nella Larsen: Passing, Quicksand, and The Stories*. New York: Anchor, 2001.

[50] Larsen, Nella. *Quicksand*. New York: University of Michigan, 1928.

[51] Lear, Linda. *Rachel Carson: Witness for Nature*. New York: Henry

Holt and Company, 1997.

[52] Legler, Gretchen T."Ecofeminist Literary Criticism" in *Ecofeminism: Women, Culture, Nature*.eds.Karen J.Warren and Nisvan Erkal.Bloomington: Indiana University Press, 1997.

[53] Limerick, Patricia Nelson.*Something in the Soil Legacies and Reckonings in the New West*.New York: W.W.Norton & Company, 2000.

[54] Macauley, David."On Women, Animals, and Nature: An Interview with Eco-Feminist Susan Griffin" in *APA Newsletter on Feminism and Philosophy* 90, no.3.1991.

[55] Marleen, Barr & Smith Nicholas.eds.*Women and Utopia: Critical Interpretations*.*Lanham*.Md: University Press of America, 1983.

[56] Mellor, Mary.*Feminism and Ecology*.New York University Press, 1997.

[57] McCay, Mary A.*Rachel Carson*. New York: Twayne Publishers, 1993.

[58] Murphy, Patrick D.*Literature, Nature, And Other: Ecofeminist Critiques*.Albany: State University of New York Press, 1995.

[59] Naess, Arne."The Shallow and the Deep, Long-Range Ecology Movement" in Louis P.Pojman.eds.*Environmental Ethics*. Jones and Bartlett Publishers, Inc., 1994.

[60] Norwood, Vera L."The Nature of Knowing: Rachel Carson and the American Environment" in Thomas Votteler.ed.*Contemporary Literary Criticism* Vol.71.1992.

[61] Philips, Dana.*The Truth of Ecology: Nature, Culture, and Literature in America*.New York: Oxford University Press, 2003.

[62] Piercy, Marge.*Woman on the Edge of Time*.New York: Ballantie Book, 1976.

[63] Plumwood, Val."Beyond the Dualistic Assumptions of Women, Men, Nature" in *The Ecologists* 22(1), 1992.

[64] Plumwood, Val.*Feminism and the Mastery of Nature*.Routledge, 1993.

[65] Rackin, Phyllis.*Shakespeare and Women*.New York: Oxford University Press, 2005.

[66] Robinson, Douglas.*Translation and Empire*.Manchester: St Jerome, 1997.

[67] Rolston, Holmes.*Philosophy Gone wild: Essays in Environmental Ethics*. Buffalo: Prometheus Books, 1986.

[68] Rothschild, Joan.ed.*Machina Ex Dean: Feminist Perspectives on Technology*. New York: Pergamon Press, 1983.

[69] Ruether, Rosemary Radford."Ecofeminism" in Carol J.Adams.ed. *Ecofeminism and the Sacred*.New York: Continuum, 1993.

[70] Ruether, Rosemary Radford.*New Woman/New Earth*.New York: Seabury, 1975.

[71] Said, Edward."Traveling Theory" in Moustafa Bayoumi and Andrew Rubin.eds.*The Edward Said Reader*. New York: Vintage Books, 2000.

[72] Salleh, Ariel."The Ecofeminism/Deep Ecology Debate: A Reply to Patriarchal Reason" in Andrew Brennan.ed.*The Ethics of the Environment*. Dartmouth, 1995.

[73] Salleh, Ariel."Deeper than Deep Ecology: The Eco-Feminist Connection" in *Environmental Ethics* 6.1984.

[74] Sandilands, Catriona.*The Good Natured Feminist: Ecofeminism and the Quest for Democracy*.Minneapolis: Minnesota UP, 1999.

[75] Shiva, Vandana."Development as a New Project of Western Patriarchy" in Irene Diamond and Gloria Feman Orenstein.eds.*Reweaving the World: The Emergence of Ecofeminism*. San Francisco: Sierra Club Books, 1990.

[76] Simon, Sherry.*Gender in Translation* .London & New York: Routledge.1996.

[77] Slevin, James F.& Art Young.*Critical Theory and the Teaching of Literature*.National Council of Teachers of English, 1996.

[78] Slicer, Deborah."Toward an Ecofeminist Standpoint Theory: Bodies as Grounds" in Greta Gaard and Patrick D.Murphy.ed.*Ecofeminist Literary Criticism: Theory, Interpretation, Pedagogy*.Urbana and Chicago: University of Illinois Press, 1998.

[79] Slicer, Deborah."Wrongs of Passage: Three Challenges to the Matu-

ring of Ecofeminism" in Karen J. Warren. ed. *Ecological Feminism*. Routledge, 1994.

[80] Smiley, Jane. *A Thousand Acres*. New York: Ballantine, 1991.

[81] Spielberger, Charles D. *Anxiety: Current Trends in Theory and Research*. New York: Academic press, 1972.

[82] Trainor, Kim. "'What Her Soul Could Imagine': Envisioning Human Flourishing in Marge Piercy's Woman on the Edge of Time" in *Contemporary Justice Review*, 2006(15).

[83] Venuti, Lawrence. *Rethinking Translation: Discourse, Subjectivity, Ideology*. London & New York: Routledge, 1992.

[84] Warren, Karen J. *Ecofeminist Philosophy: A Western Perspective on What It Is and Why It Matters*. Rowman & Littlefield Publishers Inc., 2000.

[85] Warren, Karen J. ed. *Ecological Feminist Philosophies*. Indiana University Press, 1996.

[86] Warren, Karen J. *Ecological Feminism*. Routledge. 1994.

[87] Warren, Karen J. "Feminism and Ecology: Making Connections" in *Environmental Ethics* 9(1), 1987.

[88] Warren, Karen J. and Jim Cheney. "Ecological Feminism and Ecosystem Ecology" in Karen J. Warren. *Ecological Feminist Philosophies*. Indiana University Press, 1996.

[89] William, Edith W. "In Defense of Lady Macbeth" in *Shakespeare Quarterly*, 1973(2).

[90] Williams, Terry Tempest. *Refuge*. Vintage Books, A Division of Random House, Inc., New York. 1991.

[91] Zimmerman, Michael E.. *Environmental Philosophy: From Animal Rights to Radical Ecology*. Prentice-Hall, Inc., 1993.